王子与贫儿

The Prince and the Pauper

〔美〕马克·吐温◎著
冰　语◎译

團结出版社
UNITY PRESS

图书在版编目(CIP)数据

王子与贫儿 /（美）马克·吐温著；冰语译. --北京：团结出版社，2017.1

ISBN 978-7-5126-4702-2

Ⅰ. ①王… Ⅱ. ①马… ②冰… Ⅲ. ①长篇小说-美国-近代 Ⅳ. ①I712.44

中国版本图书馆 CIP 数据核字(2016)第 315046 号

出版： 团结出版社

（北京市东城区东皇城根南街 84 号　　邮政编码:100006）

电话： (010)65228880　　65244790(出版社)

(010)65238766　　85113874　　65133603(发行部)

(010)35133603(邮购)

网址： http：//www.tjpress.com

E-mail：65244790@163.com(出版社)

fx65133603@163.com(发行部邮购)

经销 全国新华书店

印刷 北京富达印务有限公司

开本 640×920　1/16

印张 16

印数 3000 册

字数 256 千字

版次 2017 年 1 月第 1 版

印次 2017 年 1 月第 1 版印刷

书号 ISBN 978-7-5126-4702-2

定价 27.00 元

目　录

王子与贫儿

百万英镑

在二十七岁那年，我正为旧金山的一个矿业经济人工作，把证券交易所的门槛摸得清清楚楚。我是只身混世界，除了自己的聪明才智和一身清白，就再也没什么可依靠的了。不过，这反倒让我脚踏实地，不做那希望的发财梦，死心塌地努力奔自己的前程。

每到星期六下午股市收了盘，时间就全都是我自己的了，我喜欢弄条小船到海湾里去消磨这些时光。有一天我驶得远了点儿，漂到了茫茫大海上。正当夜幕降临，眼看就要没了盼头的时候，一艘开往伦敦的双桅帆船搭救了我。漫漫的旅途风狂雨暴，他们让我以工代票，干普通水手的活。到伦敦上岸的时候，我兜里只剩了一块钱。连吃带住，我用这一块钱顶了二十四个小时。再往后的二十四个小时里，我就饥肠辘辘，无处栖身了。

第二天上午大约十点钟光景，我破衣烂衫，饿着肚子正沿波特兰大道往前蹭。这时候，一个保姆领着孩子路过，那孩子把手上刚咬了一口的大个儿甜梨扔进了下水道。不用说，我停了下来，满含欲望的眼光罩住了那个脏兮兮的宝物。我口水直淌，肚子里都伸出手来，全心全意地乞求这个宝贝儿。可是，只要我刚一动弹，想去拣梨，总有哪一双过路的火眼金睛明察秋毫。我自然又站得直直的，没事人一样，好像从来就没在那个烂梨身上打过主意。这出戏演了一回又一回，我就是得不着那个梨。我受尽煎熬正打算放开胆量、撕破脸皮去抓梨的时候，我身后的一扇窗子打开了，一位先生从里面发话：

“请到这儿来。”

一个衣着华丽的仆人把我接了进去，领到一个豪华房间，里头坐着两位上了岁数的绅士。他们打发走仆人，让我坐下。他们刚刚吃了早餐，看着那些残羹剩饭，我简直透不过气来。有这些吃的东西在场，我无论如何也集中不了精力，可是人家没请我品尝，我也只好尽力忍着。

这里刚刚发生过的事，我是过了好多天以后才明白的，不过现在我就马上说给你听。这对老兄弟为一件事已经有两天争得不可开交了，最后他们同意打个赌来分出高低——无论什么事英国人靠打赌都能一了百了。

你也许记得，英格兰银行曾经发行过两张一百万英镑的大钞，用于和某国公对公交易之类的特殊目的。不知怎么搞的，这两张大钞只有一张用过后注销了；另一张则一直躺在英格兰银行的金库里睡大觉。且说这两兄弟聊着聊着，忽发奇想：假如一位有头脑、特诚实的外地人落难伦敦，他举目无亲，除了一张百万英镑的大钞以外一无所有，而且他还没法证明这张大钞就是他的——这样的一个人会有怎样的命运呢？大哥说这人会饿死；弟弟说饿不死。大哥说，别说去银行了，无论去哪儿这人也花不掉那张大钞，因为他会当场被抓住。兄弟两个就这样争执不下，后来弟弟说他愿出两万镑打赌，这人靠百万英镑大钞无论如何也能活三十天，而且进不了监狱。大哥同意打赌，弟弟就到英格兰银行把大钞买了回来。你看，英国男子汉就是这样，魄力十足。然后，他口述一信，叫一个文书用漂亮的楷体字誊清；然后，两兄弟在窗前坐了整整一天，巴望来一个能消受大钞的合适人选。

他们检阅着一张张经过窗前的脸。有的虽然老实，却不够聪明；有的够聪明，却不够老实；还有不少又聪明又老实的，可人穷得不彻底；等到个赤贫的，又不是外地人——总是不能尽如人意。就在这时，我来了；他们俩认定我具备所有条件，于是一致选定了我；可我呢，正等着知道叫我进来到底要干什么。他们开始问一些有关我个人的问题，很快就弄清楚了我的来龙去脉。最后，他们告诉我，我正合他们的心意。我说，我打心眼里高兴，可不知道这心意到底是什么意思。这时，俩人当中的一位交给我一个信封，说打开一看便知。我正要打开，可他又不让；要我带到住处去仔仔细细地看，不要草率从事，也不用慌慌张张。

我满腹狐疑，想把话头再往外引一引，可是他们不干。我只好揣着一肚子被侮辱与被损害的感觉往外走，他们明摆着是自己逗乐，拿我耍着玩；不过，我还是得顺着他们，这时的处境容不得我对这些阔佬大亨耍脾气。

本来，我能把那个梨捡起来，明目张胆地吃进肚子去了，可现在那个梨已经无影无踪；就因为那倒霉的差事，把我的梨弄丢了。想到这里，我对那两个人就气不打一处来。走到看不见那所房子的地方，我打开信封一看，里边装的是钱哪！说真的，这时我对他们可是另眼相看喽！我急不可待地把信和钱往马甲兜里一塞，撒腿就朝最近的小吃店跑。好，这一顿猛吃呀！最后，肚子实在塞不下东西去了，我掏出那张钞票来展开，只扫了一眼，我就差点昏倒。一百万英镑！乖乖，我糊涂了。

我盯着那张大钞头晕眼花，想必足足过了一分钟才清醒过来。这时候，首先映入我眼帘的是小吃店老板。他的目光粘在大钞上，像五雷轰顶一般。他正在全心全意地祷告上帝，看来手脚都不能动弹了。我一下子计上心来，做了这时按人之常情应该做的事。我把那张大钞递到他眼前，小心翼翼地说：

"请找钱吧。"

他恢复了常态，连连道歉说他找不开这张大票，不论我怎么说他也不接。他心里想看，一个劲地打量那张大票；好像怎么看也饱不了眼福，可就是战战兢兢地不敢碰它，就好像凡夫俗子一接那票子上的仙气就会折了寿。

"不好意思，给您添麻烦了，可这事还得办哪。请您找钱吧，我没带别的票子。"

他却说没关系，这点小钱儿何足挂齿，日后再说吧。我说，我一时半会儿不会再到这儿来了；可他说那也不要紧，他可以等着，而且，我想什么时候来就什么时候来，想点什么就点什么，这账呢，想什么时候结就什么时候结。他说，我只不过因为好逗个乐子，愿意打扮成这样来跟老百姓开个玩笑，他总不至于因此就信不过像我这么有钱的先生吧。这时候又进来了一位顾客，小吃店老板示意我收起那张巨无霸，然后作揖打躬地一直把我送了出来。我径直奔那所宅子去找两兄弟，让他们在警察把我抓起来之前纠正这个错误。尽管这不是我的错，可我还是提心吊胆——说实在的，简直是胆战心惊。我见人见得多了，我明白，要是他们发现把一百万镑的大钞错当一镑给了一个流浪汉，他们绝不会怪自己眼神不好，非把那个流浪汉骂得狗血喷头。快走到那宅子的时候，我看到一切如常，断定还没有人发觉这错票的事，也就不那么紧张了。我摁了门铃。原先那个仆人又出来了。我求见那两位先生。

“他们走了。”他用这类人那种不可一世的冷冰冰的口气说。

“走了？去哪儿了？”

“出远门了。”

“可——上哪儿啦？”

“我想是去欧洲大陆了吧。”

“欧洲大陆？”

“没错，先生。”

“怎么走的——走的是哪条路呀？”

“我说不上，先生。”

“什么时候回来呢？”

“他们说，得一个月吧。”

“一个月！唉，这可糟了！帮忙想想办法，看怎么能给他们传个话。这事要紧着哪。”

“实在办不到。他们上哪儿了我一无所知，先生。”

“那，我一定要见这家的其他人。”

“其他人也走了；出国好几个月了——我想，是去埃及和印度了吧。”

“伙计，出了件大错特错的事，他们不到天黑就会转回来。请你告诉他们我来过，不把这事全办妥，我还会接着来，他们用不着担心。”

“只要他们回来我就转告，不过，我想他们不会回来。他们说过，不出一个钟头你就会来打听，我呢，一定要告诉你什么事都没出；等时候一到，他们自然会在这儿候着你。”

我只好打住，走开了。搞的什么鬼！我真是摸不着头脑。“等时候一到”他们会在这儿。这是什么意思？哦，没准那封信上说了。我把刚才忘了的那封信抽出来一看，信上是这样说的：

看面相可知，你是个又聪明又诚实的人。我们猜，你很穷，是个外地人。你会在信封里找到一笔钱。这笔钱借你用三十天，不计利息。期满时来此宅通报。我们在你身上打了一个赌。假如我赢了，你可以在我的职权范围内随意择一职位——也就是说，你能证明自己熟悉和胜任的任何职位均可。

没落款，没地址，也没有日期。

好嘛，这真是一团乱麻！现在你当然明白这件事的前因后果，可当时我并不知道。这个迷宫对我来说深不可测、漆黑一团。这出把戏我全然不晓，也不知道对我是福还是祸。我来到一个公园坐下来，想理清头绪，看看我怎么办才好。

我经过一个小时的推理，得出了如下结论。

那两个人也许对我是好意，也许是歹意；无从推断——这且不去管它。他们是玩把戏，搞阴谋，做实验，还是搞其他勾当，无从推断——且不去管它。他们拿我打了一个赌；赌什么无从推断——也不去管它。这些确定不了的部分清理完毕，其他的事就看得见、摸得着、实实在在，可以归为确定无疑之类了。假如我要求英格兰银行把这钞票存入那人名下，银行会照办的，因为虽然我不知道他是谁，银行却会知道；不过银行会盘问钞票怎么会到了我手里。说真话，他们自然会送我去收容所；说假话，他们就会送我去拘留所。假如我拿这钞票随便到哪儿换钱，或者是靠它去借钱，后果也是一样。无论愿不愿意，我只能背着这个大包袱走来走去，直到那两个人回来。虽然这东西对我毫无用处，形同粪土，可是我却要一边乞讨度日，一边照管它、看护它。就算我想把它给人，也出不了手，因为不管是老实的良民还是剪径的大盗，无论如何都不会收，连碰都不会碰一下。那两兄弟可以高枕无忧了。就算我把他们的钞票丢了，烧了，他们依然平安无事，因为他们能挂失，银行照样让他们分文不缺；与此同时，我倒要受一个月的罪，没薪水，也不分红——除非我能帮着赢了那个赌，谋到那个许给我的职位。我当然愿得到这职位，这种人赏下来的无论什么职位都值得一干。

我对那份美差浮想联翩，期望值也开始上升。不用说，薪水绝不是个小数目。过一个月就要开始上班，从此我就会万事如意了。转眼间，我的自我感觉好极了。这时，我又在大街上逛了起来。看到一家服装店，一股热望涌上我的心头：甩掉这身破衣裳，给自己换一身体面的行头。我能买得起吗？不行，除了那一百万英镑，我在这世上一无所有。于是，我克制住自己，从服装店前走了过去。可是，不一会儿我又转了回来。那诱惑把我折磨得好苦。我在服装店前面来来回回走了足有六趟，以男子汉的气概奋勇抗争着。终于，我投降了，我只有投降。我问他们手头有没有顾客试过的不合身的衣服。我问的伙计没搭理我，只是朝另一个点点头。我向他点头示意的伙计走过去，那一个也不说话，又朝第三个人点点头，我朝第三个走过去，他说："这就来。"

我等着。他忙完了手头的事，把我带到后面的一个房间，在一摞退货当中翻了一通，给我挑出一套最寒酸的来。我换上了这套衣服。这衣服不合身，毫无魅力可言，可它总是新的，而我正急着要衣服穿呢，没什么可挑剔的。我迟迟疑疑地说："要是你们能等两天再结账，就帮了我的忙了。现在我一点零钱都没带。"那店员端出一副刻薄至极的嘴脸说："哦，您没带零钱？说真的，我想您也没带。我以为像您这样的先生光会带大票子呢。"我火了，说："朋友，对外地来的，你们不能总拿衣帽取人哪。这套衣服我买得起，就是不愿让你们找不开一张大票，添麻烦。"他稍稍收敛了一点，可那种口气还是暴露无遗。他说："我可没成心出口伤人，不过，您要是出难题的话，我告诉您，您一张口就咬定我们找不开您带的什么票子，这可是多管闲事。正相反，我们找得开。"我把那张钞票递给他，说："哦，那好，对不起了。"他笑着接了过去，这是那种无处不在的笑容，笑里有皱，笑里带褶，一圈儿一圈儿的，就像往水池子里面扔了一块砖头；可是，只瞟了一眼钞票，他的笑容就凝固了，脸色大变，就像你在维苏威火山山麓那些平坎上看到的起起伏伏、像虫子爬似的凝固熔岩。我从来没见过谁的笑脸定格成如此这般的永恒状态。这家伙站在那儿捏着钞票，用这副架势定定地瞅。老板过来看到底出了什么事，他神采奕奕地发问："哎，怎么啦？有什么问题？想要点什么？"我说："什么问题也没有。我正等着找钱哪。""快点，快点；找给他钱，托德；找给他钱。"托德反唇相讥："找给他钱！说得轻巧，先生，自个儿看看吧，您哪。"那老板看了一眼，低低地吹了一声动听的口哨，一头扎进那摞退货的衣服里乱翻起来。一边翻，一边不停唠叨，好像是自言自语："把一套拿不出手的衣服卖给一位非同寻常的百万富翁！托德这个傻瓜！生就的傻瓜！老是这个样子，把一个个百万富翁都气走了，就因为他分不清谁是百万富翁，谁是流浪汉，从来就没分清过。啊，我找的就是这件。先生，请把这些东西脱了，都扔到火里头去。您赏我一个脸，穿上这件衬衫和这身套装；合适，太合适了——简洁、考究、庄重，完全是王公贵族的气派；这是给一位外国亲王定做的——先生可能认识，就是尊敬的哈利法克斯·赫斯庞达尔殿下；他把这套衣服放在这儿，又做了一套丧服，因为他母亲快不行了——可后来又没有死。不过这没关系；事情哪能老按咱们——这个，老按他们——嘿！裤子正好，正合您的身，先生；再试试马甲；啊哈，也合适！再穿上外衣——上帝！看看，喏！绝了——真是绝了！我干了一辈子还没见过这么漂亮的衣服哪！"我表示满意。"您圣明，先生，圣明；我敢说，这套衣裳还能先顶一阵儿。不过，您等着，瞧我们按您自个儿的尺码给您做衣裳。快，托德，拿本子和笔；我说你记。裤长三十二英寸——"如此等等。还没等我插一句嘴，他已经量完了，正在吩咐做晚礼服、晨礼服、衬衫以及各色各样的衣服。我插了一个空子说："亲爱的先生，我不能定做这些衣服，除非您能不定结账的日子，要不然就得给我换开这张钞票。""不定日子！这不像话，先生，不像话。是永远——这才像话呢，先生。托德，赶紧把这些衣服做出来，一刻也别耽搁，送到这位先生的府上去。让那些个不要紧的顾客等着。把这位先生的地址记下来，再——""我就要搬家了。我什么时候来再留新地址。"

"您圣明，先生，您圣明。稍等——我送送您，先生。好——您走好，先生，您走好。"

喏，往后的事你心里明白了吧？我顺其自然，想买什么就买什么，买完了，吆喝一声"找钱"！不出一个星期，我把所需的各色安享尊荣的行头统统置办齐备，在汉诺威广场一家价格不菲的旅馆安顿下来。我在那儿用晚餐，可早晨还是到哈里斯家的小吃店去吃个便饭，我就是在那儿靠一百万英镑的钞票吃的头一顿饭。是我成全了哈里斯。消息传开了，说马甲口袋里揣着百万大钞的古怪老外是这儿的财神爷。这就够了。这原本是一家穷得叮当响、苦巴苦结勉强糊口的小吃店，现在名声大振、顾客盈门了。哈里斯感激不尽，非要借钱给我，还不许我推辞；于是，我虽然一贫如洗，囊中却并不羞涩，日子过得又阔气、又排场。我心里也在打鼓，想着说不定哪天就会露馅，可是，事已至此也只有一往无前了。你看，这本来纯粹是件胡闹的事，可有了这种危机感，竟显出几分严肃、几分伤感和几分悲哀来。夜幕降临后，这悲哀总是在黑暗中走上前来警告我，威胁我；让我唉声叹气，辗转反侧，夜不能寐。然而，一到喜气洋洋的白天，这些悲剧因素就烟消云散，无影无踪了。我飘飘然，乐得晕头转向，像喝醉了酒一样。

说来也不足为奇，我已经成了这个世界大都会的显赫人物，我的思想何止是一星半点，简直是彻头彻尾地改造了。不管你翻开哪份报纸，无论是英格兰的、苏格兰的，还是爱尔兰的，你总会看到一两条有关“身藏百万英镑者”及其最新言行的消息。刚开始的时候，这些有关我的消息放在杂谈栏的尾巴上；接着我的位置就超过了各位爵士，后来盖过了二等男爵，再往后又凌驾于男爵之上了。如此这般，我的位置越升越高，名气也越来越响，直到无法再高的地方才停了下来。这时候，我已经居于皇室之下和众公爵之上；虽然比不上全英大主教，但足可俯瞰除他以外的一切神职人员。切记，直到这时，我还算不上有声望。只能说是有了名气。就在这时，高潮突起——就像封侯拜将一般——刹那间，我那过眼烟云似的名气化作了天长地久的金子般的声望：《笨拙》刊登了我的漫画！是啊，如今我已经功成名就，站稳脚跟了。也许还有人调侃，可都透着尊重，既没出格，也不粗鲁；也许还有人发笑，却没有人嘲笑了。那样的日子已经过去。《笨拙》把我画得衣服都开了线，正跟一个伦敦塔的卫兵讨价还价。喏，你可以想见一个向来默默无闻的小伙子，突然间，他的每一句只言片语都会到处传扬；随便走到哪里，都能听见人们相互转告：“那个走路的，就是他！”吃早饭一直有人围得里三层外三层；在包厢一露面，成百上千的望远镜都齐刷刷地瞄了过去。嘿，我一天到晚出尽了风头——也可以说是独领风骚吧。你看，我还留着那套破衣服呢，时不时地穿出去，为的是品味一下从前那种乐趣：先买点儿小东西，接着受一肚子气，最后用那张百万大钞把势利眼毙掉。可是，我的这种乐趣维持不下去了。画刊上把我的那套行头弄得尽人皆知，只要我穿着它一上街，就有一大群人跟在屁股后面；我刚想买东西，还没来得及拽出那张百万大钞，老板就已经要把整个铺子都赊给我了。

出了名以后的十天左右，我去拜会美国公使，想为祖国效一点儿犬马之劳。他用对我这种身份的人恰如其分的热情接待了我，批评我为祖国效力姗姗来迟。公使说当天晚上他正要宴客，刚好有一位嘉宾因病缺席，我只有补这位嘉宾的缺，才能获得公使的原谅。我应允之后，就和公使聊天。一说起来，原来他和我爸爸从小同学，后来又在耶鲁大学同窗就读；一直到我爸爸去世，他俩都是贴心朋友。因此，他吩咐我只要得闲，就来他府上走动走动；我当然愿意啦。

说真的，岂止愿意，我简直就是高兴。因为假如将来有个三长两短的，他也许能救我，让我免受灭顶之灾；他究竟怎么救我我不知道，不过他也许能想出办法来。事情已经到了这个地步，我已经不能冒险把自己的底细向他和盘托出；要是在这段伦敦奇遇一开场时就碰上他，我会马上说清楚。不行，现在我不敢说；我陷得太深了，深到不敢对刚结识的朋友说真话；不过，依我自己看来，也还没有深到完全没顶的地步。你知道，这是因为我小心不让全部外债超过我的支付能力——也就是说，不超过我的那份薪水。我当然不知道那份薪水到底有多少，不过有一点我有把握、也可以想见：假如我帮忙他把这个赌打赢了，我就能在那位大亨的职权范围里任意选择一个职位，只要我干得了就行——我当然干得了啦；这一点我根本不怀疑。说到他们打的那个赌，我才不操心呢；我想必运气不错。至于薪水，我想年薪总会有六百到一千英镑；即使第一年只拿六百英镑，以后每过一年就要加薪，到我的能力得到证实的时候，薪水总能加到一千英镑了吧。尽管谁都想借给我钱，我却找出各种各样的借口婉言谢绝了一大部分；这样我欠的债只有借来的三百英镑现款，再加上拖欠的三百英镑生活费和赊的东西。我相信，只要我依旧小心节俭，靠我下一年度的薪水就能补上这一段日子的亏空，何况我真是格外小心，从不大手大脚。只等这个月到头，我的老板回来，就万事大吉了；那时我就可以马上用头两年的薪水分头向各位债主还账，也就能立即开始工作了。

当天的宴会妙不可言，席上一共有十四个人。绍勒迪希公爵和公爵夫人以及他们的女儿安妮·格蕾丝·爱莲诺·赛来斯特，还有一串什么什么德·波鸿女士、纽格特伯爵和伯爵夫人、契普赛德子爵、布拉瑟斯凯特爵士和夫人，几对没有头衔的夫妇，公使以及他的夫人和女儿，还有公使女儿的朋友、二十二岁的英国姑娘波蒂娜·朗姆。没出两分钟，我就爱上了她，她也爱上了我——这一点我不戴眼镜也看得出来。另外还有一位美国客人——我这故事讲得有点儿超前了。这些人正在客厅里等着，一边吊胃口，一边冷眼旁观后到的客人。这时仆人来报：

“劳埃德·赫斯廷斯先生到。”

老一套的寒暄过后，赫斯廷斯瞧见了我，诚心诚意地伸出手，径直朝我走了过来；手还没握上，他忽然停了下来，不好意思地说：

“对不起，先生，我还以为咱们认识呢。”

“怎么，您当然认识我啦，老朋友。”

“不。难道您就是——是——”“腰缠万贯的怪物吗？对，就是我。你别害怕喊我的外号，我听惯了。”

“嗨嗨嗨，这可真没想到。有几次我看到你的名字和这个外号放在一块，我从来没想过他们说的那个亨利·亚当会是你。怎么？刚刚半年以前，你还在旧金山给布莱克·霍普金斯打工，为了挣点加班费经常开夜车，帮我整理核查古尔德和加利矿业公司的招股文件和统计数字呢。真没想到你会到了伦敦，成了百万富翁、当了名人了！好嘛，这可真是把天方夜谭重演了一遍。伙计，我一下还转不过弯子来，没弄明白，容我点时间来理理脑袋里头这一团乱麻。”“可是明摆着，你比我混得也不赖呀。我自己也弄不明白。”“好家伙，这真是万万没有想到的事，是吧？哎，咱俩上矿工饭馆才不过是三个月以前的事呢——”“不对，是上快活林。”“没错，是快活林；是过半夜两点钟去的，咱们赶那些增资文件用了六个钟头，然后到那儿去啃了块肉骨头，喝了杯咖啡，那时我想劝你跟我一起来伦敦，还主动要替你去请长假，外带为你出全部路费，只要那笔生意做成了，再给你好处；可是你不听我的，说我成不了，说你的工作断不得，一断，再回去的时候就接不上茬了。可是如今你却到这儿来了。稀奇稀奇！你是怎么来的，你这种不可思议的地位到底是怎么得来的呢？”

“啊，纯属偶然。说来可就话长了——怎么说来着？简直是一篇传奇。我会原原本本告诉你，不过现在不行。”“什么时候？”“这个月底？”“那还得半个月呢。对一个好奇的人来说，这胃口吊得太过分了。就一个星期吧。”“不行。慢慢你就知道到底是为什么了。直接说，你的生意怎么样了？”他的精神头马上烟消云散，叹了一口气说：“你说提可真准，亨利，你说得真准。我要不来才好呢。我不想提这件事。”“你不讲可不行。今天咱们走的时候，你一定要跟我走，到我那儿去待一夜，把事情都讲给我听。”“啊，让我说？你这话当真？”“不错，我要从头到尾地听，一个字也别落下。”“太谢谢你啦！我在这混到这个地步，不承想又碰到有人用言辞、用眼神关心我、关心我的事了——上帝！就为这个，你就该受我一拜！”

他用为握住我的手，精神振作起来，此后就心境坦然，高高兴兴地准备参加那场还没开始的宴会了。不承想，又出老毛病了——在荒唐、可恨的英国体制下，这种问题总要发生——座次问题解决不了，饭就开不成。英国人出外赴宴的时候，总是先吃了饭再去，因为他们知道风险何在；可是并没有人告诫外来的客人，这些外来客就只有自讨苦吃了。当然，这一次没人吃苦，因为大家都赴过宴，除了赫斯廷斯发外都是老手，而赫斯廷斯自己在接到邀请时也听公使说过：为了尊重英国人的习惯，他根本就没有备正餐。每个人都挽着一位女士，鱼贯而入餐厅，因为通常都是这么干的；然而，争议就此开始了。绍勒迪希公爵想出人头地，要坐首席，他说他的地位高过公使，因为公使只是一个国家、而不是一个王朝的代表；可是我坚持自己的权利，不肯让步。在杂谈栏里，我的位置高过皇室成员以外的所有公爵，据此我要求坐那个位子。我们各显神通争执了一番，解决不了问题，最后他不明智地想炫耀自己的出身和先人，我算清他的王牌是征服者威廉，就拿亚当来对付他，说我是亚当的直系后代，有姓为证；而他只不过是旁支，不光有姓为证，还能从他并非悠久的诺曼人血统看得出来，于是我们大家又鱼贯回到客厅，在那儿站着吃——端着沙丁鱼碟子和草莓，自己凑对，就这样站着吃。在这里座次问题没有那么严重，两位地位最高的客人掷硬币猜先，赢的先吃草莓，输的得那枚硬币。地位次之的两个接着猜，然后又是以下两位，依此类推。用完小吃以后，搬过桌子来打牌，我们打克利比，一把六便士的彩。英国人从来不为玩而玩。假如不赢点什么、输点什么——至于输赢什么倒无所谓——他们决不玩。

我们度过了一段美妙的时光，当然说的是我们——朗姆小姐和我。我让她闹得魂不守舍，只要手里的牌超过两顺，我就数不清楚了，自己的分已经到了顶也看不出来，又接着从旁边的一排插起，这样打下去本来是把把必输，幸好那姑娘彼此彼此，和我的情况一模一样，你明白吗？于是我们两个人的得分总是到不了顶，分不出个输赢来，俩人都不在乎，也不想想这到底是怎么回事；我们只觉得彼此都很快活，其余的我们统统不闻不问，也不愿意让人搅了兴头。于是我告诉她——我真那样做了——告诉她我爱她；她呢——嘿，她臊得连头发根都红了，不过她喜欢着呢；她是说了，她喜欢。啊，我何曾经历过如此美妙的夜晚！每打完一把，我算分的时候，总要添油加醋，要是她算分，也心照不宣地和我一样数牌。喏，就算我说“跟两张牌”这句话，也得加上一句“哇，你真好看”！她呢，一边说“十五得两分，十五得四分，十五得六分，还有一对得八分，八分就算十六分”，一边问：“你算算对不对?”她的眼睛在睫毛后头瞟着我，你是不知道：那么温柔，那么可爱。哎呀，真是太妙了！

不过，我对她可是襟怀坦白，光明正大。我告诉她，我连一个小钱都没有，就有一张她听说过的、被炒得沸沸扬扬的百万大钞，而且，那张大钞还不是我的，这让她非常好奇；我就悄悄地把前因后果统统给她说了一遍，把她笑了个半死。我搞不清楚她到底笑的是什么，反正她就是一个劲儿地咯咯咯直笑；隔半分钟，就有什么新的情节让她觉得可乐，于是我只好住嘴，给她平静下来的机会。嘿，她都快把自己笑傻了——她真是这样；我还从来没见过这样笑的。我是说从来没见过一个痛苦的故事——一个人的烦恼、焦急和担心——竟然制造出这样的效果。看到她在没什么高兴事的时候居然还能这么高兴，我对她的爱就愈发不可收拾了；你瞧，按那时的情况来看，也许我马上就用得着这么一位太太哪。当然我也告诉她，我们还得等两年，等到我用自己的薪水补上亏空的时候；不过她倒不在乎这些，只盼着我能在开支问题上尽量当心，别让我们第三年的花销有哪怕是一星半点的风险。接着，她开始有点担心了，她想知道我有没有搞错，把头一年起薪估计过高，高出我实得的数目。这话言之有理，让我把原来十足的自信略减了半成；同时，也启发我想出了一个好主意，我就直说了：“我亲爱的波蒂娜，到了我和两位老先生见面的那一天，你愿跟我一起去吗?”

她略微有点迟疑，不过还是说：“只要我去能让你踏实一点，我愿、愿意。可是——你觉得这样合适吗?”

“我也不知道合不合适——我也担心这不大合适。不过，你知道，你去不去关系可大着呢，所——”

“那就别管合不合适，我去就是了，”她用一种可爱的巾帼豪杰的口吻说，“啊，一想到能帮你点儿忙，我太高兴了！”

“亲爱的，怎么是帮点儿忙？嘿，这事全靠你了。你这么漂亮，这么可爱，这么迷人，有你和我一起去，我准能把薪水提得高高的，让那两个好好老先生倾了家，荡了产，还心甘情愿。”

哦！你是没见到她当时的样子：满脸春色，眼睛幸福得闪闪发亮！

“讨厌鬼，光会说好听的！你连半句实话都没有，别管怎么样，我还是跟你一起去。也许这能给你个教训：别指望你怎么看人，人家就怎么看你。”

我心中的疑云一扫而空了吗？我重新又信心十足了吗？你可以根据这件事来判断：我当时就私下把头一年的薪水提高到一千二百英镑。不过我没告诉她：我要留着这件事给她一个惊喜。

回家时我一路上像踩着棉花一样，赫斯廷斯说的话，一句都没钻进我耳朵里头去。直到赫斯廷斯跟着进了我的客厅，对应有尽有、豪华舒适的陈设赞不绝口的时候，我才清醒过来。

“让我在这儿站会儿，饱饱眼福。好家伙！这是宫殿呀——就是宫殿！想要什么，就有什么，暖融融的炭火，连晚餐都备好了。亨利，这不光让我明白了你到底有多阔；还让我彻头彻尾地明白了我自个儿到底有多穷——穷极了，惨透了，废物，没出路，没盼头了！”

天杀的！这一说让我打了个寒噤。他的话让我如梦初醒，我认识到自己是站在半寸厚的地壳上，下面就是火山口。我本来不知道自己是在做梦，也就是说，我没容自己抽出时间来闹个明白；可是如今——乖乖！欠了一屁股债，一文不名，把一个姑娘的吉凶祸福攥在手心里，我自己却还前途未卜，只有一份也许是画饼充饥的薪水——唉，也许根本——就兑不了现！唉唉唉！我算是毁了，没有希望，没救了！“亨利，你每天的收入只要漫不经心地散那么一星半点的，就可以——”“哼，我每天的收入！来，喝了这杯热酒，打起精神头来。咱们干一杯吧！啊，不行——你还饿着哪；坐下，来——”“我没觉得饿，饿过劲了。这些天我一直吃不下；不过，我一定陪你喝个够，喝到趴下为止。干！”“一人一杯，我奉陪！准备好了？一起干！劳埃德，我一边兑酒，你一边讲讲你那点事。”“讲一讲？怎么，再说一回？”“再说？这是什么意思？”“嗨，我是说，你想从头到尾再听一遍？”“我想再听一遍？这可把我闹迷糊了。等等，你别再灌这黄汤了。你不能再喝了。“嗨嗨，亨利，你吓着我了。到这儿来的路上我不是把什么都对你说了吗？”“你？”“是啊，我。”“我要是听见了一个字，我就不得好死。”“亨利，这事可严重了。别折腾我了。刚才在公使那里你到底搞什么鬼来着？”这时我才恍然大悟，我敢做敢当，也就实话实说了。“我把世界上最可爱的姑娘俘虏了！”于是他冲了过来跟我握手，握呀，握呀，握得手都疼了；我们走了三英里路，他讲了一路故事，这故事我一句也没听见：这件事他不怪我了。接着，这个不急不躁的老好人坐下来，又把故事从头讲起。长话短说，他的经历大致如下：他来到英国时，本来以为遍地都是机会；他做了古尔德和加利矿业公司招股的代理，为勘探商出售开采权，超出一百万的部分全部归他。他竭尽全力，用上了全部关系，试遍了一切光明正大的手段，差不多花光了所有的钱，可是，没找到一个资本家愿听他的游说，而他的代理权这个月底就要到期了，他算是完了。说到这里，他跳起来大声嚷嚷着：“亨利，你能救我！你能救我，这世界上能救我的只有你了。你愿意拉我一把吗？你拉不拉？”“告诉我能帮你干什么。照直说，伙计。”“给我一百万，外加回家的路费，换我的‘代理权’！别，你可别拒绝！”

我有苦说不出。一句话已经到了嘴边：“劳埃德，我自己也是个要饭的——连一个小钱也没有，还欠着债。”可是，这时我脑子里电光石火般闪出一个念头来，我咬紧牙关，极力让自己冷静下来，直到冷静得像一个资本家。我用生意人沉着镇定的口气说：

“劳埃德，我拉你一把——”“那我就已经有救了！上帝永远保佑你！有朝一日——”“劳埃德，让我说完。我要拉你一把，可不是那样拉；你吃了这么多苦，冒了这么多风险，那样办对你来说不公平。我用不着买矿山，在伦敦这样的商务中心，我用不着那样做也能赚钱，过去、现在我都不干这样的生意，不过我有一个办法。我对那座矿山的事情自然了如指掌，我知道那座矿山很有价值，为了它，谁让我赌咒发誓都成。你可以随意用我的名义去推销，在两三个星期里头就能卖得三百万现款，我们来对半分好了。”

你不知道，当时要不是我下了个绊，再把他绑起来的话，他定会在那阵狂喜中把我的家具都踩成劈柴，把坛坛罐罐全都打个稀巴烂。后来，他说："我可以用你的名义！你的名义——那还了得！嘿，这些伦敦阔佬准会成群结队地往这儿赶，为了认购股份非打起来不可！我赚了，我发了，今生今世我永远忘不了你！"没过二十四小时，伦敦城就开了锅！我每天不干别的事，只是坐在屋里对来打听的人说："没错，是我对他说的，有人问就来找我。我知道这个人，也知道这座矿山。他的人品无可挑剔，那矿山比他要的价值钱多啦。"

与此同时，我每天晚上都在公使府上陪着波蒂娜。矿山的事我对她只字未提，我留着这事给她一个惊喜。我们谈那笔薪水，除了薪水和爱情一切免谈；有时谈谈爱情，有时谈谈薪水，有时候两者兼谈。啊！那公使夫人和公使千金对我们的体贴无微不至，总是想方设法不让我们受打扰，只瞒着公使一个人，让他毫不疑心——你瞧，她们有多可爱呀！

终于到了那个月的月底，我在伦敦国民银行的户头上已经有了一百万块钱，赫斯廷斯的钱数也是一样。当我穿着自己最体面的衣服，驱车经过波特兰大道那所宅子时，根据种种迹象判断，我的那两个家伙又回来了；我到公使府上接了我最亲爱的人，一边往回赶，一边起劲地谈论薪水的事。激动外加着急，使她显得分外妖娆。我说："亲爱的，凭你现在的模样，我要的薪水比三千英镑少一个子儿都是罪过。""亨利，亨利，你可别毁了咱们哪！""你别怕。把这模样保持住，瞧我的吧。准保万事大吉。"结果，这一路上反倒要我来一个劲地唱高调给她打气，她却一个劲地给我泼冷水；她说："哎，请你记住，假如咱们要价太高了，也许一点儿薪水都捞不着；那时候咱们可怎么办呢，岂不是走投无路，没有生计了吗？"还是那个仆人把我们领了进去，那两位老先生都在，看见有个尤物跟着我，他们很惊奇，可是我说："这算不了什么，先生们，她是我日后的主心骨和帮手。"于是我把他们介绍给她，提到他们时，都是直呼其名。他们对此倒是见怪不怪，因为他们知道我一定查过姓名录。他们让了座，对我极为客气，并且热情地消除波蒂娜的局促感，让她尽可能放松。这时我说："先生们，我准备报告了。""我们很高兴听你的报告，"我的那位先生说，"这样我哥哥亚贝尔和我打的赌就能见分晓了。你如果让我赢了，就可以在我的职权范围内得到一个职位。你拿来那张一百万英镑的钞票了吗?”“在这儿，先生，”我把钞票交给了他。“我赢了!”他拍着亚贝尔的后背喊了起来，“哥哥，如今你还有什么可说的?”“我只好说，他真活下来了，我输了两万英镑，我真不敢相信。”“还有一事禀报，”我说，“这可就说来话长了。我请你们允许我再来一趟，详详细细地说说我这一个月的经历，我保证这值得一听。还有，瞧瞧这个。”“什么，好家伙！二十万英镑的存单。难道这是你的不成?”“是我的。我在三十天之内活用了阁下那笔小小的贷款，赚了这笔钱。至于这大钞本身，我只靠它买过小吃，付账让他们找零钱的时候用。”“嗬，这太了不起了，简直是匪夷所思，小伙子!”“没问题，我全都有根有据。别以为我说的都是天方夜谭。”然而，这时轮到波蒂娜大吃一惊了。她眼睛睁得大大地说：“亨利，这真是你的钱吗？这些天你一直瞒着我?”“我确实瞒着你呢，亲爱的。不过，我想你会原谅我。”她噘起上嘴唇，说：“别太肯定哦。你这个淘气鬼，敢这么骗我!”“啊，一会儿就过去了，心肝儿，一会儿就过去了；你明白吗，就是为了好玩。好了，咱们接着说吧。”“且慢，且慢！还有，那个职位呢。我得给你那个职位。”我的那位先生说。“好吧，”我说，“我不胜感激，不过，我真是用不着再找那份差事啦。”“在我的职权范围之内，你可以选一个顶好的职位。”“谢谢，谢谢，我衷心感谢。不过，再好的职位我也不想要啦。”“亨利，我都替你不好意思了。别辜负了这位好先生的美意，要我替你来表示谢意吗?”“当然可以啦，亲爱的，只要你能做得更出色。看你的啦。”

她走到我的那位先生跟前，倚到他怀里，拿起他的胳膊搂住自己的脖子，对着他的嘴唇照直亲了起来。那两位先生哈哈大笑，我却不知所措，简直是傻了。波蒂娜说：“爸爸，他说在您的职权范围内没有他想要的职位，我真伤心，就好像——”“我的宝贝，他是你爸爸?”“对，他是我的继父，是全世界有史以来最好的。在公使家里时你还不知道我的家世，当时你告诉我，我爸爸和亚贝尔伯伯的花样让你多么烦恼、多么担心；现在你明白我当时为什么笑了吧。”这样一来，我自然实话实说，不再闹着玩了；我直奔主题，说：“噢，最亲爱的先生，我想把刚才说的话收回来。您确实有个待聘的职位，我想应聘。”“说说是哪一个职位。”“女婿。”“哈，哈，哈！可是你知道，你既然没干过这份差事，显然你也不具备满足我们约定条件所需的长处，所以——”“让我试试——啊，一定让我试试，我求您了！只要让我试三四十年就行，假如——”“噢，好，好吧；这也不是什么大不了的要求，带她走好了。”你说我们俩高不高兴？翻遍了全本的词典也凑不够词来形容啊。一两天之后，当伦敦人得知我和百万大钞一个月里的奇遇记始末以后，他们是不是兴致勃勃大聊了一通呢？正是如此。

我的波蒂娜的爸爸把那张帮了忙同时好客的大钞送回了英格兰银行兑现；银行随后注销那张钞票并作为礼物赠给了他；他又把钞票在婚礼上赠送给了我们。从那以后，那张大钞镶了镜框，一直挂在我们家最神圣的位置上。是它给我送来了我的波蒂娜。要不是有了它，我怎么能留在伦敦，怎么能到公使家做客呢，更不要说遇上她了。所以我总是说，“不错，您没看错，这是一百万英镑；可这东西自从出世之后只用了一次，就再没花过；后来，我只出了大约十分之一的价钱，就把这它弄到手了。”

我最近辞职的事实经过

我辞职不干了。政府的工作好像照常运行，可不管怎么说，它的车轮上少了我这根辐条。我原来是参议院贝类委员会的文书，现在已经放弃了这份差事。我看得出来，政府其他人员的表情也很清楚：他们就是不让我参与商议国家大事，所以，我没法子只当官差而不丢面子。我在政府任职6天，假如我把这6天当中遇到的所有气人的事情一件件、一桩桩，详详细细地说出来，我可以写上一本书。他们指定我当贝类委员会的文书，却不许我同抄写员打台球。不打球虽说冷清一些，倒还可以容忍，只要内阁其他成员给我合乎我身份的待遇。可是，他们没有一个待我客气过。我一发现某个部门的头头推行一条错误路线，我就放下手里的工作，跑去纠正他，我把这种事看成我的职责。可他们没有一回谢过我。我怀着世界上最良好的愿望去见海军部长，对他说：

“先生。我看法拉库特海军上将在欧洲啥也没干，闲闲散散，像是在郊游野餐。这个嘛，或许蛮不错，不过我不是这么看。他要是没有仗可打，还是让他回国吧。一个人带领整支舰队去旅游，没有什么好处。太浪费了。你注意，我不反对海军军官旅游——合情合理的旅游——厉行节约的旅游。现在，他们还不如沿密西西比河去放木排——”

你该听听他当时发多大的脾气！你还以为我犯了什么罪似的。可是我不在乎。我说我这个办法不花钱，既富于共和国的简朴精神，又万无一失。我说，你想安安静静地旅游，乘木排比乘什么都强。

这时候，海军部长问我是什么人，我说我在政府供职，他问我是管什么的。我心想同一个政府里工作的人居然提出这样的问题，真叫人莫名其妙，但我没有说出口来，只告诉他，我是参议院贝类委员会的文书。你猜他发多大的脾气！他命令我滚出他这个地方，以后只许管我分内的事情。我头一个冲动是想撤他的职。不过，这不光是他一个人的问题，还涉及其他人，而我又捞不到什么好处，所以才没有撤他。

接着我去找作战部部长。他压根儿不想见我，后来他知道我也在政府任职。我呢，如果没有什么要紧的事儿，我想我才不会去找他。我先问他借个火（他当时正抽着烟），接着我对他说，他维护假释李将军及其战友们的条款，我没有什么意见，但是我不赞成他对付平原上印第安人的作战方式。我说他兵力过于分散。他应该吸住更多的印第安人——选一个有利的地形把他们集中在一起，双方都有足够的供应，然后来它个大屠杀。我说，对于印第安人来说，大屠杀最使他们心服。如果他不赞成大屠杀，我说第二个绝招是使用肥皂和教育。肥皂和教育的效果不如大屠杀迅速，但是从长远考虑，更能致他们于死命。因为杀了一半，还剩一半，印第安人还能复原，可是如果你给他们上学，叫他们洗澡，结果他们迟早要完蛋。这个办法慢慢毁损他的体格，击中他生命基础的要害。我说：

“先生，是时候了，必须残酷镇压。对破坏平原的印第安人，用肥皂和拼音本加以严惩，让他们去死吧！”

作战部部长问我是不是内阁成员，我说我是内阁成员。他又问担任什么职务，我说我是参议院贝类委员会的文书。于是他下令以藐视法庭罪将我逮捕，限制了我一天的自由。

打那以后，我真想不再吭声，随政府去，它爱怎么着就怎么着。可是使命在身，我不得不听从它的召唤。我访问了财政部长。他问我：

“您要点儿什么？”

这个问题我倒是没有防备。我说，“甜酒。”

他说：

“你有什么事情到这里来，先生，你就说，越简短越好。”

我说，他话题转得这么突然，我感到遗憾，这种做法令我反感。可是，在目前情况下，我不计较这件事，谈正事要紧。我接着恳切地告诫他，他作的报告长得出奇。我说作这么长的报告是浪费时间，没有必要，并且结构别扭。其中没有描写，没有诗，没有感情——没有主人公，没有情节，没有插图——连一幅木刻都没有。没有人会读这种报告，这是明摆着的事。我奉劝他不要因为写这样的报告而坏了自己的名声。如果他想在文学方面搞出点名堂来，他写的时候一定得多搞点花样。枯燥的细节绝对不能往上写。我说日历片之所以受大众欢迎，就是因为它上面有诗句，有谜语，他的财政报告要是处处插进一点谜语，销路一定更好，比他写进报告里去的国内税收项目来劲得多。我谈这些问题的时候态度十分诚恳，可是财政部长大发雷霆。他居然说我是一头蠢驴。他存心报复，咒骂了我一通，还说假如我再敢来干涉他的工作，他就把我从窗户里扔出去。我说，既然我得不到与我官差身份相称的待遇，我就取帽告辞。我这就走了。这号人活像新冒出来的作家。他们的处女作快发表了，就自以为比谁都强。你甭想对他们提什么建议。

我在政府任职期间，好像我凡是履行职责的时候，总是碰一鼻子灰。然而我做的事，我打算做的事，用意都是为我们国家好。我受了冤屈，痛苦万分，没准会逼得我得出不公正的、有害的结论，可是在我看来，国务卿、作战部部长、财政部长和我其他同僚准是一开始就想把我撵出政府。我在政府供职那会儿只参加过一次内阁会议。那一次就够我受的了。白宫看门的那位公仆好像不情愿为我放行，后来我问他内阁其他成员都到了没有。他说都到了，我这才走了进去。他们都在场，但是没有一个人请我坐下。他们两只眼瞪着我，好像我是外人似的。总统说：

"先生，您是什么人?"

我把我名片递给他，他念道："参议院贝类委员会文书马克·吐温。"接着他把我从头看到脚，好像从来没有听说过我这个人。财政部长说：

"就是这头捣乱的蠢驴跑来对我说，要我在报告里写诗句、出谜语，把财政报告当成日历片。"

作战部部长说：

"就是这个人做白日梦，他昨天跑来给我出主意，叫我用教育的办法把一部分印第安人教死，其余的印第安人统统杀光。"

海军部长说：

"我认识这个年轻人，就是他这个星期再三干扰我的工作。他担心法拉库特上将率领整支舰队是在旅游，用他的话说，是在旅游。他发神经病，建议海军乘木排旅游，荒唐透顶，我没法重复他说过的话。"

我说：

"先生们，我看你们都想对我做的每一件公务抹黑；而且我看得出你们都不想让我参与商议国家大事。今天这个会，我什么通知都没有接到。

靠一个偶然的机会，我才知道要开内阁会议。可这些事我就不说了。我想知道的是这一点：这是不是开内阁会议？”

总统说是内阁会议。

“那好，”我说，“咱们马上讨论正事，时间宝贵，不能浪费，不要互相揭老底，这不像样子。”

这时候，国务卿开腔了，他用最亲切的口气对我说：

“年轻人，你想错了。国会各个委员会的文书不是内阁成员。就好比国会议会厅看门的不是内阁成员一样，你听来好像觉得奇怪。因此，我们虽然在审议国事中很希望能听到你超群的见解，但是根据法律规定，我们不能这样做。审议国内大事，你不能参加；万一有不测的事发生，这是常有的事，你会感到难受，但你用自己的言行竭力制止过，这对你来说也是一个安慰。我祝福你。再会了。”

他这些话说得温和妥帖，我不安的内心得到了安慰，我就离开了会场。但是，国家的公仆不知安宁为何物。我刚回到国会大厦我那间小办公室，拿出议员的派头刚把两只脚跷到桌子上，贝类委员会一位议员气冲冲地闯了进来，对我说：

“你这一整天到哪里去了？”

我说，假如此事与他有关，那么我是去参加内阁会议了。

“内阁会议？我倒想知道，你去参加内阁会议干什么？”

我说我是去出主意的——为论证的需要，我还说此事从各方面讲都同他有关。他当时极为无礼，最后说什么他找了我 3 天，要我抄写一份有关炸弹壳、鸡蛋壳、蚌壳还有什么乱七八糟贝壳的文件，可谁也找不到我。

这太过分了。他这根羽毛一加上去，我这个抄写员的骆驼背压折了。我说，“先生，你以为我是为 6 个美元一天在干活吗？你要真是这么以为，那么我建议参议院贝类委员会另请高明。我不是什么党派组织的奴隶！你那些降低我身份的差使，给我收回去吧。不自由，毋宁死！”

从那一刻起，我就不再担任政府工作了。我在那个部门坐冷板凳，受内阁的奚落，最后我想讨好的那个委员会主席训了我一顿，我蒙受迫害，被迫远离我那既冒风险、又吸引人的伟大的工作，在危急的时刻抛弃了我那正在流血的祖国。

但是，我为国家尽过力，我呈上报销单：

参议院贝类委员会文书博士

向美利坚合众国报销：

作战部咨询	50 美元
海军部咨询	50 美元
财政部咨询	50 美元
内阁咨询	免费
往返耶路撒冷旅费，途经埃及、阿尔及尔、直布罗陀与卡迪斯，行程 14000 英里，每英里按 20 美分计	共 2，800 美元
参议院贝类委员会文书薪金，每天 6 美元，共 6 天	36 美元
总计	2，986 美元

除了文书薪金 36 美元这个小数目之外，报销单上各项竟没有一项照付。财政部长逼得我山穷水尽，拿起笔来把我其他各项支出统统划掉，只在边上批了“不准”两字。居然赖账！这国家完蛋了。

我的官场生涯眼看是完了。让那些愿意上钩的文书留下去干吧。据我了解，各部门许多文书根本不知道什么时候开内阁会议；他们对于战争、财政、商业有什么高见，国家领袖从来不去询问，似乎他们不是政府里的人，而实际上他们天天在办公室干活！他们知道他们的工作对国家来说多么重要，他们一举一动不自觉地流露出来，你瞧他们在饭店里点菜时候那副神气——可他们是在工作呀。我认识一位文书，他得把从报纸上剪下来的各式各样小纸片贴到剪贴簿里去——有时候一天要贴八张、十张之多。他贴得不怎么样，可是他拿出了最大的本事去贴。这活儿是最累人的。它淘空你的才智。可是他只挣 1800 美元一年。那位年轻人有这么好的头脑，要是愿意干别的行当，他可以攒起好几千好几千美元。可是，他不——他的心向着祖国，只要祖国还剩下一本剪贴簿，他就甘心为祖国去贴。我认识几位文书，他们不知道怎么写，可是他们有多少知识就把多少知识尊敬地奉献在祖国的脚下，累死累活，受苦受难，就为这2500美元的年薪。他们写的东西，有时候别的文书不得不重写，可是你已经为国家尽了力，国家还能埋怨你吗？有些文书，找不到文书的活儿，就等啊，等啊，等什么时候有个空缺——耐心地等待一个为祖国效劳的机会——而在他们等的时候，只给他们2000美元一年。这可真惨——太惨了，太惨了。如果国会议员一位朋友很有才能又没有工作，无法施展他伟大的抱负，那位议员就会把他交给祖国，安排他在一个部门当文书。那个人就得当一辈子奴隶，为了从不替他考虑、从不同情他的国家的利益而同文件去开仗——就不过为了两三千元一年的薪俸。我要是把几个部门所有文书的情况统统列举出来，说明他们干的是什么活儿，拿的又是多少钱，那么，你会发现文书还差一半，就他们干的活儿说，工资也还差一半呢。

田纳西的新闻界

孟菲斯“雪崩报”的总编辑对一位把他称为过激派的记者给予这样温和的抨击：“当他还在写头一句话的时候，写到中间，加着标点符号，他就知道他是在捏造一个充满着无耻的作风、冒出造谣的臭气的句子。”——“交易报”。

医生告诉我说，南方的气候可以增进我的健康，因此我就到田纳西去，担任了“朝华与约翰生县呼声报”的编辑职务。我去上班的时候，发现主笔先生斜靠着椅背坐在一把三条腿的椅子上，一双脚放在一张松木桌子上。房间里另外还有一张松木桌子和一把残废的椅子，两者都几乎铺满了报纸和剪报，还有一份一份的原稿。有一只盛着沙子的木箱，里面丢了许多雪茄烟头和“香烟屁股”，还有一只火炉，火炉上有一扇上下开关的搭下来的门。主笔先生穿着一件后面很长的黑布上装和白麻布裤子。他的靴子很小，用黑靴油擦得很亮。他穿着一件有皱褶的衬衫，戴着一只很大的图章戒指，一条旧式的硬领，一条两端下垂的方格子围巾。服装的年代大约是1848年。他正在吸着一支雪茄烟，用心推敲着一个字，他的头发已经被他抓得乱蓬蓬的了。他皱眉瞪眼，样子很可怕，我估计他是在拼凑一篇特别伤脑筋的社论。他叫我把那些交换的报纸大约看一下，写一篇“田纳西各报要闻摘录”，把那些报纸里面所有的有趣的材料通通简缩在这篇文章里。

于是我写了下面这么一篇：

田纳西各报要闻摘录

“地震”半周刊的编者们关于巴里哈克铁道的报道显然是弄错了。公司的方针并不是要把巴札维尔丢在一边。不但如此，他们还认为这个地方是沿线最重要的地点之一，因此绝不会有轻视它的意思。“地震”的编辑先生们当然是会乐于予以更正的。

希金斯维尔“响雷与自由呼声”的高明主笔约翰·布洛松先生昨天光临本城。他住在范·布伦旅舍。

我们发现泥泉“晨声报”的同业认为范·维特的当选还不是确定的事实，这是一种错误的看法，但在他没有看到我们的纠正之前，一定会发现了他的错误。他当然是受了不完全的选票揭晓数字的影响而作了这个不正确的推断。

有一个可喜的消息：布雷特维尔城正在设法与纽约的几位工程师订约，用尼古尔逊铺道材料翻修那些几乎无法通行的街道。“每日呼声”极力鼓吹此事，并对最后成功似有把握。

我把我的稿子交给主笔先生，随他采用、修改，或是撕毁。他看了一眼，脸上就显出不高兴的神气。他再往下一页一页地看，脸色简直变得可怕。显而易见，一定是出了毛病。他随即就一下子跳起来，说道：

“哎呀哈！你以为我提起那些畜生，会用这种口气吗？你以为订户们会看得下这种糟糕的文章吗？把笔给我吧！”

我从来没有见过一支笔像这样恶毒地连划带勾一直往下乱涂，像这样无情地把别人的动词和形容词乱划乱改。他正在进行这项工作的时候，有人从敞开的窗户外面向他放了一枪，把我的一只耳朵打得和另一只不对称了。

“呵，”他说，“那就是斯密士那个混蛋，他是‘精神火山报’的——昨天就该来哩。”于是他从腰带里抽出左轮来放了一枪。斯密士被打中了大腿，倒在地下。他正在要放第二枪，可是因为他被主笔先生打中了，自己那一枪就落了空，只打中一个局外人。那就是我。还好，只打掉一只手指。

于是主笔先生又继续进行他的涂改和增删。正当他刚刚改完的时候，有人从火炉的烟筒里丢了一个手榴弹进来，一声爆炸，把火炉炸得粉碎。幸好只有一块乱飞的碎片敲掉我一对牙齿，此外并无其他损害。

“那个火炉完全毁了。”主笔说。

我说我也相信是这样。

“唉，没关系——这种天气用不着它了。我知道这是谁干的事情。我会找到他的。你看，这篇东西应该是这么写才对。”

我把稿子接过来。这篇文章已经删改得体无完肤，假如它有个母亲的话，她也会不认识它了。现在它已经成了下面这样：

田纳西各报要闻摘录

“地震”半周刊那些撒谎专家显然又在打算对巴里哈克铁道的消息造一次谣，这条铁道是十九世纪最辉煌的计划，而他们却要散布卑鄙无聊的谎言来欺骗高尚和宽大的读者们。巴札维尔将被丢在一边的说法，根本就是他们自己那些可恶的脑子里产生出来的——或者还不如说是他们认为是脑子的那种肮脏地方产生出来的。他们实在应该挨一顿皮鞭子才行，如果他们要避免人家打痛他们的贱皮贱肉的话，最好是把这个谎言收回。希金斯维尔“响雷与自由呼声”的布洛松那个笨蛋又到这里来了，他厚着脸皮赖在范·布伦旅舍住着。我们发现泥泉“晨声报”那个昏头昏脑的恶棍又照他的撒谎的惯癖放出了谣言，说范·维特没有当选。新闻事业的天赋的使命是传播真实消息；铲除错误；教育、改进和提高公众道德和风俗习惯的趋向，并使所有的人更文雅、更高尚、更慈善，在各方面都更好、更纯洁、更快乐；而这个黑心肠的流氓却一味降低他的伟大任务的身价，专门散布欺诈、毁谤、谩骂和下流的话。

布雷特维尔城要用尼古尔逊铺道材料修马路——它更需要一所监狱和一所贫民救济院。一个鸡毛蒜皮的市镇，只有两个小酒店、一个铁匠铺和那狗皮膏药式的报纸“每日呼声”，居然想修起马路来，岂非异想天开！“呼声”的编者卜克纳这下贱的小人正在乱吼一阵，以他那惯用的低能的话极力鼓吹这桩事情，还自以为他是说得很有道理的。

“你看，要这样写才行——既富于刺激性，又中肯。软弱无力的文章叫我看了心里怪不舒服。”

大约在这个时候，有人从窗户外面抛了一块砖头进来，噼里啪啦打得很响，使我背上震动得不轻。于是我移到火线以外——我开始感觉到自己对人家有了妨碍。

主笔说：

“那大概是上校吧。我等了他两天了。他马上就会上来的。”

他猜得不错。上校一会儿就到了门口，手里拿着一支左轮枪。

他说：

“老兄，您可以让我和编这份肮脏报纸的胆小鬼打个交道吗？”

“可以。请坐吧，老兄。当心那把椅子，它缺了一条腿。我想您可以让我和这无赖的撒谎专家布雷特斯开特·德康赛打个交道吧？”

“可以，老兄。我有一笔小小的账要和您算一算。您要是有空的话，我们就开始吧。”

“我在写一篇文章，谈谈‘美国道德和智慧发展中令人鼓舞的进步’这个问题，正想赶完，但是这倒不要紧。开始吧。”

两支手枪同时砰砰地打响了。主笔被打掉了一撮头发，上校的子弹在我的大腿上多肉的部分终结了它的旅程。上校的左肩稍微削掉了一点。他们又开枪了。这次他们两人都没有射中目标，可是我却遭了殃，胳臂上中了一枪。放第三枪的时候，两位先生都受了一点轻伤，我被削掉一块颧骨。于是我说，我认为我还是出去散散步为好，因为这是他们私人的事情，我再参与在里面不免有点伤脑筋。但是那两位先生都请求我继续坐在那里，并且极力说我对他们并无妨碍。

然后他们一面再装上子弹，一面谈选举和收成的问题，同时我就着手捆伤口。但是他们马上又开枪了，打得很起劲，每一枪都没有落空——不过我应该说明的是，6 枪之中有 5 枪都光顾了我。另外那一枪打中了上校的要害，他很幽默地说，现在他应该告辞了，因为他还有事情要进城去，于是他就探听了殡仪馆的所在，随即就走了。

主笔转过身来向我说：“我约了人来吃饭，得准备一下。请你帮帮忙，给我看看校样，招待招待客人吧。”

我一听说叫我招待客人，不免稍觉畏怯，可是刚才那一阵枪声还在我耳朵里响，我简直吓得魂不附体，因此也就想不出什么话来回答。

他继续说："琼斯四点钟会到这儿来——赏他一顿鞭子吧。吉尔斯配也许还要来得早一点——把他从窗户里摔出去。福格森大约四点钟会来——打死他吧。我想今天就只这些事了。要是你还有得时间多的话，你可以写一篇挖苦警察的文章——把那督察长臭骂一顿。牛皮鞭子在桌子底下；武器在抽屉里——子弹在那个犄角里——棉花和绷带在那上面的文件架里。要是出了事，你就到楼下去找外科医生蓝赛吧。他在我们报上登广告——我们给他抵账就是了。"

他走了。我浑身发抖。后来那 3 个钟头完了的时候，我已经经历了几场惊心动魄的危险，以致安宁的心境和愉快的情绪通通无影无踪了。吉尔斯配是光顾过的，他反而把我摔到窗户外面了。琼斯又即时来到，我正预备赏他一顿皮鞭子的时候，他倒给代劳了。还有一位不在清单之列的陌生人和我干了一场，结果我让他剥掉了头皮。另外还有一位名叫汤普生的客人把我一身的衣服撕得一塌糊涂，全成了碎布片儿。后来我被逼到一个角落里，被一大群暴怒的编辑、赌鬼、政客和横行无忌的恶棍们围困着，他们都大声叫嚣和谩骂，在我头上挥舞着武器，弄得空中晃着钢铁的闪光，我就在这种情况中写着辞去报馆职务的信，正在这时候，主笔回来了，和他同来的还有乱七八糟的一群兴高采烈的、热心帮忙的朋友。于是又发生了一场斗殴和残杀，那种骚乱的情况，简直非笔墨所能形容。人们被枪击、刀刺、砍断肢体、炸得血肉横飞、摔到窗户外面去。一阵短促的风暴般的阴沉的咒骂，夹杂着混乱和狂热的临阵舞蹈，朦胧地发出闪光，随后就鸦雀无声了。5 分钟之内就平静了下来，只剩下血淋淋的主笔和我坐在那里，察看着四周的地板上到处铺满了的这一场厮杀的一塌糊涂的战迹。

他说：

"你慢慢习惯了，就会喜欢这个地方。"

我说：

"我可不得不请您原谅；我想我也许再过些时候，写出稿子来就能合您的意；我只要经过一番练习，学会了这儿的笔调，我相信我是能胜任的。可是说老实话，那种措辞的劲头实在有些欠妥，写起文章来难免引起风波、被人打搅。这您自己也明白。文章写得有力量，当然是能够鼓舞大家的精神，这是不成问题的，可是我究竟不愿意像您这个报纸这样，引起人家这么注意。像今天这样，老是有人打搅，我就不能安心写文章。这个职务我是十分喜欢的，可是我不愿意留在这儿招待您那些客人。我所得的经验是新奇的，确实不错，并且还可以算是别有一番风味，可是今天的事情还是有点不大公道。有一位先生从窗户外面向您开枪，结果倒把我打伤了；一颗炸弹从火炉烟筒里丢进来，本来是给您送礼的，结果可叫炉子的门顺着我的喉咙管溜下去了；一个朋友进来和您彼此问候，结果把我打了个满身枪眼，弄得我的皮包不住身子；您出去吃饭，琼斯就来拿皮鞭子揍了我一顿，吉尔斯配把我摔到窗户外面去，汤普生把我的衣服全都撕掉了，还有一个完全陌生的人把我的头皮剥掉了，他简直干得自由自在，就像个老朋友似的；还不到五分钟的工夫，这一带地方所有的坏蛋都涂着鬼脸来了，他们都要拿战斧把我吓得五魂出窍。整个儿说，像今天所经过的这么一场热闹，我可是一辈子没有遇到过。不行；我喜欢您，我也喜欢您对客人解释问题那种不动声色的作风，可是您要知道，我简直不习惯这些。南方人的心太容易被感情冲动；南方人款待客人太豪爽了。今天我写的那几段话，写得毫无生气，经您大笔一挥，把田纳西新闻笔调的强烈劲势灌注到里面，又不免惹出一窝马蜂来。那一群乱七八糟的编辑又要到这儿来——他们还会饿着肚子来，要杀一个人当早餐吃哩。我不得不向您告辞了。叫我来参加这场热闹，我只好敬谢不敏。我到南方来，为的是休养身体，现在我要回去，还是为了同一目的，而且是说走就走。田纳西新闻界的作风太使我兴奋了。”

我说完这些话之后，我们彼此便黯然地分手了，我就搬到医院去，在病房里住下来。

好孩子的故事

从前有一个好孩子，名叫雅各布·布里文斯。他总是很听他父母的话，无论他们的要求多么荒唐与不合理。他总是专心读书，在主日学校从不迟到。他从不逃学，即使他清醒的理智判断告诉他逃学乃是于他最有利的事情，他也不干。其他孩子谁也弄不明白他是怎么回事，因为他行为如此怪异。他不会撒谎，无论撒谎能让他得到多大便宜。他只是说撒谎是不对的，这就是他不撒谎的充分理由。他是如此老实，以至于显得都有点可笑。雅各布这孩子种种行事方式真是空前绝后的。星期天他不玩石弹，他不捣鸟巢，他也不拿烫手的硬币逗那些拉手风琴卖艺者的猴子，他对任何合理的娱乐都似乎不感兴趣。因此其他孩子曾想推敲出其中的道理，以便了解这个人，但是他们没有得到任何满意的结论。正如我从前说过的，他们只是隐隐约约有一个念头，觉得他“精神上很痛苦”。因此他们都保护着他，从不让他受到什么伤害。

这个好孩子读遍了主日学校的书，这些书是他最大的快乐。全部秘密就在这里，他信服他们在主日学校的书上说的那些好孩子们，他对他们佩服得五体投地。他渴望着什么时候能遇上这样一个活生生的好孩子，不过他从没有遇到过。也许他们在他之前都死了。每当他读到一个关于特别好的孩子的故事，他总是赶快翻到故事末尾，想看看结局怎样，因为他还打算走成千上万英里路去仔细看看他呢。但是这毫无用处，那个好孩子总是在最后一章里死去，书上还有葬礼的画面，他所有的亲朋好友和主日学校的学生们都站在他的墓旁，大家的裤子都太短，帽子都太大，每个人都用一条手绢抹着眼泪，而那条手绢足足有一码半长。他的兴头老是就这样被打断了。那些好孩子中，他一个都没有看到过，因为他们总会在书上最后一章死去。

雅各布有一个高尚的雄心壮志，希望自己能被列入一本主日学校的书刊。他希望能被列入书中，还附上一些插图，描绘他不对他母亲撒谎的光荣本色，还有他母亲流着泪为他感到高兴；还有一些插图，描绘他站在台阶上是给那个带着六个孩子的可怜的叫花婆施舍了一个铜板，并告诉她想怎么花就怎么花，但不要浪费，因为浪费是一种罪恶；还有一些插图，描绘他宽宏大量地不去告发那个专门与他捣蛋的坏孩子，那个顽皮鬼老是在他从学校里出来的时候，藏在那个角落里等着他，用一块木板打他的头，还把他往家里撵，他一边走着，还一边“嗨！嗨！”地嚷着。这就是年轻的雅各布·布里文斯的雄心壮志。他渴望着能被列入一本主日学校的书中。不过，当他想起那些好孩子总是会死掉时，这使他偶尔会感到一点不舒服。他愿意活着，你瞧，这是当一个主日学校的书里的好孩子最让人不舒服的事情。他知道当好孩子对于身体健康来说是不大好的。他也知道要当书中描绘的那样好得不近人情的孩子比患肺病更为致命；他明白他们中没有人能够长久地挺住；他还痛苦地想到，即使把他编进了书里，他自己也不可能看到；或者即使他们能在他死前把书印出来，可是在书的后面没有他葬礼的插图，大家也不会爱看。假如一本主日学校的书里没有他临死时对社会的忠告，那就显不出这种书的特点来。因此最后，理所当然地，他下定了决心，在现有情形中，尽可能做得最好——规规矩矩地活着，尽他所能能坚持多久就坚持多久，并且把他临死时要说的话预先准备好。

不过不知怎么的，这孩子老是什么事情都不如意，他所遇到的事情从来没有像书里那些好孩子所遇到的事情那样。那些好孩子总是过得很快乐，而坏孩子总是摔断腿。不过他的情形却不同，总有什么地方出了毛病，一切事情都和书里说的恰好相反。有一次他发现吉姆·布雷克在偷苹果，他就走到树底下，给他念坏孩子从邻居的苹果树上摔下来摔断胳膊的事，结果吉姆也从树上摔下来了，但是却摔在他身上，压断了他的胳膊，而吉姆却安然无恙。雅各布搞不懂那件事，书里面根本没有这类事情呀。

还有一次，有几个坏孩子把一个瞎子推倒在泥坑里，雅各布跑去扶他起来，还准备着接受他的道谢，但是那个瞎子根本就没有向他道谢什么，反而用拐杖乱打他的脑袋，还说看他还敢不敢再把他推倒，又假装把他扶起来。这也与书上所说的不符合。雅各布翻遍了所有的书，想明白是怎么回事。

雅各布还想干一件事情，他想找到一条瘸腿的狗，一条无家可归、又饥饿又受欺负的狗，把它带回家，爱抚它，让那条狗永存感激。最后他终于找到了一条，他真是高兴。他把它带回家中，喂东西给他吃，但是当他要和它亲近一番时，那条狗却扑过来，把他的衣服都撕破了，只剩下前面几块，那样子叫人看了准会大吃一惊。他又去查书里的说法，但是这孩子始终搞不懂那件事怎么会发生的。那条狗和书里讲的那些狗是同类的，但是它的举动却截然相反。不管这孩子干什么事，他都会惹上麻烦。书里的孩子们干了那些事情就会受到奖赏，而他干同样的事情对他却极为不利。

一次，当他走在去主日学校的路上时，他看见几个坏孩子正开着一艘帆船出去玩耍。他简直吓得要命，因为他从书上知道那些星期天出去划船的孩子们总会被淹死的，无一例外。因此他就驾着一只木筏去警告他们，可是他脚下的一根圆木一滚，把他滑进了河里。幸好有一个人很快把他救了出来，医生压出他肚子里的水，使他恢复了呼吸，但是他着了凉，病倒了，在床上躺了九个星期。但是最不可思议的事情是船上的坏孩子们那一天过得很愉快，然后都好好地活着回了家，快活得要命。雅各布·布里文斯说像这样的事情书上可没有呀。他简直彻底被弄得莫名其妙了。

当他恢复健康后，他稍有一点沮丧，但是他还是决定不管怎样还要继续尝试。他明白到目前为止他还不够资格被编进书里，不过他还没有到书里面给好孩子规定的寿命年限，他希望坚持到他寿命应该完结的时候，终归能在书上留名。即使其他一切都失败了，至少他那番临终时要说的话还是靠得住的。

他查对了书中的教导，发现现在该是他出去航海当茶房的时候了。于是他去拜访了一位船长，向他提出申请，当那位船长向他要证明文件时，他得意地拿出一本宗教小册子，指着上面的题字，“送给雅各布。布里文斯，爱他的老师赠”。但是船长却是个鲁莽粗俗的人，他说道，“哦，见鬼去吧！那算是什么证明文件！这并不能证明他知道怎样洗盘子，提脏水桶，我看他是不行的。”在雅各布的一生中，这算是他所遭遇到的最离奇的事情了。一位老师在宗教小册子上题的赞誉之词肯定会打动船长们最温柔的感情，从而给孩子们打开前途，让他获得在船长的权限内光荣而又赚钱很多的职位，这是屡试不爽的——他所读过的书中，从来没有不是这样说的。他几乎都不敢相信他所见所闻的一切。

这个孩子总是霉运连连，没有一件事情和他所信仰的那些书里说的相符。最后，有一天，他四处游荡，寻找坏孩子，去劝诫他们，他终于在老翻砂厂里发现一伙坏孩子，他们拿十四五条狗来寻开心，把它们穿在一起，连成一长串，正准备用装过硝酸甘油的空洋铁桶捆在它们尾巴上。雅各布心里很难受。他坐在一只空洋铁桶上面，他抓住最前面一条狗的颈项圈，转过脸去望着那坏小子汤姆·琼斯，眼中满含责备的神色。但是正当此时，参议员麦克威尔特怒气冲天地闯了进来。所有的坏孩子都溜掉了，但是雅各布·布里文斯心地纯洁地站了起来，开始以那些庄严的主日学校的书里的口吻要说一番话，这一番话照例是用“哦，先生!”来开头的，虽然恰恰与此相反，没有哪一个孩子，无论他是好还是坏，会以“哦，先生!”这样的话来开头的。但是参议员却没有耐心等着听他说完其余的话，他揪住雅各布·布里文斯的耳朵，揪得他团团打转，还在他屁股上打了一巴掌。说时迟，那时快，这个好孩子一下飞了出去。撞破屋顶，一直向太阳飞去。那十五条狗也零零落落地拖在他身后，就像一只风筝的尾巴。

很快，就看不到地面上那个参议员或那个旧翻砂厂的一丝踪迹了，至于年纪轻轻的雅各布·布里文斯呢，尽管他费了许多心血准备好了临终发言，现在他却再也没有机会了，除非他对空中的飞鸟们说说。虽然他身子的大部分都掉了下来，落在邻近的一个县的一株树顶上，其余部分却分散在四个市镇，因此他们不得不给他五处验尸，确定他是否已死，以及这事情是怎么发生的。谁也没有见过一个孩子会这样四处分尸的。

那个竭尽全力想做好人的好孩子就这样陨落了，但是这却与书上所说的有天壤之别。除了他之外，每个像他那样干的孩子都获得了成功。他的遭遇实在是奇怪得很，值得一记。至于个中缘由，也许从不可能说清楚。

罗马万神殿维纳斯神像的故事

第一章

“哦！乔治，我真爱你！”

“多谢你的深情，玛丽，我知道你的心意——可是你父亲为什么总是那么顽固呢？”

“乔治，他的本意是好的，你知道在他的心目中，搞艺术是件极傻的事。他只晓得买卖杂货。他觉得你今后会叫我挨饿哩。”

“他的想法真是危言耸听，不过多少对我们还有点启发性。为什么我不是一个精于赚钱养家，而没有心肝的杂货店老板，却偏偏秉承了雕刻家的天赋，在这里忍饥挨饿搞什么艺术呢？”

“别丧气了，乔吉，我亲爱的——他对你怀有的成见迟早会渐渐消除的，只要你某天赚足了五万美元……”

“五万美元？孩子，我现在连饭钱都还拖欠着哪！”

第二章

“我亲爱的先生，多谈无益。我并不是故意想跟你过不去，但只是不希望自己的女儿结上一门鲁莽的婚姻，在其中混杂着所谓的爱、艺术还有饥饿——我真不知道，除此之外你还拿得出什么东西。”

“先生，我的确很穷，你说得没错。可是名誉难道在您眼里一钱不值吗？阿堪萨斯州的议员贝拉美·福德勒先生曾称赞我那件新作《美国雕像》是一件很妙的雕刻品，他对它感到非常满意，并认为终有一天我将名垂千古。”

“呸，那头阿堪萨斯州的蠢驴懂得什么？名誉是一文不值的。你那尊鬼大理石雕像在市场上能卖到个什么价位才是你该关注的重心。你花了半年的时间一刀刀地把它雕琢出来，可连一百块钱都卖不到。不行啊！先生。要是你能拿出五万块钱给我看看，我就将女儿嫁给你，要不然，她就要和年轻的辛普先生结婚了。我可以再给你半年的时间去弄这笔钱。再见吧！先生。”

“哎！我好惨呀！”

第三章

“哎！约翰，我少年时代的老朋友，我现在恐怕是所有男人中最不幸的一个。”

“你是个十足的笨蛋！”

“我现在除了这可怜的‘美国雕像’外，没有任何东西可以寄托我的爱情了。你看，就连她那副冷若冰霜的石头面孔也不会对我表示丁点儿的同情，那么美，可也那么冷酷无情！”

“你真没用！”

“哦！约翰！”

“咳，你在自怜自艾！你不是说别人给了你六个月的时间去筹这笔钱吗？”

“约翰，求你别尽拿我的烦恼寻开心吧！就算有六个世纪的时间，那也不会有什么两样。对一个没名气，没有资本，又没有朋友的倒霉鬼而言光有时间顶什么用啊？”

“你这白痴！懦夫！弱智！六个月之内筹这笔款——实际上你只消五个月就成啦！”

“你没有发疯吧？”

“六个月——绝对绰绰有余。交给我来解决吧。我会搞到这笔钱的。”

“你这什么意思，约翰？你究竟想用什么法子替我弄到这笔该死的巨款？”

“你别管那么多，把它交给我，行不行？你让我来全权负责这件事，好吗？你肯不肯向我发誓，不管我做什么你都会同意？你能否担保对我所有的行为都不存异议?”

“我都叫你说得头晕目眩了，简直感觉莫名其妙，不过我还是愿意发誓。”

约翰拿起一根铁棍，把“美国雕像”的鼻子故意搞碎！他又敲了一下，它的两根手指就掉到地板上；再敲一下，耳朵的一部分又掉了；又一下子，一排脚趾又被敲断了；又一棍，左腿从膝盖以下断裂，雕像倒在地上，成了一堆残破的废物！

约翰戴上帽子出门去了。

乔治目瞪口呆地望着眼前那堆破碎了的、梦魇般的怪物，瞪了足足三十秒钟的工夫，然后瘫倒在地，哭得浑身抽搐。

不一会儿，约翰叫了一辆马车返回工作室，他把那位伤心的艺术家及残破的雕像都弄到马车上，若无其事地低声吹着口哨驾车走了。然后约翰把那位艺术家留在自己的屋子里，就带着雕像赶着车消失在宫廷大马路上。

第四章

“六个月的期限在今天两点钟就到期了！哎！真要急死人！我这辈子都完了。昨天我就没吃晚饭。今天又没有吃早饭。我简直不敢走进饭铺子里去。饿不饿呢？那还用得着问！鞋匠把我逼得走投无路，裁缝也逼，房东也把我盯得紧紧的。我真倒霉透了。从那可怕的一天以后，我还没见到过约翰的鬼影子。我在大街上碰见了玛丽的时候，她还那么温柔地朝我微笑，可她那铁石心肠的父亲总要叫她往另一个方向瞧。现在是谁在那儿敲门？是谁又来逼我的债？一定是那蛇蝎心肠的恶棍鞋匠，我敢打包票。进来吧！”

“啊！祝您多福多寿，老天爷保佑您！我把老爷的新靴子送来啦——啊！别提钱的事，不忙不忙，一点也没有关系。只要老爷您以后多多关照我的生意，小人就荣幸之至了。唔！再见！”

“他自己把靴子送来？还不要钱！走的时候还把右腿向后一退，恭恭敬敬地行个屈膝礼，简直够得上皇家的礼仪！居然还希望我继续照顾他的生意！难道世界末日来了吗？究竟这……请进!!"

"原谅我的打扰，先生，我只想将您的新套装送来，因为……""进来!!!""一千个对不起，扰了您的休息，老爷！我只是想来告诉您，我在楼下特意为您预备了一个豪华套间——这个可怕的贫民窟怎么配得上……""进来!!!!""我来拜访您，是想给您声明一下，您以前在我们银行里办的透支户头由于意外事故不幸被中断了一些时候，现在完全恢复了，您如有什么用场，上我们那里去支取一点款子的话，我们将深感荣……""请进!!!!!""哦，高贵的孩子，她是你的了！她马上就要上你这儿来！你要娶就娶她吧——和她结婚吧——爱她吧——祝你们新婚如意！——上帝保佑你们！恭喜！恭喜！再恭……""请进!!!!!!""乔治，我最亲爱的人儿，我们终于得救了！""噢！玛丽，我的心上人，我们得救了——可是我发誓，至于究竟因何而得救，究竟怎么得救的问题，我一无所知。"

第五章

一群美国绅士中的一位正在看一份罗马过刊，并边阅读边把如下一条新闻译成英文：惊人的发现！——大约在六个月前，有一位侨居罗马多年的绅士约翰·斯密士先生花了很少的一点钱在罗马近郊大平原的某处买了一小块地，这块地恰恰在西比阿。家族的墓地外面，这块地的原主是鲍格斯公主的一位破产的亲戚。后来这位斯密士先生到公证处将这块地皮过户给了一位名叫乔治·阿诺德的贫困美国艺术家，据他说，他这么做是为了补偿多年前他在无意之中损坏了阿诺德先生的一件什么东西，他为了履行这项赔偿而自愿将这块地归于阿诺德先生的名下。他还说他愿意出资替阿诺德先生买下这块园地，以表示自己的歉意。四周前，当斯密士先生因为修整需要必须在地皮上进行一些挖掘时，发掘出了一件极贵重的古代雕像，这是罗马城极其丰富的艺术宝藏又一空前发现。这尊雕像是一位雕刻精美的女人体，即使不幸常年埋藏地下，当你第一眼看见她也难免会被她无与伦比的美深深打动，为之黯然销魂。这件雕像的鼻子和膝盖以下的左腿，还有一只耳朵及右脚的脚趾和一只手的两根手指都已不存，除此之外，这尊高贵的雕像完好无损。政府已派部队对该雕像严加看管，并专门成立了一个由一批资深的艺术品鉴定家、考古学家及红衣大主教组成的专家委员会来评估它的价值，并商议要给这尊雕像所在园子的主人什么补偿。官方一直都对这件事守口如瓶，直到昨天晚上才向公众发布有关消息。在商议期间，专家委员会总是闭门而论，一切都安排得谨慎周密。昨天晚上他们终于得出结论，这尊优雅的大理石雕像是又一尊维纳斯神像，约成像于公元前三世纪，它的作者是一位极有天赋的无名雕塑家。他们一致认为，这件艺术品是他们迄今为止所见过的最完美无瑕的杰作。

在午夜，专家委员会为它召开了最后一次会议，专家们断定这尊维纳斯女神像至少能值一千万法郎那么大的数目！按照罗马的现行法律和惯例，政府对罗马近郊大平原上发掘的一切艺术品都只享有一半所有权，所以要完全拥有这尊雕像，罗马政府唯一的可行办法就是由国库支付阿诺德先生五百万法郎收买另一半所有权，将这尊美丽的雕像永远收归国有。今天早晨这尊维纳斯像将被移至罗马万神殿，准备以后就保存在那里，中午将由全体专家委员会成员一齐去拜访阿诺德先生，当面递交教皇陛下嘱咐国库拨付五百万金法郎巨款的谕令。

齐声惊叹——“真走运！用走运来形容它都嫌苍白！”

另一个声音——“诸位，我建议我们立马成立一个美国股份公司，在罗马这个地方购买地产，大肆发掘雕像。同时最好与华尔街建立良好的关系，好进一步操纵公司股票价格的涨落。”

全体——“赞同”。

第六章

“最亲爱的玛丽，这是世界上最负盛名的雕像。这就是你常听人说起的那尊著名的《万神殿的维纳斯》。现在她那几处小小的残损之处已由几位最杰出的罗马艺术名家给她‘复原’了——他们只凭给这件名作做些修修补补立即就声名大噪，名垂千古，多么奇怪——这个地方，在十年幸福时光之前的某一天，我最后一次站在这里，当时我还不是一个阔佬——天哪！我真是一文不名。可是是我叫罗马城成了这件全世界所有古代艺术品中最杰出之作的主人，其中是颇花费了一番心血的。”

“这尊受人膜拜的，大名鼎鼎的‘罗马万神殿的维纳斯’——她现在的身价高得惊人——一千万金法郎！”“不错——她的确值那么多。”“哦！乔吉！你看她那超凡脱俗的美！”“是那样的——但在我们的恩人约翰·斯密士打掉她的腿，敲碎她的鼻子之前她原是更美的。聪明的斯密士！——天才般的斯密士！高贵的斯密士！我们一切幸事的缔造者！

“听！你知道这种呼哧呼哧的声音是怎么回事？玛丽，我想这个小家伙没准染上百日咳了。你简直一点都不会照料小孩子！”

尾声“万神殿的维纳斯”现在依旧安放在罗马万神殿中。她仍是全世界最值得夸耀的最有魅力最美妙的古代艺术杰作。可是，如果你有幸能站在她的面前，照一般游客那样对它的美欣赏得如醉如痴的时候，千万不要因为想起她的真实而秘密的来历而扰乱了你的雅兴——不过要是你看到关于纽约州叙拉古附近或是其他的某处发掘出了一个巨大的“石化人”的消息的话，你应该保持头脑清醒——如果故意把“石化人”埋在那里的巴伦要把它以大价钱卖给你，你千万慎重不要随意去买。还是叫他去找教皇好了！

我怎样编辑农业报

我把一个农业报的临时编辑工作担任了下来，正如一个惯居陆地的人驾驶一只船那样，并不是毫无顾虑的。但是我当时处境很窘，使得薪金成了我追求的目标。这个报纸的常任编辑要出外休假，我就接受了他所提出的条件，代理了他的职务。

又有工作了，心里觉得非常舒服，我以孜孜不倦的兴致，整整干了一个星期。后来稿件付印，我怀着迫切的心情等待了一天，急于想看看我写的文章是否能引起什么注意。将近傍晚，我离开编辑室的时候，楼梯底下有一群大人和孩子以一致的动作向旁边闪避，给我让出路来，我听见他们之中有一两个人说："这就是他!"这桩事情自然使我很高兴。第二天早上，我又发现类似的一群人在楼梯底下，另外还有些人，东一对西一个，到处在街上站着，在街道对面站着，很感兴趣地注视着我。我走近的时候，那一群人就分开向后退，我还听见一个人说，"你瞧他那双眼睛!"我假装没有看出我所引起的注意，可是内心却很得意，还准备写信给我的姑母叙述这种情况。我爬上那一道短短的楼梯，在走近门口时，听见一阵兴高采烈的声音和响亮的哈哈大笑。我把门打开，一眼瞟见两个乡下派头的青年人；他们看见我的时候，脸上都发白，显出害怕的样子，接着他们两人砰的一下子由窗户里冲了出去。我觉得有些诧异。

大约过了半个钟头，有一位飘着长胡子的老先生走进来，他的面容很文雅，可是颇为严肃。我请他坐，他就坐下了。他好像是心中有点什么事情。他把帽子取下来，放在地板上，然后从帽子里面取出一条红绸子手巾和一份我们的报纸。

他把报纸放在膝头上，一面用手巾擦着眼镜，一面说道："你就是新来的编辑吗?"

我说是的。

"你从前编过农业报吗?"

“没有，”我说，“这是我初次的尝试。”

“大概是这么回事。你对农业有过什么实际经验吗？”

“没有；可以说是没有。”

“我有一种直觉使我看出了这一点，”这位老先生把眼镜戴上，以严峻的神气从眼镜上面望着我说，同时他把那份报纸折成一个便于拿的样子。“我想把使我发生那种直觉的一段念给你听听。就是这篇社论。你听着，看这是不是你写的——

萝卜不要用手摘，以免损害。最好是叫一个小孩子爬上去，把树摇一摇。

“喏，你觉得怎么样？——我看这当真是你写的吧？”

“觉得怎么样？嗨，我觉得这很好呀。我觉得这很有道理。我相信单只在这个城市附近，每年就要因为在半熟的时候去摘萝卜而糟蹋了无数万担；如果大家叫小孩子爬上去摇萝卜树的话——”

“摇你的祖奶奶！萝卜不是长在树上的呀！”

“啊，不是那么长的，对不对？哎，谁说萝卜长在树上呢？我那句话是个比喻的说法，完全是比喻的说法。稍有常识的人都会明白我的意思是叫小孩子上去摇萝卜的藤呀。”

于是这位老人站起来，把他那份报纸撕得粉碎，还拿脚踩了一阵；他用手杖打破了几件东西，说我还不如一头牛知道得多；然后他就走出去，砰的一声把门带上了。总而言之，他的举动使我觉得他大概有所不满。可是我不知道究竟出了什么岔子，所以我对他也就无能为力了。

随后不久，又有一个个子很高的死尸似的家伙，头上有几绺细长的头发垂到肩膀上，他那满是坑坑洼洼的脸上长着密密麻麻的短胡子，大概有一个星期没有刮过，他一下子冲进门里，站着不动，手指按在嘴唇上，头和身子都弯下去，做出静听的姿势。并没有听见什么声音。可是他还在听，仍然没有声音。然后他就把门锁上，小心翼翼地踮着脚尖向我走过来，走到他勉强可以和我交谈的地方就站住，以浓厚的兴趣把我的面孔仔细察看了一会儿之后，从怀中掏出折了起来的一份我们的报纸，说道——

“啊，是你写的吧。请你念给我听——快点！帮我解脱痛苦吧。我难受得很。”

我念出了下面的文章；当那些词句从我嘴里吐出来的时候，我看得出果然产生了解救的作用，看得出他那紧张的肌肉松弛下来，脸上的焦躁神情也消失了，安静和舒适的表情悄悄地掠过他的眉宇，就像慈祥的月光照在凄凉的景物上面一般：

瓜努是一种很好的鸟，可是饲养必须多加小心。

由产地输入的时期不宜在 6 月以前或 9 月以后。冬天应该把它养在温暖的地方，好让它把小鸟孵出来。

我们今年谷物的收成显然会是很晚的。所以农人最好是在 7 月里开始把麦秸插上，同时将荞麦饼种下，而不宜迟到 8 月间才种。

再谈谈南瓜吧。这种浆果是新英格兰内地人最喜欢吃的，他们觉得拿它制果子饼比醋栗子强，同时也认为拿它喂牛比覆盆子好，因为它比较容易饱肚子，而且牛也爱吃。除了葫芦和一两种瓠瓜的变种而外，南瓜是柑橘科中唯一能在北方繁殖的蔬菜。但是把它和灌木一同种在前院里的那种老办法现在越来越不时兴了，因为一般人都认为靠南瓜树遮阴是一桩未见成效的事情。

现在暖和的天气快到了，公鹅已开始产卵——

这位兴奋的倾听者连忙向我跑过来，和我握手，他说——“好了，好了——这就够了。现在我知道我并没有毛病，因为你念的正和我念的一样，一字一句都相符。可是，先生，今天早上我第一次读这篇文章的时候，我自己心里就想：虽然我那些朋友把我监视得很严，我可从来不相信自己疯了！可是这下子我相信我确实是疯了；于是我大吼一声，那声音几英里以外都可以听得见，接着我还想冲出去杀人——因为，你明白吧，我知道迟早会到这个地步，还不如趁早开始。我把你那篇文章当中的一段又念了一遍，为的是证明自己确实是疯了，然后我把自己的房子放火烧了，动手干起来。我已经把几个人打成了残废，另外还把一个家伙弄到树上，这样等我要干他的时候，还可以把他弄下来。可是我走过这儿的时候，觉得还是到里面来请教一下，把事情彻底弄清楚为好；现在确实是弄清楚了，我说刚才弄上树的那个小伙子真是运气好哩。要不然我回去的时候准会把他杀死。再见吧，先生，再见；你给我心里卸去了一副重担。我的理智居然抵住了你的一篇农业文章对我的影响，现在我知道无论什么事情都不能再使我的心理反常了。再见，先生。”

这个人为了给他自己开心而把人家打成了残废，还放火烧了房子，颇使我有点于心不安，因为我不免感到自己间接地与这些举动有些关系。可是这种念头很快就被撵走，因为正式的编辑进来了！（我心里想道，你假如听从我的意见，到埃及去了的话，那我还可以有机会大干一番；可是你偏不到那儿去，现在就回来了。我本来就担心着你会这样哩。）

编辑先生显得很懊恼、惶惑和沮丧。

他把那个老暴徒和那两个年轻的农民所捣毁的东西巡视了一番，然后说道："这真是一桩很倒霉的事情——非常倒霉的事情。胶水瓶子打破了，还有6块玻璃，还有一只痰盂和两只蜡烛台。但是最糟糕的还不是这个。报纸的名誉受到了损失——恐怕是永久的损失哩。当然，这个报纸从来没有像这样受过欢迎，也从来没有卖过这么多份数，从来没有出过，这么大的风头；可是我们难道希望靠疯狂行为出名，希望靠神经病发展业务吗？朋友，我给你说老实话，外面街上站满了人，还有许多人骑在栅栏上，大家都在等着要瞧你一眼，因为他们都认为你是个疯子。他们看了你写的那些文章之后，当然也就不免有那种想法。你那些大作真是新闻界的耻辱。嘻，你怎么居然会异想天开，认为自己可以编这种报纸呢？你似乎连农业上的一点最起码的常识都没有嘛。你提到犁沟和犁耙，就把它们当成同一种东西；你还说什么牛换羽毛的季节；还主张饲养臭猫，因为它好玩，又最善于捉耗子！你说什么给蛤蜊奏乐就可以使它规规矩矩呆着不动，真是废话——地道的废话。什么也不会惊动蛤蜊呀。蛤蜊经常都是规规矩矩呆着不动的。蛤蜊对音乐根本就丝毫不感兴趣。啊，天哪，朋友！即令你把专门学糊涂当作一生的学业，那你毕业的时候也不可能比现在得到更高的荣誉。我从来没见过这样的事情。你说什么七叶果作为商品越来越受欢迎，这简直是有意要毁掉这份报纸。我叫你放弃这个职务，赶快滚蛋。我也不要再休假了——休了假也不痛快。叫你在这儿代替我的职务，当然我就无法安心休假了。我会时时刻刻提心吊胆，不知你还要提出一些什么别的主张。我一想到你在‘园艺’这一栏里讨论养蚝场的问题，就禁不住冒火。现在我叫你滚。天大的事情也不能让我再去休一天假了。啊！你为什么不早点告诉我，你对农业一窍不通呢？”

“告诉你吗，你这玉米秆，你这白菜帮子，你这卷心菜仔子？我这辈子还是第一次听到你这种无情无义的话哩。我告诉你吧，我干编辑这一行已经干了14年，这还是头一次听说当个编辑需要有什么知识才行。你这萝卜头！请问你，是谁给那些第二流的报纸写剧评的？唉，还不是一些出了师的鞋匠和药剂师的学徒吗？他们对于演戏的知识并不见得比我的农业知识强呀。是谁在写书评呢？都是些从来没有著过书的人。是谁写那些关于财政的长篇大论？就是那些对财政恰好是一无所知的诸公。是谁在评论对印第安人的战争呢？就是那些连临阵的吼叫和林中的狗叫都辨别不清楚、从来没拿着印第安人的战斧飞奔猛冲的人，也就是没有从家里人的身上拔下箭来烧过营火的大人先生们。是谁写文章呼吁戒酒、大声疾呼地警告纵酒之害的呢？就是那些直到进了坟墓的时候嘴里才会不带酒气的人们。谁编农业刊物呢？就是你吗——你这山药蛋？一般而论，都是些写诗碰了壁、写黄色小说又不成功、写噱头剧本也不行、编本地新闻也失败了的人，他们最后才退守农业这一行，借此暂时免于进游民收容所。你居然来教训我，大言不惭地谈起办报的问题来了！先生，这一行我是从头到尾都精通了的，老实告诉你，一个人越是一无所知，他就越是有名气，薪金也越拿得多。天知道，我如果不是受过教育，而是愚昧无知，不是这样小心翼翼，而是轻举妄动，那我很可以在这个冷酷自私的世界上成了名哩。我告辞了，先生。你既然这样对待我，我是十分情愿走的。可是我已经完成我的任务了。在你所容许的范围之内，我已经履行了合同。我说过我能够使你的报纸投合各阶层的脾胃——这一点我做到了。我说过我能够使你的报纸销数增加到两万份；如果我能再编两个星期，那也是不成问题的。我本可以给你找到一个农业报纸所能得到的一批最好的读者——其中一个农民也没有，无论哪一个，要了他的命也弄不清楚西瓜树和桃子藤的区别。我们这次的决裂，吃亏的是你，而不是我，你这大黄梗！再见吧。”

于是我就离开了。

大宗牛肉合同的事件始末

不管它对我的关系是多么微不足道吧，但是我仍想尽可能简短地向全国人说明这件事里究竟有我什么份儿，因为这件事曾经引起公众的注意，激起很大的反感，以致两大州的报纸都用大量篇幅刊载了歪曲事实的报道和偏激夸大的评论。

这里我要声明的是，在以下的简介中，每一件事都可以用中央政府的档案充分地予以证实——这件不幸的事是这样引起的：大约在 1861 年 10 月 10 日，新泽西州希芒县鹿特丹区已故的约翰·威尔逊·麦肯齐和中央政府订立了一份合同，议定以总数为 30 大桶的牛肉供应给谢尔曼将军。

多么好的一笔买卖。

他带着牛肉去找谢尔曼，可是，等他赶到华盛顿，谢尔曼已经去马纳萨斯；于是他又装好了牛肉，跟踪到那里，可是到达那里已经晚了；于是他又跟踪谢尔曼去纳什维尔，然后从纳什维尔去查塔努加，再从查塔努加去亚特兰大——然而，他始终没能追赶上。他从亚特兰大再一次整装出发，紧沿着谢尔曼的路线直趋海滨。这一次他又迟到了几天；可是，听说谢尔曼准备乘“贵格城”号去圣地旅行，他就乘了一艘开往贝鲁特的轮船，打算超过前一艘轮船。当他带着牛肉抵达耶路撒冷时，他获悉谢尔曼并没乘“贵格城”号出航，而是到大草原去打印第安人了。他回到美国，向落基山进发。在大草原上历尽艰辛，走了 68 天，离谢尔曼的大本营只 4 英里地，他被印第安人用战斧劈死，剥去头皮，牛肉也被印第安人抢走了。他们抢走了几乎所有的牛肉，只丢下其中的一桶。谢尔曼的军队截下了那一桶牛肉；所以，那位勇敢的航海者虽然自己身死，但仍旧部分履行了他的合同。在一份以日记形式写的遗嘱中，他将那份合同传给了他的儿子巴塞洛缪·W。巴塞洛缪开列了以下的账单，随后就死了：

致美利坚合众国政府

尊账应偿付新泽西州已故的约翰·威尔逊·麦肯齐以下各项费用：

谢尔曼将军订购牛肉30大桶	
每桶售价100美元	3000美元
旅费与运输费	14000美元
共计	17000美元

收款人：

他虽然去世，可是死前已把合同留给了威廉·J. 马丁，马丁设法收回账款，可是这件事还没办妥，已经与世长辞。他把合同留给了巴克·J. 艾伦，艾伦也试图收回那笔账款。他没能活到把钱弄到手就死了。他把合同留给了安森·G. 罗杰斯，罗杰斯企图收回那笔账款，他层层申请，已经接近递到第9审计官的办公室，但是这时候对万物一视同仁的死神没经召唤就突然来到，把他也勾去了。他将单据留给了康涅狄格州一个叫文詹斯·霍普金斯的亲戚，霍普金斯此后只活了四星期零两天，但创造了最快的纪录，因为他在此期间已经差点儿接近第12审计官。他在遗嘱中把那份合同赠给了一位名叫“哦——寻乐吧”·约翰逊的舅父。但是，他虽然会寻乐，也经不起操那份心。他临终时说的是：“别再为我哭——我可是情愿走了。”于是他真的走了，瞧这个可怜的人儿。此后继承那份合同的共有7个，但是他们一个个都死了。所以它最后落到了我手里。它是由一个印第安纳州名叫哈伯德（伯利恒·哈伯德）的亲戚传到我手里的。这人长期以来一直对我怀恨在心，但是，到了弥留的时候，他却把我唤了去，宽恕了我过去的一切，垂着泪把那份合同交给了我。

以上是我继承这笔遗产前的一段历史。现在我要将本人与此事有关的细节直接向全国人一一交代。我拿了这份牛肉合同和旅费运费单去见美利坚合众国总统。

他说：

“怎么，先生，有什么事我可以为您效劳的吗？”

我说：

“阁下，大约在1861年10月10日，新泽西州希芒县鹿特丹区已故的约翰·威尔逊·麦肯齐和中央政府订立了一份合同，议定以总数为30大桶牛肉供应给谢尔曼将军……”

他听到这里就拦住了我，叫我离开他那儿——态度是和蔼的，但也是坚决的。第二天，我去拜会国务卿。

他说：

“什么事呀，先生？”

我说：

“殿下，大约在1861年10月10日，新泽西州希芒县鹿特丹区已故的约翰·威尔逊·麦肯齐和中央政府订立了一份合同，议定向谢尔曼将军供应总数为30大桶的牛肉……”

“好啦，先生——好啦；本部门不管你什么牛肉合同。”

他把我请了出去。我把这件事通盘考虑了一下，最后，第二天，我去拜访海军部长，他说：

“有话快谈吧，先生；别叫我尽等着。”

我说：

“殿下，大约在1861年10月10日，新泽西州希芒县鹿特丹区已故的约翰·威尔逊·麦肯齐和中央政府订立了一份合同，议定向谢尔曼将军供应总数为30大桶的牛肉……”

可不是，我只来得及说到这儿。他也不管给谢尔曼将军订立的牛肉合同。我开始心里嘀咕：瞧这政府可有些古怪呀，它有点儿像是要赖了那笔牛肉账哩。第二天，我又去见内政部长。

我说：

“殿下，大约在1861年10月10日……”

“够啦，先生。我以前已经听说过您了。去吧，拿了您这份肮脏的牛肉合同离开这儿吧。内政部根本不管陆军的粮饷。”

我离开了那儿。但是这一来我恼火了。我说，我要把他们纠缠得没法安身；我要搅乱这个不讲公道的政府的每一个部门，一直闹到有关合同的事获得解决为止。要不就是我收齐了这笔账款，要不就是我自己倒下，像以前的一些人办交涉的时候倒下了为止。此后我进攻邮政部长；我围困农业部；我给众议院议长打了埋伏。他们都不管给陆军订立的牛肉合同。于是我向专利局进军。

我说：

“尊敬的阁下大人，大约在……”

“天杀的！你终于把你那份火烧不光的牛肉合同带到这儿来了吗？我们根本不管给陆军订立的牛肉合同，亲爱的先生。”

“哦，这完全没关系——可是，总得有一个人出来偿付那笔牛肉账呀。再说，你们现在就得偿付，否则我就要没收了这个老专利局，包括它里面所有的东西。”

“可是，亲爱的先生……”

“不管怎样，先生。我认为专利局必须对那批牛肉负责；再说，负责也罢，不负责也罢，专利局必须付清这笔账。”

这里就不必再谈那些细节了。结果是双方动了武。专利局打了一场胜仗。可是我却发现了一件对我有利的事情。他们告诉我，财政部才是我应当去的地方。于是我去到那里。我等候了两个半小时，后来他们让我进去看第一财政大臣。

我说：

“最高贵的、庄严的、尊敬的大人，大约在 1861 年 10 月 10 日，约翰·威尔逊·麦肯……”

“够啦够啦，先生。您的事我已经听说过了。您去看财政部第 1 审计官吧。”

我去看第 1 审计官。他打发我去看第 2 审计官。第 2 审计官打发我去看第 3 审计官，第 3 审计官打发我去看腌牛肉组第 1 查账员。这一位才开始有点儿像是在认真地办事。他查看了他的账册和所有未归档的文件，可是没找到牛肉合同底本。我去找腌牛肉组第 2 查账员。他查看了他的账册和未归档的文件，但是最后毫无结果。然而我的勇气却随之提高了。在那一星期里，我甚至一直找到了该组的第 6 查账员；第二个星期里，我走遍了债权部；第三个星期里，我开始在错档合同部里从事查询，结束了在那里进行的工作，而且在错账部里获得一个据点。我只花了 3 天工夫就消灭了它。现在只剩下一个地方可以让我去了。我去围攻杂碎司司长。意思是说，我去围攻他的办事员——因为他本人不在。有 16 个年轻貌美的姑娘在屋子里记账，再有7个年轻漂亮的男办事员在指导她们。小娘们扭转头来笑，办事员朝她们对笑，大伙儿喜气洋洋，似乎听到了结婚的钟声敲响。两三个正在看报的办事员下死眼把我盯了两下，又继续看报，谁也不说什么。好的是，自从走进腌牛肉局的第一个办公室那天起，直到走出错账部的最后一个办公室时止，我已经积累了那么多经验，我已经习惯于四级助理普通办事员的这种敏捷的反应。这时候我已经练就了一套功夫：从走进办公室时候起，直等到一个办事员开始跟我说话时止，我能一直金鸡独立地站着，最多只改换一两次姿势。

于是，我站在那里，一直站到我改换了4个姿势。然后我对一个正在看报的办事员说：

“大名鼎鼎的坏蛋，土耳其皇帝在哪儿?”

“您这是什么意思，先生？您说的是谁？如果您说的是局长，那么他出去了。”

“他今儿会去后宫吗?”

年轻人直勾勾地向我瞧了一会儿，然后继续看他的报。可是我熟悉那些办事员的一套。我知道，只要他能在纽约的另一批邮件递到之前看完了报纸，我的事就有把握了。现在他只剩下两张报纸了。又过了不多一会儿，他看完了那两张报纸，接着，打了个哈欠，问我有什么事情。

“赫赫有名尊贵的痴子，大约在……”

“您就是那个为牛肉合同打交道的人呀，把您的单据给我吧。”

他接过了那些单据，好半晌一直翻他那些杂碎儿。最后，他发现了那份已经失落多年的牛肉合同记录——我还以为他是发现了西北航道，以为他是发现了那块我们许多祖先还没驶近它跟前就被撞得粉身碎骨的礁石。当时我深受感动。但是我很高兴——因为我总算保全了性命。我激动地说：

“把它给我吧。这一来政府总要解决这个问题了。”他挥手叫我后退，说还有一步手续得先给办好。

“这个约翰·威尔逊·麦肯齐呢?”他问。

“死了。”

“他是什么时候死的?”

“他根本不是自己死的——他是被杀害的。”

“怎么杀害的?”

“被战斧砍死的。”

“谁用战斧砍死他的?”

“唷,当然是印第安人喽。您总不会猜想那是一位主日学校校长吧?”

“不会的。是一个印第安人吗?”

“正是。”

“那印第安人叫什么?”

“他叫什么?我可不知道他叫什么。”

“必须知道他叫什么。是谁瞧见他用战斧砍的?”

“我不知道。”

“这么说,当时您不在场?”

“这您只要瞧瞧我的头发就可以知道了。当时我不在场。”

“那么您又是怎样知道麦肯齐已经死了?”

“因为他肯定是那时候死了,我有充分的理由相信,他打那时候起就不在了。真的,我知道他已经死了。”

“我们必须要有证明。您找到那个印第安人了吗?”

“当然没找到。”

“我说,您必须找到他,您找到了那把战斧吗?”

“我从来没想到这种事情。”

“您必须找到那把战斧。您必须交出那个印第安人和那把战斧。如果麦肯齐的死能由这一切提供证明,那么您就可以到一个特别委任的委员会那儿去对证,让他们审核您所要求的赔偿;按照这样的速度处理您的账单,看来您的子女或者还有希望活到那一天,可以领到那笔钱去享受一下。但是,那个人的死必须得到证明。好吧,我不妨告诉您,政府绝不会偿付已故麦肯齐的那些运费和旅费。如果您能让国会通过一项救济法案,为此拨出一笔款额,也许政府可能偿付谢尔曼的士兵截下来的那一桶牛肉的货款;可是,政府不会赔偿印第安人吃掉的那 29 桶牛肉。”

“这样说来,政府只能偿还我 100 元,甚至连这笔钱也不是一定可靠的呀!麦肯齐带着那些牛肉,跑遍了欧洲、亚洲和美洲,他经受了那么多的折磨和苦难，搬运了那么多的地方，有那么多试图收回账款的无辜者作了牺牲；最后就这样了事呀！年轻人，为什么运牛肉组的第 1 查账员不早告诉我呢?”

“对您提出的要求是否属实，他一无所知呀!”

“为什么第 2 查账员不早告诉我？为什么第 3 查账员不早告诉我？为什么所有各组各部都不早告诉我?”

“他们都不知道呀。我们这儿是按规章手续办事。您一步步地履行了那些手续，就会探听到您所要知道的事情。这是最好的办法。这是唯一的办法。这样办事非常正规，虽然非常缓慢，但是稳妥可靠。”

“是呀，是稳死无疑，对我们家族中多数的人来说就是这样。我开始感觉到，主也要召我去了。年轻人，我打你温柔的眼光里可以看出，你爱那个鲜艳的人物，瞧她蓝晶晶的眼睛脉脉含情，耳朵后面插着几枝钢笔；你想要娶她——可是你又没钱。喏，把手伸出来——这是那份牛肉合同；你拿去吧，娶了她去快活吧！愿老天爷保佑你们俩，我的孩子!”

有关大宗牛肉合同引起社会纷纷议论一事，我所知道的都在上面交代了。我留下合同给他的那个办事员现在也死了。有关合同此后的下落，以及任何与它有关的人的事情我都不知道了。我只知道：如果一个人的寿命特别长，那么他不妨到华盛顿的扯皮办事处里去追查一件事，在那里花费很大的气力，经过无数的转折和拖延，最后找到他实际上头一天里就可以在那里（如果扯皮办事处也能像一家大的私人商业机构将工作安排得那么灵活的话）找到的东西。

竞选州长

就在短短的几个月之前，我很荣幸被提名为纽约州州长候选人，代表独立党与斯坦华脱·勒·伍福特先生和约翰·特·霍夫曼先生竞选。我自认为比这两位先生略胜一筹的就是我的名声好。从报纸上很容易看出：这两位先生也曾知道爱护名声的好处，不过那只是以往的事了。近几年来，他们肆无忌惮，显然已将各种无耻罪行当成家常便饭。当时，我虽然对自己的长处暗自庆幸，但只要一想到我的名字将和这些人的名字混在一起到处传播，心里总有一股不安的混浊潜流在我愉快心情的深处“翻搅”。我心里越发不安起来，最后我决定给我的祖母写封信，把这件事告诉她。祖母收到信，很快给我回了信，而且信写得很严峻，语气严肃坚定。祖母说：“你生平没有做过一件对不起别人的事情——一件也没有做过。你看看报纸吧——一看就会明白伍福特和霍夫曼先生到底是什么样子的人，然后再看你愿不愿意把自己降低到他们那样的水平，跟他们一起竞选州长。”

祖母信中所讲的，也正是我心中所想的，那晚我一夜没合眼。后来一想，不管怎么说，我已经完全卷进去了，只好战斗下去，不能打退堂鼓。

早上起来，我一边吃早饭，一边无精打采地翻阅报纸，突然看到这样一段消息，让我如此吃惊诧异，实在讲，这种状况以前从来没有，消息是这样写的：伪证罪——1863 年，在交趾的瓦卡瓦克，有三十四名证人证明马克·吐温先生犯有伪证罪，他企图侵占一小块香蕉种植地，要知道那是当地一位穷寡妇和她那群孤儿生活下去的唯一资源。现在马克·吐温先生既然能够站在众人面前竞选州长，那么他似乎应该可以解释一下这个事情的经过。此时的马克·吐温先生不管是对自己，还是对要求投票选举他的选民们，都有责任澄清此事的真相。他真的愿意这样做吗？

看完这则报道，我早已惊愕不已！竟然会有这样一种残酷无情的指控。我从来就没有到过交趾支那！我从来没听说过什么瓦卡瓦克！我也不知道什么香蕉种植地，正如我不知道什么是袋鼠一样！我不知道要怎么办才好，我气得要发疯，却又毫无办法。那一天我什么事情都没做，就这样让时间白白溜过去了。第二天早晨，这家报纸再没说别的什么，只留下了这么发人深省的一句话：

意味深长——大家都会注意到：马克·吐温先生对交趾支那伪证案一事一直地保持缄默。

〔备忘：在这场竞选运动中，这家报纸以后但凡提到我时，都会称我为“臭名昭著的伪证犯吐温”。〕但以上仅仅只是个开始而已，紧下来的《新闻报》，又刊登了这样一段令我瞠目结舌的一段话：

需要查清——我们是否请新州长的候选人马克·吐温先生向那些支持他，并急于要等着给投他票的同胞们好好解释一下以下这件小事？那就是吐温先生在蒙大拿州野营时，与他同住在一个帐篷里的伙伴经常丢失小东西，后来这些小东西竟然一件不少地都从吐温先生身上或“箱子”里发现了。伙伴们为他着想，多次对他进行友好的告诫，在他身上涂满柏油，粘上羽毛，叫他坐木杠，大家把他赶了出去，并奉劝他让出铺位，以后别再回来了。吐温先生看到这段报道，愿意给大家解释一下这件事吗？

我气愤极了，难道还有比这种控告用心更加险恶的吗？我发誓我这辈子根本就没有到过蒙大拿州。〔此后，这家报纸凡提到我，就把我叫做“蒙大拿的小偷吐温”。〕在这此后的日子里，我开始变得一拿起报纸就有些提心吊胆起来，就如同你想睡觉时拿起一床毯子，但心里又放心不下，生怕在那毯子里面突然会冒出一条蛇。就这样，在某一天，我又看到这么一段消息：

谎言已被揭穿！——根据五方位区的密凯尔·奥弗拉纳根先生、华脱街的吉特·彭斯先生和约翰·艾伦先生三位的宣誓证书，现已完全证实：新州长竞选候选人——尊敬的马克·吐温先生曾恶毒声称我们尊贵的领袖约翰·特·霍夫曼的祖父曾因拦路抢劫而被处绞刑一说，纯属粗暴无理的谎言，是毫无事实根据的。吐温先生他毁谤亡人，玷污其美名，用这种下流卑鄙的手段来达到政治上的成功，让我们这些有道德的人感到十分沮丧。当我们想到这一卑劣的谎言必然会使死者那些无辜的亲友们身心蒙受极大悲痛，我们几乎要被迫煽动起那些被伤害和被侮辱的公众们，立即对诽谤者马克·吐温先生做出不得已、非法的报复。但是我们是有道德的人，这样的事情是绝对做不出来的！还是让马克·吐温先生因良心谴责而去痛苦吧。

最后这句巧妙的话很起作用，当天晚上，当那些“被伤害和被侮辱的公众”从我家大门进来时，我吓得赶紧从床上爬起来，从自家后门悄悄溜走了。他们气愤至极，捣毁了我的家具和门窗，走时还把能拿动的财物统统带走了。然而真正受到伤害的我可以手按《圣经》起誓：我从没诽谤过霍夫曼州长的祖父。而且直到那天为止，我也从没听人说起过他，我自己也没提到过他。〔我顺便要说一句，刊登上述虚假新闻的那家报纸此后便称之我为“拐尸犯吐温”。〕接踵而来的另一篇报道，更加引起了我的注意，它的内容是这样的：

好一个候选人——马克·吐温先生原定于昨晚独立党民众大会上作一次损伤对方的演说，但却未履行其义务。而他的医生发电报称他被几匹狂奔的拉车的马撞倒了，腿部两处负伤，卧床不起、十分痛苦等等诸如此类的废话。独立党的党员们只好努力说服自己听信这一拙劣的托词，假装不知道他们提名的这位候选人是个如此放荡不羁、谎话连篇的家伙，假装不知道他未曾出席大会的真正原因。

而真正的原因就是：有人曾见到，昨晚有一个喝得酩酊大醉的人，摇摇晃晃地走进吐温先生下榻的旅馆。独立党人极力证明那个醉鬼并非马克·吐温本人。这一下我们终于把他们抓住了。此事不容避而不答。我们的人民大声询问：“那个人到底是谁?”

我的名字真的与这个丢脸的嫌疑犯连在一起，这是不可思议的，绝对不可思议。我已经有整整三年没有喝过啤酒、葡萄酒或任何一种酒了。〔就这样，这家报纸在下一期的报道上大胆直接称呼我为“酒疯子吐温先生”，而且我知道，它会一直这样称呼下去，但我当时看后竟毫无痛苦，足见这种局势对我有多大的影响。〕

在那时我所收到的邮件中，匿名信占了非常重要的部分。匿名信一般是这样写的：

被你从你寓所门口一脚踢开的那个要饭的老婆婆，现在怎么样了？好管闲事者也有这样写的：

瞧瞧你干得那些事，除了我之外没人知道，你最好拿出几块钱来孝敬鄙人，不然，报上将会有你好看的。惹不起信件的内容大致如此。如果各位还想继续听下去，我也可以继续引用下去，直到使读者们听到呕吐为止。

而就在不久后，共和党的主要报纸“宣判”我犯了重大的贿赂罪，而民主党最主要的报纸则把一桩大肆渲染敲诈案件硬“栽”在我头上。〔就这样，本人又“荣幸”得到了两个“伟大而光荣”的头衔：“肮脏的贿赂犯吐温”和“令人恶心的讹诈犯吐温”。〕

而就在这个时候舆论哗然，纷纷要我“答复”所有对我提出的那些可怕的指控。这就使得我们党的报刊主编和领袖们都奉劝我说，如果我再继续保持沉默不语，我的政治生命就要彻底给毁掉了。就在我们的党叫我站出来“答复”的第二天，一家报纸登了这样一段话：“明察此人！独立党这位候选人至今为止仍然保持沉默。原因就在于他不敢说话。因为他无力反驳，对他的每条控告都有证据，他的沉默不语足以说明他一再承认了他的罪状，现在他将永远翻不了案了。独立党的党员们，仔细看看你们这位候选人吧！这位声名狼藉的伪证犯！这位蒙大拿的小偷！这位拐尸犯！这位无耻的酒疯子！好好瞧瞧你们这位肮脏的贿赂犯！你们这位令人恶心的讹诈犯！你们盯住他好好看一看，好好想一想——这个家伙犯下了这么可怕的罪行，得了这么一连串倒霉的称号，而且一条也不敢予以否认，看你们是否还愿意把自己公正的选票投给他！”

我感觉自己无力也无法摆脱这种困境，只得深怀耻辱，正当我准备着手“答复”那一大堆毫无根据的指控和卑鄙下流的谎言时，新的流言蜚语，让我始终也没完成这个任务，因为就在第二天，有一家报纸登出一个新的恐怖案件，再次对我进行恶意中伤，说因一家疯人院妨碍我的家人看风景，我就将这座疯人院烧掉，把院里的病人统统烧死了，这使我万分惊慌。接着又是一个控告，说我为了吞占我叔父的财产而将他毒死，并且要求立即挖开坟墓验尸。这使我几乎陷入了精神错乱的境地。在这些控告之上，还有人竟控告我在负责育婴堂事务时雇用老掉了牙的、昏庸的亲戚给育婴堂做饭。我拿不定主意了——真的拿不定主意了。最后，党派斗争的积怨对我的无耻迫害达到了自然而然的高潮：有人教唆九个刚刚在学走路的包括各种不同肤色、穿着各种各样的破烂衣服的小孩，冲到一次民众大会的讲台上来，紧紧抱住我的双腿，叫我爸爸！我放弃了竞选。我降下旗帜投降。我不够竞选纽约州州长运动所要求的条件，所以，我呈递上退出候选人的声明，并怀着痛苦的心情签上我的名字：“你忠实的朋友，过去是正派人，现在却成了伪证犯、小偷、拐尸犯、酒疯子、贿赂犯和讹诈犯的马克·吐温。”

法国人大决斗

不管一些爱说俏皮话的人怎样百般地轻视和讥嘲现代法国人的决斗，但是它仍然是我们目前最令人慄慄危惧的一种风尚。

由于它总是在户外进行，所以参加决斗的人几乎肯定会要着凉。保罗·德卡萨尼亚克先生，那位习性难改，最爱决斗的法国人，就是由于这样常常受到风寒，以致最后成了缠绵床席的病夫；连巴黎最有声望的医师都认为，如果再继续决斗十五年或者二十年——除非他能够养成一种习惯，在不受湿气和穿堂风侵袭的舒适的房子里厮杀——他最终必然有性命之忧。这一事例肯定可以平息那些人的怪谈，他们一口咬定了，说什么法国人的决斗最有益于卫生，因为它给人们提供了户外活动。再说，这一事例也肯定可以驳倒另一些人的谬论，他们说什么只有参加决斗的法国人以及社会主义者所仇恨的君主是可以不死的。

可是，现在要谈到我的本题上了。我一听到岗贝塔先生和富尔图先生最近在法国议会中爆发了一场激烈的争吵，就知道肯定会有麻烦事随之而来。我之所以会料到这一点，是因为我和冈贝塔先生相交多年，熟悉他这个不顾一切、顽强执拗的脾气。尽管他的身材长得那么高大，但是，我知道，复仇的狂热会深深渗入他全身所有的地方。

我不等到他来找我，就立刻跑去看他。果然不出所料，我发现这位勇士正深深地沉浸在那种法国人的宁静之中。我说“法国人的宁静”，是因为法国人的宁静和英国人的宁静有所不同。他正在那些砸烂了的家具当中来回疾走，时不时地把一个偶然碰到的碎块从屋子里这一头猛踢到另一头。不停地咬牙切齿，发出一大串咒骂，每隔一会儿就止住步，将另一把揪下的头发放在他已经积在桌上的那一堆的上面。

他挥出双臂，搂住我的脖子，把我按在他腹部上方胸口，在我两边颊上吻着，紧紧地拥抱了我四五回，然后把我安放在那张他本人平时坐的安乐椅里。我精神刚恢复过来，他立即和我谈到正经事情。

我说："猜想你是要我做你的助手吧。"他说："当然是的。"我说："要我做助手，就必须让我用一个法国人的姓名。那样，万一闹出人命事故，我可以不至于在本国受到指责。"听到这里，他身体缩了一下，大概认为这句话暗示决斗在美国是不受人尊重的吧。但是，他终于同意了我的要求。这说明为什么此后所有的报纸上都报道：冈贝塔先生的助手显然是一个法国人。

首先，我们为决斗的人订立遗嘱。我坚持我的观点，一定要先办妥这件事。我说，我从来没听说，一个头脑清醒的人会在决斗之前不先立好他的遗嘱。他说，他从来没听说，一个头脑清醒的人会在决斗之前干这一类的事情。他把遗嘱写好后，就要着手编一套"最后的话"。他很想知道，作为一个垂死者发出的呼声，以下这些话会对我产生什么影响：我的死，是为了上帝，为了祖国，为了言论自由，为了文明进步，为了全人类四海之内皆兄弟的关系！

我反对这些话，我说要在临死前讲完这一套会拖延太长的时间；对一个疾病患者来说，这确是一篇绝妙的演说词，但是它不适合于决斗场上那种迫切的要求。我们提出了许多种临死前的大放厥词，双方在选择上争执不休，但最后我还是迫使他将这条噩耗缩减成为以下这样一句，他把它抄录在备忘录里，准备给背了出来：我的死是为了要法兰西长存。我说，这句话好像跟决斗缺乏联系；但是他说，联系在最后的话里并不重要，你需要的是刺激。依次办理，第二件要做的事情是选择武器。决斗的人说，他觉得身上有些不快，准备把这件事情以及安排决斗的其他细节都托付给我。于是我写了以下通知，把它带去给富尔图先生的朋友：

先生：

冈贝塔先生接受富尔图先生的挑战，并授权我向贵方建议：决斗的地点拟选普莱西一皮凯空场；时间定为明晨拂晓；武器将用斧头。阁下，我是十分尊敬您的马克·吐温富尔图先生的朋友读了一遍通知，打了一个哆嗦。接着，他转过身来，用表示严肃的口气对我说："您可曾考虑到，先生，像这样一场决斗，必然会导致什么后果吗?""那么，您倒说说看，究竟会导致什么后果?""会流血呀!""大体上就是这么回事。"我说，"瞧，如果可以承蒙指教的话，请问贵方又准备流什么?"

这一下我把他问倒了。他知道自己一时失言，于是赶紧支吾其词地解释。他说刚才是一句玩笑话。接着他又说，他和他的委托人都很喜欢使用斧头，确实认为它比其他武器更好，可惜法国的法律禁止使用这种武器，所以我必须修改我的建议。

我在屋子里来回踱步，一面心里盘算这件事情，最后我想到，如果双方相距十五步，用格林机枪射击，这样也许一切可以在决斗场上见分晓。于是我把这主意提了出来。

但是这项提议没被采纳。它又受到法律的阻碍。我建议使用来复枪；此后，是双管猎枪；此后，是柯尔特海军左轮手枪。但是这些——都被拒绝了；我思索了一会儿，接着就含嘲带讽地建议双方距离四分之三英里互相扔碎砖头。我一向最恨白费力气，去向一个缺乏幽默感的人说幽默话；所以，当这位先生竟然一本正经地把最后这条建议带回去给他的委托人时，我心里感到难受极了。

过了不多一会儿，他回来了，说他的委托人非常喜欢采用双方相距四分之三英里扔碎砖头的办法，但是，考虑到这样做会给那些在当中走过的闲人带来危险，他不得不谢绝了这个提议。于是我说：

"啊，这我就没办法了。要不，可以烦您想一种武器吗？说不定您早已想到一种了吧。"

他脸上闪出了光，一口回答说："哦，当然，先生。"

于是他开始在口袋里掏——掏了一个又一个，他有很多口袋——同时嘴里一直在嘟囔："啊，瞧我会把它们藏在哪儿啦？"

他终于找到了。他从坎肩口袋里摸出了一对小玩意儿，我把它们拿到光亮地方，断定了那是手枪。它们都是单管的，镶银的，十分玲珑又可爱。

我没法表达自己的感情了。我一声也不言语，单把其中的一支挂在我的表链上，然后把另一支递还给他。这时候我的伙伴拆开了一张折叠着的邮票，从包在里面的几粒弹药中拣了一粒给我。我问，他的意思是不是说我们的委托人只可以打一枪。他回答说，按照法国法律规定，不可以打得比这更多了。于是我请他继续指教，就烦请他提议双方应当相距多远，因为，受不了过度的紧张，这时候我的头脑已变得越来越迟钝和糊涂了。他将距离指定为六十五码。我差点儿失去了耐性。我说："相距六十五码，使用这样的家伙？即使距离五十码，使用水枪，也要比这更容易死人呀。想一想，我的朋友，咱们这次共事，是为了要人家早死，不是要他们多活呀。"

然而，凭我百般劝说、多方争执，结果只能使他将距离缩短到三十五码；而且，即使是采取这一折中办法，他还是勉强迁就的，最后他叹了口气说："这件屠杀的事从此与我无关系，让罪责落在您肩上吧。"

再没其他办法可想了，我只得回到我的老狮心王那儿，去向他汇报我有失身份的经过。当我走进去的时候，冈贝塔先生正把他最后一绺头发放在祭坛上，他向我跳过来，激动地说："您已经把那件玩命的事安排好了——从您眼神里我看出来了。""我给安排好了。"他的脸变得有些苍白，他就桌边靠稳。他急促地、沉重地喘息了一会儿，因为他情绪太激动了；接着，他沙哑着嗓子压低了音说："那么，武器呢，那么，武器呢！快说呀！使用什么武器？""使用这个！"我拿出了那个镶银的玩意儿。他只朝它瞟了一眼，就笨重地晕倒在地上。等到苏醒过来时，他伤心地说："以前我是那样强作镇静，以致现在影响了我的神经。但是，从此以后我再也不会表现软弱了！我要正视我的厄运，像一个男子汉，像一个法国人。"他爬起来，做出了一个凡人根本无法望其项背、塑像极少能够比它更美的雄壮的姿势。接着他就扯着一条低沉的粗嗓子说："瞧呀，我镇定自若，我准备就绪；告诉我那距离。""三十五码。不用说，这一次我可没法拉他起来了；但是我把他就地翻了一个身，然后用水泼在他背上。他很快苏醒过来，说："三十五码远——没一个可以扶着的东西？可是，这又何必多问呢？既然那家伙存心谋杀，他又怎么会顾得上关心那些鸡毛蒜皮的事呢？可是，有一件事您必须注意：我这一倒下，全世界的人都将看到法国骑士是怎样慷慨就义的。"

沉默了好半晌，他问："我个子高大，你们没谈到那个人的家族也站在他一起，作为一种补偿吗？可是，这也没关系；我可不能降低自己的身份，在这方面提出要求；如果他风格不够高，自己不提这件事，那么就让他占点儿便宜吧，像这样的便宜，高贵的人士是不屑于占的。"

当时他已坠入一种迷惘的沉思中，这一状态持续了好几分钟，随后，他打破了沉寂，说：“时间呢——决斗约定在什么时间？”

“明儿破晓的时候。”

他好像大吃一惊，抢着说：“发疯了！我从来没听说有这样的事情。没有人会在这么早的时刻出门。”

“正是因为这个缘故，所以我才选定了这个时刻。您意思是说，要有一批观众吗？”

“现在可不是拌嘴的时候。我感到非常惊讶，怎么富尔图先生竟然会同意采取这样标新立异的办法。您立刻去要求对方，把时间推得更迟一些。”

我跑下楼梯，猛地打开大门，差点儿撞在富尔图先生的助手怀里。他说：“回您的话，我的委托人极力反对选定的时间，请您同意把时间改成九点半。”

“凡是我们力能循规尽礼之处，先生，我都愿意为您高贵的委托人效劳。我们同意您建议更改的时间。”

“请您接受敝方委托人的谢意。”接着他就转过身去，对一个站在他背后的人说：“您应该听见了，努瓦尔先生，时间改成九点半了。”努瓦尔先生当即鞠躬，表示谢意，然后离开了那地方。我的同伙接着说：“如果您认为合适的话，贵方和敝方的首席外科医生可以按照惯例，同乘一辆马车去决斗场。”

“我认为这完全合适；感谢您提到外科医生，因为，说不定我真会把他们忘了。那么，我应当请几位呢？我想，两三位总够了吧？”

“按照一般惯例，人数是每方各请二位。我这里指的是‘首席’外科医生，但是，考虑到我们委托人的崇高地位，为了体面，最好是我们每方再从医学界最有声望的人士当中指定几位顾问外科医生。这些医生可以乘他们的自备马车去。您雇好灵车了吗？”

“瞧我这个木头人儿，我压根儿就没想到它！我这就去安排。您肯定觉得我这人太没见识了吧；可是，这个请您千万别计较，因为以前我对这样高尚的决斗毫无经验。以前我在太平洋沿岸地区倒为决斗的事打过不少交道，可是直到现在才知道，那些都是很粗鲁的玩意儿。还谈灵车哩——呸！我们总是让那些被上帝选中的人四仰八叉横倒在那儿，随便哪一个高兴用根绳子把他捆扎起来，然后用辆车给运走了。您还有其他什么意见吗？”

“没有了，只是办理丧事的几位主管要像通常那样一起乘马车去。至于那些手下以及雇来送殡的人，他们要像通常那样步行。我明儿早晨八点来跟您碰头，咱们那时候再安排行列的顺序。现在恕我要向您告辞了。”

我回到我的委托人那里，他说：“您来得正好；决定是几点钟开始？”

“九点半。”

“可好极了。您已经把这条消息送给报社了吧？”

“老兄？咱们是多年的知交，如果您竟然转到了这个念头，认

为我会卑鄙地出卖——”

“唷，唷！这是什么话，我的好朋友？是我得罪了您吗？啊，请宽恕我吧；可不是，我这是在给您增添太多的麻烦。所以，还是去办理其他的手续，就把这件事从您的日程表上取消了吧。杀人不眨眼的富尔图肯定会处理这件事的。要不，还是由我自己——对，为了稳当起见，由我递个条子给我在报社工作的朋友努瓦尔先生——”

“哦，对了，这件事可以不必叫您费心了；对方的助手已经通知了努瓦尔先生。”

“哼！这件事我早就该料到了。那富尔图就是这样一个人，他老是要出风头。”

早晨九点半钟，队伍按下列顺序向普莱西一皮凯的决斗场移近：走在头里的是我们的马车——上面只坐了我和冈贝塔先生；接着是富尔图先生和他助手所乘的马车；再后面一辆马车上载有两位不信上帝的诗人演说家，他们胸前口袋里露出了那张悼词稿；再后面一辆马车上载的是几位首席外科医生，以及他们的几箱医疗器械；再后面是八辆自备马车，上面载的是顾问外科医生；再后面是一辆出租马车，上面坐有一位验尸官，再后面是两辆灵车，再后面又是一辆马车，上面坐着几位治丧的管事；再后面是一队步行的助理人员以及雇用来送殡的人；在这些人后面，在雾中向前磨蹭着的是长长一队随同大殡出发的小贩、警察、以及一般居民。那是一队很有气派的行列，如果那天的雾能较为淡薄，那这批队伍的出动必将蔚为大观。没一个人谈话。我几次向我的委托人搭讪，但是，我看得出，他都没注意到，因为他老是在翻他那本笔记簿，一面茫然无主地嘟囔：“我

的死是为了要法兰西长存。”

抵达决斗场后，我和那位同行助手量了量距离是不是够三十五码，然后抽签挑选位置。最后的这道手续只不过是点缀性的仪式，因为，遇到这样的天气，无论挑选哪个地方反正都是一样。这些初步的手续都做完了以后，我就走到我的委托人跟前，问他是不是已经准备好了。他把身体尽量扩展开，厉声地说：“准备好啦！上子弹吧。”

于是，当着几位事先指定的证人装上子弹。我们认为，由于气候关系，进行这件细致的工作时最好是打着电筒照亮。接着我们就布置自己的人。

可就在这当儿，警察注意到人群已经聚集在场子左右两方，因此请求将决斗的时间推迟一些，好让他们把这些可怜的闲人排列在安全的地方。这项要求被我们接受了。警察命令两旁的人群都站在决斗者后边去，然后我们再一次准备就绪。这时空中更是浓雾迷漫，我和另一位助手一致同意，我们都必须在发出杀人信号之前吆喝一声，好让两位斗士能确知对方究竟在什么地方。

这时我回到了我的委托人身边，不觉心里凄惨起来，因为看到他的勇气已经大为低落。我竭力给他壮胆。我说：“说真的，先生，情况并不像表面上看来那么糟。想一想吧：使用的武器是这样的，射击的次数是受限制的，隔开的地方很宽广，雾浓得叫人没法看透，再说，一位决斗者是独眼龙，另一位决斗者是斜眼兼近视，照我看呀，在这场决斗中不一定会出人命事故。你们双方都有机会安然脱险。所以，振作起来吧，别这么垂头丧气的啦。”

这一席话收到了良好的效果，我的委托人立即伸出手说：“我已经恢复正常，把家伙给我吧。”

我把那孤零零的武器放在他巨大厚实的掌心里。他直瞪瞪地盯了它一眼，打了个哆嗦。接着，他仍旧哭丧着脸紧瞅着它，一面结结巴巴地嘟囔：“咳，我怕的不是死，我怕的是变成残废呀。”我再一次给他打气，结果很是成功，他紧接着说：“就让悲剧开演吧。要支持我呀；别在这庄严的时刻丢下了我不管呀，我的朋友。”

我向他做出保证。接着，我就帮着他把手枪指向我断定那是他敌手所站的地方，并且嘱咐他留心听好对方助手的喊声，此后就根据那声音确定方位。接着，我用身体抵住冈贝塔先生的背，发出促使对方注意的喊声：“好——啦！”这一声喊获得从雾中遥远地方传来的回应，于是我立即大叫：“一——二——三——开枪！”

我耳鼓里触到好像“扑哧！扑哧！”两声轻响，而就在那一刹那里，我被一座肉山压倒在地下了。我虽然伤势很重，但仍旧能听出从上面传来轻微的人语声，说的是：“我的死是为了……为了……他妈的，我的死到底是为啥呀？……哦，想起来了，法兰西！我的死是为了要法兰西长存！”手里拿着探针的外科医生，从四面蜂拥而来，都把显微镜放在冈贝塔先生全身各个部位，令人高兴的是，结果并没找到创伤的痕迹。紧接着就发生了一件确实令人欢欣鼓舞的事情。

两位斗士扑过去搂住对方的脖子，一时自豪与快乐的泪水有如泉涌；另一位助手拥抱了我、外科医生、演说家、办理丧事的人员，以及警察。所有的人都互相拥抱，所有的人都彼此祝贺，所有的人都纵声高呼，整个空中充满了赞美的颂词和无法用言语表达的快乐。这时候我感觉到，我与其做一位头戴王冠、手持朝笏的君主，毋宁做一位参加决斗的法国英雄。

这一阵骚动稍许平息之后，一群外科医生就举行会诊，经过反复辩论，终于断定，只要细心照护调养，他们有理由相信我负伤后仍旧可以活下去。我受的内伤十分严重，因为显然有一根他们都认为已经折断的肋骨戳进了我的左肺，我的许多内脏都被挤到了远离它们原来所属的部位的这一边或者那一边，不知道它们今后是否能够学会在那些偏僻陌生的地点发挥它们的功能。然后，他们给我左臂的两个地方接了骨，把我右大腿拉复了臼，把我的鼻子重新托高了。我变成大伙深感兴趣的对象，甚至成为备受赞扬的人物；许多诚恳和热心的人士都向我自我介绍，说他们因为能认识了我这位四十年来唯一在一次法国人的决斗中负了伤的人而感到自豪。

我被安放在队伍最前面的一辆救护车里；于是，心满意足、兴高采烈，我被一路护送到巴黎，成为一次洋洋大观中最显赫的人物，然后，我被安置在医院里。他们将一枚荣誉十字勋章颁赠给我。虽然，不曾身受这一荣宠的人倒是为数不多的。以上如实地记录了当代最值得纪念的一次私人冲突。我对任何人都无可抱怨。我是自作自受，好在我能承担一切后果。这并不是夸口，我相信自己可以说：我不怕站在一位现代法国决斗者的前面；可是，话又说回来了，只要头脑仍旧保持清醒，我永远也不肯再站在一位决斗者的后面了。

稀奇的经验

这就是少校给我说的那个故事，我现在尽量照我所能回忆的叙述出来：

1862 年冬天，我在康涅狄格州新伦敦特伦布尔要塞当司令官。我们在那儿的生活或许不如在“前线”那么活跃；不过那儿有那儿的情况，其实还是够活跃的——我们的脑筋并不因为没有什么事情来使它经常紧张而闲得发呆。光说一样事情吧，那时候北方的整个空气充满了神秘的谣言——谣传叛军的间谍到处神出鬼没，准备炸毁北方的要塞，烧毁我们的旅馆，运送带来传染病的衣服到我们的城市里来，以及诸如此类的事情。这个你都记得吧。这一切都足以使我们保持警惕，打破驻防生活一向的沉闷。除此而外，我们那儿还是个新兵招募站——这就等于说我们简直不能浪费丝毫时间去打瞌睡，或是梦想，或是游手好闲。咳，我们尽管监视得很严，每天招来的新兵还是有 50% 从我们手里漏掉，当天晚上就开小差了。入伍的津贴非常之大，以致一个新兵可以拿出两三百块钱贿赂看守的兵，让他逃跑，结果他所得的津贴还可以剩下不少，对于一个穷人还要算是一笔财产。是呀，就像我刚才说的，我们的生活并不沉闷。

那么，有一天我独自一人在营房里正在写点东西的时候，有一个十四五岁的、脸色苍白、穿得很破烂的孩子走进来。他规规矩矩鞠了一躬，说道：

“我想这儿是招新兵的吧？”

“是的。”

“您可以把我收下吧，长官？”

“哎呀，不行，你太年轻啦，孩子，而且个子也太小。”

他脸上现出一种失望的神情，很快就变得更厉害，成为一种丧气的表情。他慢慢地转过身去，好像是要走似的。他迟疑了一下，然后又转过脸来向着我，用一种使我深深感动的声调说道：

“我没有家，而且是举目无亲。我希望您能收下我才好哩！”

可是这事情是绝对不可能的，我就极力温和地给他说明这个意思。然后我叫他在火炉旁边坐下来暖和暖和，并且还补上了两句：

“我马上就给你一点东西吃吃。你饿了吧？”

他没有回答，也无须回答；他那双柔和的大眼睛里的感激神情比任何语言都更能达意。他在火炉旁边坐下，我继续写字。偶尔我偷偷地望他一眼。我看出他的衣服和鞋子虽然又脏又破，可是样式和材料都很好。这一点是耐人寻味的。除此之外，我还发现他的声音轻柔而悦耳；他的眼睛深沉而忧郁；他的态度和谈吐都很文雅；这个可怜的小伙子显然是遭遇了不幸。于是我对他颇感兴趣。

可是我渐渐又专心干我的工作去了，完全忘记了那个孩子。我不知道这样过了多大工夫；后来我才偶然抬头望了一下。那孩子的背向着我，可是他的脸也稍微斜过来一点，所以我可以看得见他的一边脸蛋——一道无声的泪泉正在顺着脸上流下来。

“哎呀，真糟糕！”我心里想道：“我忘记了这个可怜虫饿着肚子呐。”于是我为了刚才的忍心向他表示歉意，就对他说，“跟我来吧，小朋友，你和我一块儿吃饭吧，今天就只我一人。”他又那么含着感激的神情向我望了一眼，脸上露出一道快乐的光辉。到了餐桌面前，他把手扶着椅背站着，一直等我坐定了，他才坐下来。我拿起刀叉——唉，我只好拿着不动，因为这孩子低下了头，默默地祈祷谢饭。无数关于老家和童年的圣洁的回忆涌上我的心头，我不禁叹息地想起我已经与宗教漂离了很远，它对受了创伤的心灵的医疗作用，以及它的安慰、解脱和鼓舞的作用，都与我无缘了。

在我们吃饭的过程中，我看出了年轻的威克鲁——他的全名是罗伯特·威克鲁——知道怎样使用餐巾；还有——唉，总而言之，我看出他是个很有教养的孩子；详细情形就不消说了。他还有一种纯朴的坦白态度，这也使我很中意。我们谈的主要是关于他自己的事情，我毫无困难地向他问清楚了他的来历。当他谈到他生长在路易斯安那的时候，我显然对他更表同情，因为我在那地方住过一些时候。我对密西西比河近海一带都很熟悉，而且喜欢那带地方，离开那儿也不算太久，所以我对它的兴趣还没有开始淡下来。连他嘴里说出来的一些名字都叫我听了很痛快——正因为觉得非常痛快，所以我就故意把话题引到某些方面，使他多说出一些这类名字来。巴敦鲁日、普拉魁明、端纳桑维尔、六十里点、邦尼开尔、大码头、卡罗敦、轮船码头、汽划子码头、新奥尔良、周毕都拉街、斜堤、好孩子街、圣查理士旅馆、第阜利圆场、贝壳路、庞查特伦湖；特别使我愉快的是再听到“李将军号”“那且兹号”“日蚀号”“魁德门将军号”“邓肯·堪纳号”，以及从前一向熟悉的其他汽船的名字。那几乎就好像是回到了那个地方那么痛快，这些名字使它们所代表的事物很生动地重新活现在我心头。简单地说，小威克鲁的来历是这样的：战争爆发的时候，他和他的有病的姑母和他的父亲住在巴敦鲁日附近一个富庶的大农场上，这个农场属于他们这一家已经50年了。父亲是个联邦统一派。他受尽各式各样的迫害，但是始终坚持他的主张。后来终于有一天晚上，一批蒙面的歹徒烧毁了他的大房子，这一家人就不得不逃命。他们被人到处追踪，尝尽了一切贫穷、饥饿和苦难的滋味。害病的姑母终于得到了解脱：困苦和风吹雨打的流浪生活把她折磨死了；她像一个流浪汉似的死在露天的田野里，雨飘在她身上，雷在头上轰隆轰隆地响。不久以后，他的父亲又被一个武装的队伍俘虏了；儿子一面在旁边告哀求饶，牺牲者一面在他面前被人勒死了。（说到这里，这小伙子眼睛里闪出悲惨的光，他以自言自语的神气说道：“我要是当不成兵，也不要紧——我总会想得出办法——我总会想得出办法。”）那些人宣布他的父亲已经死了之后，马上就对他说，他要是不在24小时内离开那个地方，他就要遭殃。当天晚上他就悄悄地跑到河边，在一个大农场的码头上隐藏起来。后来，“邓肯·堪纳号”在那儿停下来了，他就泅水过去，藏到它后面所拖的一只小艇上。天还没有亮，船就开到了大码头，他偷偷地上了岸。那地方离新奥尔良有3里远，他徒步走了这段路，走到好孩子街他的一个叔父家里，这下子他的苦难暂时结束了。可是这个叔父也是一个联邦统一派，过了不久，他就打定主意，还是离开南方为好。于是他就和威克鲁搭上一只帆船悄悄地离开了那个地方，不久就到了纽约。他们在亚斯多旅舍住下来。年轻的威克鲁暂时过了一段痛快的生活，常到百老汇去逛来逛去，看了不少北方的稀奇景物；但是后来又发生了变化——而且并不是好转。他的叔父起初还很高兴，现在却开始显得发愁和丧气；此外他还变得脾气很怪，动辄生气；老是谈到钱只有花出去，而没有办法再赚进来——“剩下的钱连一个人都养不活，两个人就更不消说啦。”后来有一天早上，他失踪了——没有来吃早饭。这孩子到账房一问，据说叔叔头一天晚上就付清了账走了——旅馆里的职员猜想他是到波士顿去了，可是没有把握。

这孩子独自一人，无依无靠。他简直不知如何是好，想来想去，还是决定最好是跟上去找一找他的叔父。他跑到轮船码头，才知道他口袋里剩下的那一点点钱不够他到波士顿去的路费；不过到新伦敦去是够的；所以他就买了船票到那儿去，决定靠老天保佑，让他能有办法渡过其余一段路程。现在他已经在新伦敦的街上晃来晃去地游荡了三天三夜，靠人家的慈悲到处讨点东西吃，随便找个地方打打瞌睡。可是后来他终于灰了心；勇气和希望都完了。要是能让他当兵，谁也不比他更加感激了；如果他当兵不合格，叫他当个鼓手行不行呢？呵，他情愿拼命拼命地干，使人满意，并且还感激不尽！

小威克鲁的来历就是这样，除了细节而外，都是和他对我说的一样，我说：

“孩子，你现在到了朋友当中啦——你再也不用发愁啦。”这下子他的眼睛可发出闪光来了！我把约翰·瑞本上士叫进来——他是哈特阜人；现在还住在哈特阜；你也许认识他——我对他说：“瑞本，叫这个孩子和军乐队的弟兄们住在一起吧。我打算收下他来当个鼓手，我托你照顾他，千万注意别叫他受到委屈吧。”

那么，要塞司令官和小鼓手之间的交涉到这时候当然是告一段落了；可是这个可怜的、无依无靠的小家伙仍旧在我心头萦绕着。我随时注意，老希望看见他快活起来，变得兴高采烈；可是枉然，日子一天天过去，他始终没有改变。他和谁都不发生关系；老是心不在焉，老是在想；他的脸色老是忧郁的。有一天早上瑞本请求我和他单独谈话。他说；

“我希望您不会见怪，司令官，不过现在的情况是这样，军乐队的弟兄们简直着急得要命，好像非有人出来说话不可似的。”

“咦，怎么回事？”

“是威克鲁那孩子，司令官。军乐队的弟兄们把他腻味透啦，您想不到到了什么地步。”

“好吧，你说下去，说下去。他在干什么?”

“老在祷告哩，司令官。”

“祷告!”

“是呀，司令官，这孩子老在祷告，弄得军乐队的弟兄们一点也得不到安宁。清早第一桩事，他也是干这个；中午也是干这个；夜里——唉，整夜整夜地他就像是让魔鬼缠住了似的，把人家闹得鬼神不安！睡觉吗?天哪，他们简直睡不着；照一句俗话说，他那苦心祈祷的风车转开了，他一起了头，就没有个完。他先从乐队长下手，给他祷告，跟着就找到号手头儿，又给他祷告；再往后就是低音鼓手，他甚至引着他也祷告起来啦；一个一个地，整个乐队都要轮到，个个都给大大地祷告一番，而且他那种认真的样子会使你觉得他自己以为在人间活不了多久，想着他升了天的时候如果没有带一个乐队同去，就不会快活，所以他要给他自己挑选乐队，好让他们在天上叫他信得过，奏起国歌来奏得能配上那儿的场面。唉，司令官，往他那儿丢靴子也没有用；屋子里是黑的；并且他又不光明正大地干，老是跪在大鼓后面；所以大家一齐把靴子像一阵暴雨样地丢过去也没有关系，他满不在乎——照样颤悠悠地祷告，就好像那是人家给他喝彩似的。他们大声嚷起来，‘啊，住嘴巴!’‘让我们歇一歇吧!’‘枪毙这小子!’‘啊，滚出去!’以及诸如此类的话。可是那有什么用?简直就打搅不了他。他干脆就不睬。”停了一会儿又说：“是个乖乖的小傻子；清早起来就把那满地的靴子搬回去，一双一双地挑出来，把每人的一双放到原处。这些靴子丢过去打他已经丢得次数太多了，所以全队的靴子他通通认识——他闭上眼睛也能把它们一双双挑出来。”

又停了一会儿，我忍住没有打岔。

“但是最叫人受不了的是他祷告完了的时候——他要是居然有个完的话——他就调一调嗓子唱起歌来。唉，您知道他说话的声音多么好听；您知道他那种声音简直可以引得一只铁铸的狗从门口台阶上跑下来舐他的手。可是您要是相信我的话，司令官，那比他唱歌的声调儿可还差得远!比起这个孩子的歌声来，吹笛子的声音都显得刺耳。啊，他就在那黑暗中像轻柔的流水似的唱，低低的声音是那么柔和悦耳，简直叫你觉得自己好像在天上似的。”

“那又怎么会‘叫人受不了’呢?”

“呵，问题就在这儿，司令官，您听他唱吧：

就像我这样——贫穷、倒霉、眼睛又看不见——

您听了他唱这个，只要听一次，看您是不是浑身都发酥，眼睛里迸出泪水来！不管他唱什么，都是一直钻进你心窝里——深深地打中你的要害——每回都叫你神魂颠倒。您只要听听他唱：

有罪的、伤心的人儿，恐怖充满了你的心，
不要等到明天，你今天就要归顺天主；
不要辜负那种慈爱，
因为那种慈爱来自天主——

这些歌词。真叫人听了就觉得自己是天下心眼最坏、最不知好歹的人。他唱起他那些关于家乡、关于母亲、关于童年、关于从前的回忆、关于烟消云散了的事情和关于死去了的老朋友的歌来，就把你一生怀念难忘的一去不复返的往事都引到你面前来了——那才真是唱得漂亮，唱得神妙，叫人爱听哩，司令官——可是，天哪，那才真叫人伤心透了哩！军乐队——唉，他们大家都哭起来——这些家伙个个都哭出声来，而且并不掩饰；您知道吧，正是起先丢靴子过去打那孩子的那些人一下子又从床铺上跳下来，在黑暗中跑过去拥抱他！是呀，他们就是这样——还拼命和他亲吻，弄得他浑身都是唾沫，并且还用亲爱的名字叫他，求他饶恕他们。赶上这种时候，要是有一团人想去伤害这个小把戏一根头发，他们也会和这一团人拼命，哪怕是整整的一个军团！”

又停了一会儿。

“就是这些话吗?”我说。

“是的，司令官。”

“哎呀，原来如此，那有什么可埋怨的！他们想要怎么办呀！”

“怎么办！唉，天哪，他们想要请您叫他不要再唱了，司令官。”

“这是怎么说的！你刚才还说他的歌唱得很神妙哪。”

“问题就在这儿。唱得太神妙啦。一般凡人简直受不了。他唱的歌太叫人感动；简直把人的心都挖出来了；它把他的感情捣得粉碎，使他心里很不舒服，觉得自己有罪过，除了到地狱去受永世之苦之外，什么地方也不配去，叫人老是忏悔个没有完，什么都显得不对劲，觉得人生一点安慰也没有。还有那个哭劲，您瞧——每天早上他们都不好意思彼此对面看一看。”

“咳，这倒是个新鲜事，告状也告得古怪。那么他们当真要叫他不再唱了吗？”

“是呀，司令官，就是这个意思。他们也不愿意过分要求；要是能把他的祷告也禁止了，或是叫他不要祷告个没有完，那他们当然是谢天谢地；不过最主要的还是唱的问题。只要能把他那唱歌的嘴堵住，他们觉得祷告还可以勉强受得了，虽然老让他那么用祷告来折磨，也实在是难受。”

我告诉上士，这桩事情我会加以考虑。那天晚上我悄悄跑到军乐队的营房去听。上士所报告的情况并没有过甚其词。我听见祷告的声音在黑暗中祈求；我听见那些心烦的人咒骂的声音；我听见许多靴子一阵扔过去在空中发出的飕飕的声音，和打到大鼓周围的乒乒乓乓的声音。这种情形使我有所感触，不过同时也觉得有趣。过了一会儿，经过一阵意味深长的静默之后，就听见了歌声。天哪，那股凄凉的情调，那种迷人的力量！天下再没有什么声音像这么悦耳、这么优美、这么温柔、这么圣洁、这么动人。我在那儿待的工夫不大；我开始体验到与一个要塞司令官不大相称的一种感情。

第二天我就发出了命令，把祷告和唱歌都禁止了。随后的三四天之中，新兵骗了入伍津贴开小差的事件层出不穷，既热闹，又恼人，以致我根本没有想到我那小鼓手。可是有一天早上瑞本上士来了，他说：

“那个新来的小伙子的举动非常奇怪哩，司令官。”

“怎么个奇怪法？”

“咳，司令官，他一天到晚老在写字。”

“写字？他写些什么——是信吗？”

“我不知道，司令官；但是他一下了班，就老是在炮台各处钻来钻去，东张西望，老是一个人——我敢赌咒说，炮台上随便哪个角落里没有哪一处他没有到过——并且他老是过不了一会儿又拿出铅笔和纸，乱划一些什么下来。”

这使我起了一种极不愉快的感觉。我想要挖苦这种疑神疑鬼的想法，可是当时只要形迹稍有可疑的事情，都不能怪人家多疑，所以也就不便挖苦。当时在我们北方，处处都发生一些事故，警惕我们随时都要提防，随时都要怀疑才行。于是我联想到这个孩子来自南方这个耐人寻味的事实，——是最靠南的地方，路易斯安那——在当时的情况之下，这个念头是叫人放心不下的。可是我这时候给瑞本下命令处理这桩事情，心里却感觉到一阵隐痛。我觉得自己好像是一个作父亲的在那儿捣鬼，要叫他自己的孩子受到羞辱和损害似的。我吩咐瑞本不要声张，静待时机，能给我想办法找到那孩子写的东西的时候就给我找一些来，不要让他知道。我还特别指示他千万不要有什么举动，叫那孩子发现他被人注意了。同时我还命令他照常容许那孩子有原先那些行动自由，可是他进城去的时候，要派人老远盯住他。

以后两天之中，瑞本向我报告了好几次。毫无结果。这孩子还是在写，可是每逢瑞本走近他身边，他就满不在乎地把他写的东西塞到口袋里。他到城里一个没有人的旧马棚那儿去过两次，待了一两分钟就出来了。我们对这类事情可不能大意——看样子是有点儿蹊跷。我心里不得不承认我渐渐有些感到不安了。我跑到我私人的住处，把副司令找来——他是个很有智慧和判断力的军官，是杰姆士·华特生·韦布将军的儿子。他很惊讶，也很着急。我们把这桩事情谈了很久，最后的结论是应该进行秘密搜查。我决定亲自执行这个办法。因此我叫人第二天早上两点钟就把我叫醒，只过了一会儿，我就到了军乐队的宿舍里，扑在地下，在那些打鼾的弟兄们当中用肚皮贴着地板爬过去。后来我终于到了我那酣睡的流浪儿床前，谁也没有惊醒，我把他的衣服和背袋拿到手，又偷偷地爬回来。我回到自己屋里的时候，韦布还在那儿等着，急于要知道结果如何。我们马上就动手搜查。衣服使我们大失所望。我们在口袋里找到一点空白纸和一支铅笔；此外除了一把大折刀和孩子们藏起来当宝贝的那些杂七杂八的东西和无用的废物而外，什么也没有了。我们又怀着希望去搜查背袋。那里面又是什么也没有找到，反而碰了个钉子！——一本小《圣经》扉页上写着这么几个字："先生，请看在他母亲的面上，对我这孩子照应点吧。"

我望了望韦布——他垂下了眼睛；他又望了望我——我也垂下了眼睛。两人都不作声。我恭恭敬敬地把这本书放回原处。韦布马上站起来，一句话也不说就走了。过了一会儿，我提起精神来，再去完成这桩不是滋味的工作，我把偷来的东西送回原处，还是和原来那样扑在地下爬过去。这好像是对于我所干的那桩事情特别相宜的姿势。

完事大吉之后，我老实说，真是高兴到极点。

第二天中午瑞本又照常来报告。我截住他的话说道：

"这桩可笑的事情就到此为止吧。我们简直是把一个可怜的小把戏当成个妖怪来对付，其实他就像一本赞美歌一样，对我们是毫无妨碍的。"

上士显得很惊讶，他说：

"唉，您也知道，这是您的命令呀，司令官，并且我还弄到了他写的一点东西哩。"

"那里面说些什么？你怎么弄到的？"

"我从门上的钥匙洞里偷看，看见他在写字。所以我估计着他大概写完了的时候，就小声地咳嗽了一下，我马上看见他把写的东西揉成一团，丢到火里，东张西望地看有没有人。然后他发现安然无事，显出非常愉快和满不在乎的样子。这下子我就走进来。高高兴兴地和他混了一阵，再打发他出去干点事情。他丝毫也不惊慌，马上就走了。炉里是煤火，才生起来的；他那个纸团丢到一大块煤后面去了，掉在看不见的地方；可是我还是把它弄出来了；这儿就是；连烤都没有烤糊哩，您瞧。"

我把这张纸条望了一眼，看了一两句。然后我就叫上士出去，并且吩咐他去给我把韦布找来。那纸上写的全文是这样的：

特伦布尔要塞，八号

上校，——关于我上次开的单子里末尾那三尊大炮的口径，我弄错了，那是放18磅炮弹的；其余的武器都和我所写的相符。炮台的情况还是像前次报告的那样，不过原先准备派到前线去作战的那两连轻步兵暂时还要驻在这里——现在还无法调查要待多久，但很快就可以弄明白。我们深信就一切情况看来，最好暂时不要采取行动，且等——

写到这里就中断了——这就是瑞本咳嗽了一声、使那孩子没有再往下写的地方。这种冷血的卑鄙行为揭露出来之后，给我心头一阵沉痛的打击，以致使我对这孩子的感情以及我对他的好意和对他那孤零的遭遇所起的慈悲心都马上烟消云散了。

可是这且不去管它。现在出了问题了——并且还是需要马上充分注意的严重问题。韦布和我把这桩事情翻来覆去地考虑，彻底地研究了一番。韦布说：

“他没有写完就被打断了，真是可惜！他们有某种行动要推迟一下，等到——什么时候呢？那个行动又是指的什么呢？可能他是会要提到的，这个假装信神的小坏蛋！”

“是呀，”我说，“我们错过了一次机会，还有信里面的‘我们’又是指谁呢？是炮台里面的同党，还是外面的呢？”

那个“我们”很有文章，叫人担心。可是老在这上面猜想是值不得的，所以我们就继续考虑更具体的办法。第一步，我们决定加双岗，尽最大的力量切实提防。其次，我们想到把威克鲁叫来，让他吐出一切秘密；可是这一着似乎不大聪明，要等其他的办法都没有效果的时候才行。我们必须把他写的东西再弄到一些，所以我们就开始想办法达到这个目的。后来我们想出了一个主意：威克鲁从来没有到邮局去过，——也许那个空马棚就是他的邮局吧。我们把我的亲信书记找来——他是个名叫斯特恩的德国人，好像是个天生的侦探似的——我把这桩事情原原本本告诉他，叫他去设法破案。还不到一个钟头，我们又得到消息，说是威克鲁又在写。过了一会儿，又听说他告假进城去了。他动身之前，他们故意耽误了他一阵，同时斯特恩赶紧跑去藏在那个马棚里。一会儿他就看见威克鲁逍遥自在地走进去，四面张望了一会儿，然后把一样东西藏在角落里一堆垃圾底下，又从从容容地出去了。斯特恩赶紧把那件隐藏的东西——一封信——拿到手，给我们带回来。上面既没有收信人的姓名地址，也没有发信人的签名。信里面先把我们看到过的那些话写上，接着就说：

我们认为最好是暂时不采取行动，且等那两连人开走了再说。我是说我们内部这4个人有这个意见；还没有和其他的人通消息——怕的是引人注意。我说4个人，是因为我们少掉了两个；他们入伍不久，刚混进炮台来就被派到前线去了。现在非另派两个人来接替他们不可。走了的那两个是三十里点那两兄弟。我有一个非常重要的消息要告诉你，可是绝不能靠这种通信的方式，我要试用另一种办法。

“这个小混蛋！”韦布说：“谁想得到他是个间谍呢？可是这且不去管他；我们先把已经得到的这些情节照目前的情形凑合起来研究研究，看看这桩事情现在已经发展到什么地步吧。第一，我们当中已经有了一个间谍是我们知道的；第二，我们当中还有三个是我们不知道的；第三，这些间谍都是经过到联邦部队来入伍这个简单而省事的手续混进我们这儿来的——显然是有两个上了当，被我们运到前线去了；第四，‘外面’还有间谍的帮手——数目多少还不清楚；第五，威克鲁还有非常重要的事情，他不敢用‘现在这种方式’报告消息——要‘试用另一种办法’。照目前的情形看来，大致就是这样。我们是不是要把威克鲁抓起来，叫他招供呢？再不然是不是要去抓住到马棚里取信的人，叫他供出来呢？否则我们就暂时还不作声，再多调查一些事实好不好呢？”

我们决定了采取最后那种办法。我们估计这时候还没有实行紧急措施的必要，因为那些阴谋分子显然是打算等着那两个轻步兵连开走的时候再下手。我们给了斯特恩充分的权力，使他好办事，而且叫他尽量设法把威克鲁的‘另外一种’通讯方法调查出来。我们打算玩一套大胆的把戏；因此我们主张继续使间谍们毫不怀疑，能敷衍多久就敷衍多久。所以我们命令斯特恩马上再到那个马棚那儿去，要是没有什么人妨碍的话，就把威克鲁的信仍旧藏到原地方，放在那儿等叛徒们去取。

那天一直到天黑，并没有其他动静。夜里天气很冷，天色漆黑，正下着雨雪，风也刮得很凶；可是那一夜我还是从温暖的床上起来了好几次，亲自出去巡逻，为的是要查明确实没有出什么事故，并且每个岗哨都在认真提防。我到处都发现他们振作精神警戒着；显然是有一些神秘的威胁的谣言悄悄地在四处传播，一加双岗就更使那些谣言显得确有其事了。有一次天快亮的时候，我碰见韦布顶着寒风一直往前走，随后才知道原来他也巡逻了好几次，总要知道一切安然无事才放心。

第二天的事情稍微使情况发展得快一些。威克鲁又写了一封信；斯特恩比他先到那个马棚里，看见他藏那封信；威克鲁刚一走开，他就去把那封信拿到手，然后溜出来，远远地盯住那个小间谍，他背后还跟着一个便衣侦探，因为我们觉得应该让他随时可以得到法律的帮助，以备紧急的需要。威克鲁跑到火车站去，在那儿等着纽约的车来，然后客人由车上涌下来的时候，他就仔细看着那一群人的脸。一会儿就有一个年老的绅士，戴着绿色的护目镜，拄着手杖，一瘸一瘸地走过来，在威克鲁附近站住，急切地开始张望。威克鲁马上就飞跑过去，塞了一个信封在他手里，然后溜开，在人丛中不见了。斯特恩立刻就去把那封信一下子抢过来；随即他在那个侦探身边匆忙走过的时候，就对他说："跟住那个老先生——别让他跑得不见了。"然后斯特恩随着人群连忙跑出来，一直跑回要塞。

我们关上门坐下来，吩咐外面的守卫不让别人来打搅。

我们先把马棚里拿来的那封信打开来看。内容如下：

> 神圣同盟，——照常在那尊大炮里拿到大老板的命令，那是昨晚上丢在那儿的；这次的命令取消了以前从次一级的机关所得的指标。已在炮内照例留下了暗号，表示命令已经到了收件人手里——

韦布插嘴说："这孩子现在不是经常受着监视吗？"我说是的；自从拿到他前次那封信之后，他一直就在严密的监视之下。

"那么他怎么能够放什么东西到炮筒里去，或是从那里面取出东西来，居然没有被人发觉呢？"

"唉，"我说，"我看这种情形有点不大对劲。"

"我也觉得不对呀，"韦布说，"这简直就表示连哨兵里面都有同谋犯。要不是他们暗中纵容他，这种事情是做不到的。"

我把瑞本叫来，吩咐他到炮台去仔细查一查，看能找出什么线索来。

然后我们又往下念那封信：

> 新的命令是果断的，它要〇〇〇〇明天早上3点钟×××××。将有200人分成若干股由各地乘火车或采取其他途径来此，按时到达指定地点。今天由我分发信号。成功定有把握，但是我们一定是走漏了一些消息，因为这里已加派双岗，并且正副司令昨夜曾巡逻多次。寅寅今天由南方来此，将接受秘密命令——用另一方法。你们6个人必须准早晨两点钟到166号。乙乙会在那里等你们，给你们详细指示。口令和上次相同，但要倒过来——头一个字改到末尾，末一个字改到前面。记住辛辛辛辛。不要忘了。千万要大胆；还不等太阳再出来，你们就要成为英雄了；你们的名声将流芳千古；你们将在历史上添上不朽的一页。亚门。

“好家伙，”韦布说，“我看这情形，我们可实在不大好对付呀！”

我说没有问题，形势是渐渐显得非常严重了。我说：

“他们正在准备采取一个猛烈的冒险行动，这是很明显的。今天晚上是他们预定的时间——这也是明显的。这个冒险行动的性质——我是说它的方式——隐藏在那一大堆‘〇’或‘×’下面，可是据我估计，他们的目的是要偷袭和夺取要塞。现在我们必须采取又快又狠的断然行动。我想我们继续用秘密手段对付威克鲁是一点用处也没有了。我们必须知道，而且越快越好，‘166号’究竟在哪儿，好在早上两点钟把那一伙儿一网打尽；不消说，要想得到这个秘密，最快的办法就是逼着这个小鬼说出来。可是首先我必须把事实报告军政部，请求全权处理，然后我们才可以采取重要行动。”

急电译成了密码，准备拍发；我看过之后，表示认可，就发出去了。

我们随即结束了对刚才所谈的那封信的讨论，然后把从那位瘸腿先生那儿抢过来的那封信打开。那里面除了装着两张完全空白的信纸而外，什么也没有！这对我们当时急切盼待的心情真是泼了一瓢冷水。我们一时大失所望，心里就像那信纸一样空虚，简直不知怎么好。可是这只过了一会儿工夫；因为我们当然马上就想到了“暗墨水”。我们把信纸拿到火边上去烤，等着看那上面的字迹经过火烤的结果显出来；可是除了几条模糊的笔画而外，什么也没有，而我们对那几条笔画又看不出一点道理。于是我们把军医找来，叫他拿去用他所知道的各种方法试验，总要试出个结果来；等到字迹显出来之后，立刻就来把信的内容报告给我。这个阻碍可真是叫人烦得要命，我们当然因为这阵耽误而生气；因为我们一心盼望着从那封信里得到关于这个阴谋的一些最重要的秘密。

这时候瑞本上士来了，他从口袋里掏出一根大约一英尺来长的麻绳，上面打着 3 个结，他把它拿起来给我看。

“我在江边的一座大炮里取出来的，”他说，“我把所有的炮上的炮栓都取下来，仔细看过；结果每一个炮都查遍了，只找到这么一截麻绳。”

原来这截绳子就是威克鲁的“暗号”，表示“大老板”的命令并没有送错地方。我命令立即把过去 24 小时内在那座炮附近值过班的哨兵通通单独禁闭起来，非经我的同意，不许他们互相交谈。

这时候军政部长来了个电报。电文如下：

暂行取消人身保障法。全城宣布戒严。必要时逮捕嫌疑犯。采取果断迅速行动。随时将消息报告本部。

这下子我们可以下手了。我派人去把那位瘸腿老先生悄悄地逮捕起来，悄悄地解到要塞；我把他看管起来，不许别人和他谈话，也不许他给人家说话。起初他还老爱吵闹一阵，可是不久就不作声了。

随后又来了个消息，说是有人看见威克鲁拿一点什么东西交给我们的两个新兵；他刚一转身，这两个人马上就被抓去禁闭起来了。每人身上搜出了一个小纸片，上面用铅笔写着这些字：

大鹰三飞
记住辛辛辛辛
一六六

遵照军政部长的指示，我给部里打了个密电，报告情况的进展，还把上面这个纸片描绘了一下。现在我们好像是处于很有把握的地位，尽可以对威克鲁拉下假面具了；所以我就派人把他叫来。同时我也派人去取回那封暗墨水写的信，军医还附带交来了一张条子，说明他试过的几种方法都没有结果，不过另外还有些方法，等我叫他试验的时候，还可以试一试。

威克鲁很快就进来了。他显得有些疲乏和焦急的神气，可是他很镇定和从容，即令他感觉到了有什么不妥，也没有在脸色和态度上露出来。我让他在那儿站了一两分钟，然后快快活活地说：

“小孩儿，你为什么老上那个旧马棚里去呢？”

他用天真的态度毫不慌张地回答：

“呵，我也不知怎么回事，司令官。并没有什么特别的原因，只是我喜欢清静，到那儿去玩玩。”

“你到那儿去玩，是吗？”

“是呀，司令官。”他还是像起先那么天真自然地回答。

“你在那儿只干这个吗？”

“是呀，司令官。”他抬起头来望着，那双温柔的大眼睛里含着孩子气的惊讶神情说道。

“真的吗？”

“是呀，司令官，真的。”

停了一会儿，我说：

“威克鲁，你为什么老爱写字呢？”

“我？我并没有常写什么，司令官。”

“你没有常写？”

“没有，司令官。啊，您要是说的乱划呢，我倒是乱划了一些，划着玩的。”

“你划了拿去干什么呢？”

“没有干什么，司令官——划完就丢了。”

“没有送给什么人吗？”

“没有，司令官。”

我突然把他写给“上校”的那封信伸到他面前。他稍微吃惊了一下，可是马上又镇定下来了。他脸上微微地红了一阵。

“那么，你为什么要把这个送出去呢？”

“我绝——绝没有安什么坏心思，司令官。”

“绝没有安什么坏心思！你把要塞的军备和情况泄露出去，还说没有安坏心思吗？”

他低下头去不作声。

“喂，老实说吧，别再撒谎啦。这封信是要给谁的呢？”

这时候他显出一些痛苦的样子；可是很快就平静下来，用非常恳切的声调回答说：

“我把事实告诉您吧，司令官——全部事实。这封信根本就没有打算写给什么人。我不过写着玩的。现在我知道这是做错了，并且是件傻事——可是我只犯过一次，司令官，我以人格担保。”

“呵，这倒是叫我很高兴。写这种信是很危险的。我希望你真是只写过这一封吧？”

“是呀，司令官。千真万确。”

他的大胆真是惊人。他说这句狂话的时候，那种诚恳的神情谁也赛不过。我停了一会儿，把我的怒气平息下去，然后说：

“威克鲁，你仔细想一想吧，我想调查两三件小事情，你看是不是可以帮个忙。”

“我一定尽力帮忙，司令官。”

“那么我先问你——‘大老板’是谁呢？”

这一下使他很惊慌地向我们脸上望了一眼；可也不过如是而已。他马上又安静下来，沉着地回答说：

“我不知道，司令官。”

“你不知道？”

“我不知道。”

“你当真不知道吗？”

他极力想把他的眼睛望着我的，可是那实在太紧张了；他的下巴慢慢地向着胸部低下去，他哑口无言了；他站在那儿神经紧张地摸弄着一只纽扣，他的卑鄙行为虽然可恶，那样子可也叫人怜悯。随后我又提出一个问题，打破了沉默：

“‘神圣同盟’是些什么人呢?”

他浑身显然发抖，他把双手盲目地微微动了一下，这在我看来，好像是一个绝望的小家伙求人怜悯的表示。可是他没有作声。他继续把头向地下垂着，立在那儿。我们瞪着眼睛望着他、等着他说话的时候，看见大颗的眼泪顺着他的脸蛋儿滚下来。但是他始终不说话。过了一会儿，我说：

“你非回答我不行，小孩儿，你一定要说老实话。‘神圣同盟’是哪些人?”

他仍旧只是一声不响地哭。我随即就说：

“回答我这个问题!”我的语气有些严厉。

他极力要控制自己的声音；然后求饶地抬头望着，掺杂着哭声勉强说道：

“啊，请您可怜我吧，司令官！我不能回答这个问题，因为我不知道。”

“什么!”

“真的，司令官，我是说的实话，我直到现在，从来没有听说过什么‘神圣同盟’。我以人格担保，司令官，这是实话。”

“真是怪事！我看你这第二封信；呵，你看见这几个字吗? ‘神圣同盟’。现在你还有什么话可说?”

他抬起头来瞪着眼睛望着我的脸，显出一副受了委屈的神气，好像他遭了很大的冤枉似的，然后激动地说：

“这是有人狠心地给我开玩笑，司令官；我老是极力要好好做人，从来没有伤害过谁，他们怎么能这样陷害我呢? 有人假造了我的笔迹；这都不是我写的；我从来没有见过这封信!”

“啊，你这个可恶透了的小骗子！你看，这又是怎么回事呢?”——我把那封暗墨水写的信从口袋里掏出来，伸到他眼前。

他的脸发白了！——简直像个死人的脸那么白。他站也站不稳，微微摇晃起来，伸手扶着墙才把身子撑住。过了一会儿，他低声问道：

“您已经……看过这封信了吗？”他的声音简直低得听不见。

一定是还没有等我嘴里来得及捏造出“看过了”这么个回答，我们脸上就把真情流露出来了，因为我清清楚楚地看见那孩子的眼睛里又恢复了勇气。我等着他说话，可是他一声不响。所以后来我就说：

“喂，你对这封信里泄露的秘密又怎么解释呢？”

他非常镇定地回答说：

“没有什么解释，我只想说明一声，那是完全没有害处的；对谁也没有什么妨碍。”

这下子我可有点窘住了，因为我无法反驳他的话。我不知究竟怎么办才好。可是我忽然有了一个主意，这才给我解了围，我说：

“你对‘大老板’和‘神圣同盟’当真是什么也不知道吗？你说是人家假造的这封信，当真不是你写的吗？”

“是的，司令官——是真的。”

我慢慢抽出那根带结的麻绳来，把它举起，一声不响。他若无其事地瞪着眼睛望着它，然后诧异地望着我。我实在再也忍耐不住了。不过我还是把我的脾气压下去，用我平常的声调说：

“威克鲁，你看见这个吗？”

“看见的，司令官。”

“这是什么？”

“好像是一根绳子。”

“怎么，好—像—是？这根本就是一根绳子呀。你还认得吗？”

“不认得，司令官。”他回答的语气从容到极点。

他那种冷静的态度真是十足地令人惊叹！于是我停了几秒钟，为的是让我的沉默可以加深我所要说的话给人的印象；然后我站起来，把一只手按在他肩膀上，严肃地说：

“这是对你没有好处的，可怜的孩子，绝对没有好处。你给‘大老板’的这个暗号，这根带结的绳子，是在江边一座大炮里找到的——”

“大炮‘里面’找到的！啊，不对、不对、不对！别说是在大炮里吧，其实是在炮栓的一条缝里！——一定是在缝里！”他随即就跪下来，两手交叉着十指，仰起面孔，他那脸色灰白、吓得要命的样子，叫人看了怪可怜。

“不，是在大炮里。”

“啊，那一定是出了毛病！老天爷，我完蛋啦！”他一下子跳起来，左右乱闯，闪开人家伸出去抓他的手，极力想从这地方逃掉。不过逃跑当然是不可能的。于是他又扑通一声跪在地下，拼命地哭，还抱住我的腿；他这样揪住我，苦苦哀求地说：

“呵，您可怜我吧！啊，您行行好吧！千万别把我的事情说出去呀；他们连一分钟也不会饶我的命哪！请您保护我，救救我吧。我把一切都供出来！”

我们花了一些工夫才使他平静下来，减少他的恐惧，把他的心情变得稍微清醒一些。然后我开始盘问他，他把眼睛望着地下，很恭敬地回答，随时伸手揩去他那流个不停的眼泪。

“那么你是心甘情愿的一个叛徒喽？”

“是呀，司令官。”

“还是个间谍？”

“是呀，司令官。”

“一直在按照外面来的命令活动吗？”

“是呀，司令官。”

“是自愿的吗？”

“是的，司令官。”

“干得很高兴吧，也许是？”

“是呀，司令官；抵赖也没有好处。南方是我的家乡；我的心是南方的，整个的心都在它那一方面。”

“那么你所说的那些遭难的经过和你家里的人被杀害的那些事情都是为了要混进要塞，特别捏造出来哄人的吧？”

“他们——是他们叫我那么说的，司令官。”

“那么你就打算出卖可怜你和收容你的人，要把他们毁了吗？你知不知道你多么卑鄙呀，你这个走入迷途的可怜虫？”

他只用哭泣来回答。

“好吧，这个且不去管它。还是谈正经事。‘上校’是谁？他在什么地方？”

他开始大哭起来，想要哀求不叫他回答。他说他要是说出来，就会被打死。我威胁着说，他要是不说出实情，我就要把他关到黑牢里监禁起来。同时我答应他，只要他把秘密通通说出来，我就保护他，不叫他受到任何伤害。他紧紧地闭住嘴，一句话也不肯回答，他做出顽强的样子，使我简直拿他无可奈何。后来我就带着他走；可是他只往黑牢里望了一眼就改变了主意。他突然一阵子又哭起来，而且苦苦哀求，声明他愿意说出一切实情。

于是我又把他带回来，他就说出了“上校”的名字，而且很仔细地把他描写了一番。他说到城里最大的旅馆里可以找到他，穿着普通老百姓的衣服。我又威胁了他一阵，他才把“大老板”的名字说出来，并且说明他的相貌等等。他说在纽约证券街 15 号可以找到“大老板”，化名是盖罗德。我把盖罗德的姓名和形象打电报告诉纽约警察局局长，要他逮捕这个人，把他看管起来，等我派人去提解。

“那么，”我说，“好像是‘外面’还有几个同党，大概在新伦敦。你把他们的姓名和情况说一说吧。”

他说出了三个男人和两个女人，而且说明了他们的情况——都住在大旅舍里。我悄悄地派人出去，把他们和那位“上校”抓来，关在要塞里。

“现在我还要知道你在要塞里面的 3 个同党。”

我想他又要说谎话来骗我；可是我把那两个被捕的哨兵身上搜到的神秘的纸片拿出来，这对他发生了很好的效果。他说我们已经抓到了两个，他非说出另外那一个不可。这把他吓得要命，他大声叫道：

“啊，请您别逼我吧；他当场就会要我的命！”

我说那是可笑的想法；我会派人在他身边保护他，并且弟兄们集合的时候是不让他们带武器的。我命令叫所有的新兵都集合起来，然后这可怜的小坏蛋浑身发抖地出来了，他顺着那一队人走过去，极力显出若无其事的样子。后来他对其中一个人只说了一个字，于是他还没有走出5步，这个人就被捕了。

威克鲁又和我们在一起的时候，我就叫人把那3个人带进来。我叫其中的一个站到前面来，说道：

“喂，威克鲁，你可要注意，只许完全说实话，丝毫也不能有差错。这个人是谁，你知道他一些什么事情?”

他已经到了“骑虎难下”的地步，所以就不顾一切后果，把眼睛瞪住那个人脸上，毫不迟疑地说了一大套——他说的是下面这些话：

“他的真名字叫作乔治·布利斯多。他是新奥尔良人；两年前在沿海的邮船‘神殿号’上当二副。他是个很凶的角色，曾经犯杀人罪坐过两次牢——一次是为了拿一根绞盘棍子打死一个叫作海德的水手，一次是为了打死一个甲板苦力，因为他不肯抛铅锤，其实那是不该甲板苦力做的事。他是个间谍，是上校派到这儿来进行间谍活动的。五八年‘圣尼古拉号’在孟菲斯附近爆炸时，他在船上当三副；死伤的乘客装在一只空木船上往岸上运的时候，他就抢他们身上的东西，结果差点儿让人家抓来用私刑弄死了。”

还说了一些诸如此类的话——他把这个人的来历说得很详细。他说完之后，我向那个人说：

“你对他这些话有什么说的?”

“司令官，您可别怪我在您面前说话不恭敬，他这简直是顶胡说八道的谎话，从来没有听见过谁撒这种谎!”

我叫人把他带回去再关起来，又把其余两个先后叫到前面来。结果都是一样。那孩子说出了每个人的详细来历，对措辞和事实丝毫也没有迟疑；可是我盘问这两个家伙的结果，每个人都只是愤恨地说那完全是谎话。他们什么口供也没有。我把他们再送回去关起来，又把其余的犯人一个个叫出来对质。威克鲁把他们的一切都说出来了——他们是南方哪些城市的人，和他们参加这个阴谋的原原本本。

可是他们都否认他所说的事实，而且没有一个有什么口供。男人们大发脾气，女人们哭哭啼啼。据他们自己说，他们都是从西部来的清清白白的人，而且对联邦比世界上一切东西还要爱。我把这批人再关起来，心里很腻烦，随后我就再来盘问威克鲁。

“166 号在哪儿？‘乙乙’是谁？”

可是他下了决心以这里为界限。无论说好话哄他或是说硬话吓唬他，都不起作用。时间过得飞快——非采取严厉手段不可了。所以我就拴住他的大拇指，把他踮起脚尖吊起来。他越来越痛，就尖声惨叫，那声音简直叫我有些受不了。可是我坚持不放松，过了一会儿他就喊叫起来：

“啊，放我下来吧，我说！”

“不行——你先说了我才放你下来。”

现在每一片刻的时间对他都是痛苦，所以他就说出来了：

“大鹰旅舍，166 号！”他说的是江边的一个下等客栈，普通一般卖力气的人和码头工人、还有那些更不体面的人常去的地方。

于是我就把他放了下来，然后又叫他给我说这次阴谋的目的。

“今晚要夺取要塞。”他顽强地说，一面低声哭着。

“我是不是把这次阴谋的头儿们都抓着了？”

“没有，除了你抓到的而外，还有要到 166 号去开会的人。”

“你那‘记住辛辛辛辛’是什么意思？”

没有回答。

“到 166 号去的口令是什么？”

没有回答。

“那一堆一堆的字和记号是什么意思——‘××××××’和‘○○○○’？快说！要不然又叫你尝尝那个滋味。”

“我绝不回答！我宁肯死。现在你爱怎么办就怎么办吧。”

“把你说的话好好儿想想吧，威克鲁。拿定主意了吗？”

他坚决地回答，声音毫不发颤：

“拿定主意啦。我非常爱我那遭难的南方，痛恨这北方的太阳所照耀的一切，所以我宁肯死，也不会泄露那些消息。”

我又拴住他的大拇指把他吊起来。这可怜的小家伙痛得要命的时候，他那尖叫的声音真叫人听着心都要碎了，可是我们再也没有逼出他什么口供来。不管你问他什么话，他老是叫着同一个回答：

“我可以死，并且我决定死；可是我绝不说。”

咳，我们只好就那么算了。我们相信他一定是宁肯死也不会招供。所以我们就把他放下来，再把他关起，严加看管。

然后我们忙了几个钟头，给军政部打电报，一方面准备突击 166 号。

那个漆黑和寒冷的夜晚是够令人提心吊胆的。要塞的情报已经泄露了一些，整个要塞都在提防意外。哨兵加成了三岗，谁也不能进出，一走动就会被哨兵把步枪对准他的头，叫他站住。不过韦布和我却不像原先那么担心了，因为有许多主犯既已落网，阴谋就必然受到相当大的挫折了。

我决定及时赶到 166 号去，抓住‘乙乙’，把他的嘴堵上，等着其余的人来到，好逮捕他们。大约在早上一点一刻，我就悄悄离开要塞，后面还带着 6 个精壮的正规兵，还有威克鲁那孩子，他的手反绑在背后。我告诉他说，我们要到 166 号去，要是发现他这次又说了谎话，叫我们上当，那他就非领我们到正确的地方去不可，否则就要叫他吃苦头。

我们偷偷地走近那个客栈，进行侦察。小小的酒吧间里点着一支蜡烛，其余的房间都是黑暗的。我试开前门，并没有锁，我们就轻轻地走进去，仍旧把门关上。然后我们把鞋脱掉，我带头领着大家到酒吧间里。德国店主坐在那儿，在椅子上睡着了。我轻轻地把他推醒，叫他脱掉靴子，在我们前面走；同时警告他不许作声。他一声不响地顺从了，不过显然吓得要命。我命令他带路到 166 号去。我们爬上了两三层楼梯，脚步像一串猫儿那么轻；然后我们走到一道很长的过道尽头的时候，就到了一个房间门口，从那个门上装着玻璃的小窗户里，我们可以看得出里面有一支暗淡的蜡烛的亮光。店主在暗中摸索着找到了我，悄悄地说那就是 166 号。我试了试那扇门——里面锁上了。我靠近耳朵给一个个子最大的士兵下了一个命令；我们就把宽大的肩膀顶住门，猛推一把，就把门上的铰链冲开了。我隐隐约约地看见床上有一个人影——看见它连忙向蜡烛把头伸过去；蜡烛一灭，我们就在一团漆黑当中了。我猛扑过去，一下子跳到了床上，用膝头使劲按住了床上那个人。被我抓住的人拼命地挣扎，可是我使左手卡住了他的嗓子，这给我的膝头很大的帮助，总算把他制服了。然后我马上把手枪掏出来，拉开扳机，把那冰冷的枪筒抵住他的腮帮子，表示警告。

“现在谁给划根洋火吧！”我说，“我把他抓牢啦。”

有人照办了。火柴的光亮起来。我望着我抓住的人，哎呀，老天爷，原来是个年轻的女人！

我把她放了，连忙下床来，心里觉得怪害臊。大家都瞪着眼睛望着身边的人发呆。这桩意外的事太突如其来，叫人莫名其妙，因此大家都非常慌张，不知怎么才好。那个年轻的女人开始哭起来，把被窝蒙住了脸。店主恭敬地说：

“是我的女儿，她大概是干了什么不规矩的事吧，nichtwahr?”

“你的女儿？她是你的女儿吗?”

“啊，是呀，她是我的女儿，她今晚上才从辛辛那提回家来的，有点儿小病。”

“他妈的，那孩子又撒谎啦。这不是他说的那个166号；这不是‘乙乙’。威克鲁，你给我们找到那个真正的166号吧，要不然——喂！那孩子在哪儿?”

跑掉了，丝毫不假！不但跑了，我们连一点线索也找不到。这可是个伤脑筋的情况。我骂自己太傻，没有把他拴在一个士兵的身上；可是现在为这个而懊恼是没有用处的。到了这个地步，我究竟应该怎么办呢？——这是当前的问题。不过说到源头，那个姑娘说不定就是‘乙乙’。我并不相信这个，可是把疑惑当成定论是不妥当的。所以我就叫我那几个士兵留在166号对面的一个空房间里，吩咐他们一见有人走近那个姑娘的房间，就一律把他们抓起来，同时还叫他们把店主扣押在他们一起，严加看管，且待以后的命令。然后我就赶回要塞去看看那儿是否还平安无事。

不错，平安无事。而且还始终都没有问题。我通夜守着，没有睡觉，以防意外。可是毫无动静。后来看见天又亮了，我居然能够给部里打电报，报告星条国旗仍旧在特伦布尔要塞上空飘扬，心里真是说不出的高兴。

我心头解除了无限的压力。不过我当然还是没有放松警惕，也没有停止努力；因为当时的局势太严重了，疏忽是不行的。我把那些犯人一个个叫来，整个钟头地拷问他们，总想叫他们招供，可是毫无结果。他们光只咬牙切齿，直扯头发，什么也没有吐露出来。

到了中午的时候，我们得到了那个失踪的孩子的消息。有人在早上6点钟，大约在8里以外看见他在路上，拖着沉重的脚步往西走。我马上派一个骑兵中尉和一个士兵去追他。他们在20里以外看见他了。他已经翻过了一道篱笆，疲乏地拖着脚步穿过一片烂泥的田野，向着一个村庄的边上一座旧式的大房子走过去。他们骑着马穿过一片小树林，迂回过去，由相对的方向包抄那所房子；然后下了马，赶快溜到厨房里。那儿一个人也没有。他们又溜进靠近的一间屋子里，那儿也没有人；由那间屋里通着前面起居室的门是开着的。他们正想要由这扇门里走过去，忽然听见一个很低的声音；那是有人在祷告。于是他们就恭恭敬敬地站住了，中尉把头伸进去，看见一个老头和一个老太婆在那间起居室的一个角落里跪着，正在祷告的是那老头。刚刚祷告完毕的时候，威克鲁那孩子打开前门走进来了。那两个老人一同向他扑过去，紧紧地搂着他，叫他透不过气来。他们大声嚷道——

“我们的孩子！我们的宝贝！多谢上帝。跑掉的又回来啦！死了的又复活啦！”

喂，先生，你猜是怎么回事！那个小鬼原来就是在那个农庄上生长的，本来是一辈子从没有离开过这个地方5里路远，后来才在两个星期以前闲荡到我那地方去，编了那一个伤心的故事把我哄住了！这是千真万确的事情。那个老头是他的父亲——是个有学问的退休了的老牧师，那个老太婆是他的母亲。

现在让我来对这个孩子和他的举动略加说明吧。原来他是爱看廉价小说和那些专登情节离奇的故事的刊物看得入迷了的——所以莫名其妙的神秘事件和天花乱坠的侠义行为正合他的胃口。后来他又看到报纸上报道叛军的间谍到我们这边来潜伏活动的情况，以及他们那可怕的企图和两三次轰动一时的成功，结果他的脑子里就把这个问题想入非非了。他曾经有几个月和一个长于说话和富于幻想的北方青年经常混在一起，那个青年在新奥尔良和密西西比上游二三百里的各地之间航行的几只邮船上当过两年事务员——因此他谈起那一带地方的地名和其他情形都显得很熟悉。我在战前曾经在那一带地方住过两三个月；我对那儿所知道的很有限，所以容易被那孩子哄住，要是一个土生的路易斯安那人，那也许不等他说到 15 分钟，就可以发现他露出马脚了。你知道他为什么说他情愿死也不肯解释他那几个阴谋的暗号吗？干脆就是因为他无法解释！——那些记号根本没有意义；他是由想象中凭空捏造出来的，事先事后都没有考虑过；所以突然问起他来，他就想不出什么说法来解释。譬如他对那封“暗墨水写的信”里隐藏着什么秘密也说不出来，充分的理由就是那里面根本没有隐藏任何秘密；那封信不过是空白的纸张罢了。他根本没有搁什么东西到大炮里面，而且从来没有打算过这么做——因为他那些信都是写给一些想象中的人物的，他每次藏一封信到那个马棚里，老是把前一天放在那儿的一封拿走；所以他对那根带结的小绳子并不知道，因为我拿给他看的时候，他还是第一次看到的；可是我一让他说明来历，他马上就照他那异想天开的派头，承认那是他放的，而且因此收到了一些很妙的戏剧性的效果。他捏造了一个“盖罗德”先生；还有什么证券街 15 号，当时已经根本不存在了——3 个月以前就拆掉了。他还捏造了那位“上校”；我所逮捕的并且和他对质过的那些无辜受累的人，让他天花乱坠地说了一大堆来历，也都是他捏造的；“乙乙”也是他捏造的；166 号也可以说是他捏造的，因为在我们到大鹰旅社去之前，他还不知道那儿有这么个房间。凡是需要捏造某一个人或是某一件东西的时候，他都随时捏造得出来。我要他说出“外面的”间谍，他马上就把他在旅馆里见过的一些陌生人形容一番，其实连他们的名字都只不过是他偶然听到过的。呵，在那惊心动魄的几天里，他一直在一个有声有色的、神秘的、浪漫的境界里过日子，我觉得这个境界对他说来是真实的，而且他想必是一直从他的心坎里欣赏着它的滋味。

可是他给我们找了不少的麻烦，而且使我们受了说不完的耻辱。你看，为了他的缘故，我们抓了一二十个人，把他们在要塞里关起来，还在他们门口安了哨兵。被捕的人有许多都是军人之类，我对他们是无须道歉的；可是其余的人都是全国各地的第一流公民，无论你说多少赔罪的话，也不足以使他们满意。他们简直就大发脾气，给我们闹个没有完！那两个妇女呢——一个是俄亥俄一位议员的太太，另一个是西部一位主教的妹妹——咳，她们尽量对我说的那许多侮辱和挖苦的话，和她们所流的那些冒火的眼泪，成了一份纪念品，大概可以使我很久都记得她们，——并且我是会记得的。那位戴护目镜的瘸腿老先生是费城的一个大学校长，他是来参加他的侄子的丧礼的。他原先当然是从来没有看见过威克鲁。咳，他不但错过了丧礼，被我们当作叛军间谍关起来，而且威克鲁还站在我的营房里无情地把他说成加尔维斯敦名声最臭的一个流氓窝来的伪造犯、黑人贩子、偷马贼、放火犯；这种侮辱，这位倒霉的老先生似乎是根本不能原谅的。

还有军政部呀！可是，真晦气，这一段我就不去谈它了吧！

附注——我把这篇故事的稿子拿给少校看，他说：“你对军队里的事情不大熟悉，这使你弄出了一些小小的错误。不过连这些地方也还是写得有声有色——随它去吧；军队里的人看了会笑，别人可看不出毛病来。你把这个故事的主要事实都说对了，叙述得和实际发生的情况大致相符。”——马克·吐温。

加利福尼亚人的故事

35 年前，我曾到斯达尼斯劳斯河找矿。我手拿着鹤嘴锄，带着淘盘，背着号角，成天跋涉。我走遍了各处，淘洗了不少的含金沙，总想着找到矿藏发笔大财，却总是一无所获。这是一个风景秀丽的地区，树木葱茏，气候温和，景色宜人。很多年前，这儿人烟稠密，而现在，人们早已消失殆尽了，富有魅力的极乐园成了一个荒凉冷僻的地方。他们把地层表面给挖了个遍，然后就离开了这里。有一处，一度是个繁忙热闹的小城市，有过几家银行、几家报纸和几支消防队，还有过一位市长和众多的市政参议员。但是现在，除了广袤无垠的绿色草皮之外，一无所有，甚至看不见人类生命曾在这里出现过的最微小的迹象。这片荒原一直延伸到塔特尔镇。在那一带附近的乡间，沿着那些布满尘土的道路，不时可以看到一些极为漂亮的小村舍，外表整洁舒适，像蛛网一样密密麻麻的藤蔓，像雪一样浓厚茂密的玫瑰遮掩了小屋的门窗。这是一些荒废了的住宅，很多年前，那些遭到失败、灰心丧气的家庭遗弃了它们，因为这些房屋既卖不出去也送不出去。走上半小时的路程，时而会发现一些用圆木搭建起来的孤寂的小木屋，这是在最早的淘金时代由第一批淘金人修建的，他们是建造小村舍的那些人的前辈。偶尔，这些小木屋仍然有人居住。那么，你就可以断定这居住者就是当初建造这个小木屋的拓荒人；你还能断定他之所以住在那儿的原因——虽然他曾有机会回到家乡，回到州里去过好日子，但是他不愿回去，而宁愿丢弃财产，他感到羞耻，于是决定与所有的亲人朋友断绝往来，好像他已经死去似的。那年月，加利福尼亚附近散居着许许多多这样的活死人——这些可怜的人，自尊心受到严重打击，40 岁就白发斑斑，未老先衰。隐藏在他们内心深处的只有悔恨和渴望——悔恨自己虚度的年华，渴望远离尘嚣，彻底与世隔绝。

这是一片孤寂荒芜的土地！除了使人昏昏欲睡的昆虫的嗡嗡声，辽阔的草地和树林静寂安宁，别无声息；杳无人烟，兽类绝迹；任什么也不能使你打起精神，使你觉得活着是件乐事。因此，在一天过了正午不久，当我终于发现一个人的时候，我油然生出一种感激之情，精神极为振奋。这是一个45岁左右的男人，他正站在一间覆盖着玫瑰花的小巧舒适的村舍门旁。这是那种我已提到过的村舍，不过，这一间可没有被遗弃的样子；它的外观表明有人住在里面，而且它还受到主人的宠爱、关心和照料。它的前院也同样受到如此厚待，这是一个花园，繁茂的鲜花正盛开着，五彩缤纷，绚丽多姿。当然，我受到了主人的邀请，主人叫我不要客气——这是乡下的惯例。

走进这样一个房间真使人身心愉悦。好几个星期以来，我日日夜夜和矿工们的小木屋打交道，熟悉了屋里的一切——肮脏的地板，从来不叠被子的床铺，锡盘锡杯，咸猪肉，蚕豆和浓咖啡，屋内别无装饰，只有一些从东部带插图的出版物中取下来的描绘战争的图片钉在木头墙上。那是一种艰苦的、凄凉的生活，没有欢乐，人人都为自己的利益打算。但是这里，却是一个温暖舒适的栖息之地，它能让人疲倦的双眼得到休憩，能使人的某种天性得以更新。在长时间的禁食之后，当艺术品呈现在面前，这种天性认识到它一直处于无意识的饥饿之中，而现在找到了营养滋补品，而不论这些艺术品可能是怎样低劣，怎样朴素。我不能相信一块残缺的地毯会使我的感觉得到如此愉快的享受，如此心满意足；或者说，我没有想到，房间里的一切会给我的灵魂以这样的慰藉：那糊墙纸，那些带框的版画，铺在沙发的扶手和靠背上的色彩鲜艳的小垫布和台灯座下的衬垫，几把温莎时代的细骨靠椅，还有陈列着海贝、书籍和瓷花瓶的锃光透亮的古董架，以及那种随意搁置物品的细巧方法和风格，它们是女人的手在干活的痕迹，你见了不会经意，而一旦拿走，你立刻又会怀念不已。我内心的快乐从我的脸上表现出来，那男人见了很是欢喜；因为这快乐是这样显而易见，以致他就像我们已经谈到过这个话题似的答道：

“都是她弄的，”他爱抚地说，“都是她亲手弄的——全都是。”他向屋子瞥了一眼，眼里充满了深情的崇拜。画框上方，悬挂着一种柔软的日本织物，女人们看似随意，实为精心地用它来装饰。那男人注意到它不太整齐，他小心翼翼地把它重新整理好，然后退后几步观察整理的效果，这样反复了好几次，直到他完全满意。他用手掌把它轻轻地拍打了最后两下，说：

“她总是这样弄的。你说不出它正好差点儿什么，但是它的确是差点儿什么，直到你把它弄好——弄好以后也只有你自己知道，但是也仅此而已；你找不出它的规律。我估摸着，这就好比母亲给孩子梳完头以后再最后地拍两下一样。我经常看她侍弄这些玩意儿，所以我也能完全照着她的样子做了，尽管我不知其中的规律。可是她知道。她知道侍弄它们的理由和方法；我却不知道理由，我只知道方法。”

他把我带进一间卧室让我洗手；这样的卧室我是多年不见了：白色的床罩，白色的枕头，铺了地毯的地板，裱了糊墙纸的墙壁，墙上有好些画，还有一个梳妆台，上面放着镜子，针插和轻巧精致的梳妆用品；墙角放着一个脸盆架，一个真瓷的钵子和一个带嘴的有柄大水罐，一个瓷盘里放着肥皂，在一个搁物架上放了不止一打的毛巾——对于一个很久不用这种毛巾的人来说，它们真是太干净太洁白了，没有点朦胧的亵渎神灵的意识还不敢用呢。我的脸上又一次说出了心里的话，于是他心满意足地答道：

“都是她弄的；都是她亲手弄的——全都是。这儿没一样东西不是她亲手摸过的。好啦，你会想到的——我不必说那么多啦。”

这当儿，我一面擦着手，一面仔细地扫视屋里的物品，就像到了新地方的人都爱做的那样，这儿的一切都使他赏心悦目。接着，你知道，我以一种无法解释的方式意识到那男人想要我自己在这屋里的某个地方发现某种东西。我的感觉完全准确，我看出他正试着用眼角偷偷地暗示来帮我的忙，我也急于想使他满意，于是就很卖劲地按恰当的途径寻找起来。我失败了好几次，因为我是从眼角往外看，而他并没有什么反应。但是我终于明白了我应该直视前方的那个东西——因为他的喜悦像一股无形的浪潮向我袭来。他爆发出一阵幸福的笑声，搓着两手，叫道：

“就是它！你找到了。我就知道你会找到的。那是她的相片。”

前面墙上有一个黑色胡桃木的小托架，我走到跟前，确实在那儿发现了我先前还不曾注意到的一个相框，相片是早期的照相术照的。那是一个极温柔、极可爱的少女的脸庞，在我看来，好像是我所见过的最为美丽的女人。那男人吮吸了我流露在脸上的赞叹，满意极了。

“她过了 19 岁的生日，”他说着把相片放回原处；“我们就是在她生日那天结的婚。你见到她的时候——哦，只有等一等你才能见到她！”

“她在什么地方？什么时候在家？”

“哦，她现在不在家。她探望亲人去了。他们住在离这儿四五十英里远的地方。到今天，她已经走了两个星期了。”

“你估计她什么时候回来？”

“今天是星期三。她星期六晚上回来，可能在9点钟左右。”

我感到一阵强烈的失望。

“我很遗憾，因为那时候我已经走了。”我惋惜地说。“已经走了？不，你为什么要走呢？请别走吧，她会非常失望的。”

她会失望———美丽的尤物！倘若是她亲口对我说的这番话，那我就是最最幸福的人了。我感觉到一种深沉的强烈的渴望想见到她，这渴望带着那样的祈求，是那样的执着，使得我害怕起来。我对自己说：

“我要马上离开这里，为了我的灵魂得到安宁。”

“你知道，她喜欢有人来和我们待在一起——那些见多识广，善于谈吐的人——就像你这样的人。这使她感到快乐；因为她知道——啊，她几乎什么都知道，并且也很能交谈，嗯，就像只小鸟——她还读很多书，噢，你会吃惊的。请不要走吧，不会耽搁你很久，你知道，她会非常失望的。”

我听着这些话，却几乎没有留意。我深陷在内心的思索和矛盾斗争中。他走开了，我却不知道。很快他回来了，手里拿着那个相框，他把它拿到我面前说：

“喏，这会儿你当着她的面对她说，你本来是可以留下来见她的，但是你不愿意。”

这第二次看见她使我本来坚定不移的决心彻底瓦解了，我愿意留下来冒冒险。那天晚上，我们安安静静地抽着烟斗聊天，一直聊到深夜。我们聊了各种话题，不过主要都和她有关。很久以来，我确实没有过这么愉快这么悠闲的时光了。星期四来了，又轻松自在地溜走了。黄昏时分，一个大个子矿工从3英里外来到这儿。他是那种头发灰白、无依无靠的拓荒者。他用沉着、庄重的口气同我们热情地打过招呼，然后说：

“我只是顺便来问问小夫人的情况，她什么时候回来？她有信来吗？”

“哦，是的，有一封信，你愿意听听吗？汤姆？”

“呃，如果你不介意，我想我是愿意听听的，亨利！”

亨利从皮夹子里把信拿出来，说如果我们不反对的话，他将跳过一些私人用语，然后他读了起来。他读了来信的大部分——这是一件她亲手完成的妩媚优雅的作品，充满着爱恋、安详的感情。在信的附言中，还满怀深情地问候和祝福汤姆，乔，查利以及其他的好友和邻居们。

当他读完时，他瞥了一眼汤姆，叫道：

“啊哈，你又是这样！把你的双手拿开，让我看看你的眼睛。我读她的信你总是这样，我要写信告诉她。”

“不，你千万别这样，亨利。我老啦，你知道，任何一点小小的失望都会使我流泪。我以为她已经回来了，可现在你只收到一封信。”

“咦，你这是怎么啦？我以为大家都知道她要到星期六才回来的呀。”

“星期六！哈，想起来啦，我的确是知道的。我怀疑最近我的脑子是不是出了毛病？我当然知道啦。我们干吗不为她做好一切准备呢？好了，我现在得走了，不过她回来时我会来的，老伙计！”

星期五傍晚，又来了一个头发灰白的老淘金人，他住的小木屋离这儿差不多 1 英里。他说小伙子们想在星期六晚上来热闹热闹，痛痛快快地玩一玩，如果亨利认为她在旅行之后不至于疲倦得支持不了的话。

“疲倦？她会感到疲倦？哼，听他说的！乔，你知道，不管你们当中的谁，只要你们高兴，她愿意一连 6 个星期不睡觉的！”

当乔听说有封信时，就请求读给他听。信里对他亲切的问候使这个老伙伴控制不住自己的感情；但是他说，他老得不中用啦，尽管她只是提到他的名字，那也使他受不了。“上帝，我们多么想念她呀！”

星期六下午，我发现自己不时地看表。亨利注意到了，他带着惊讶的神情说道：

“你认为她不会很快就到，是吗？”

我像被人发现了内心秘密似的感到有些窘迫。不过我笑着说，我等人的时候就是这么个习惯。但是他好像不太满意；从那一刻起，他开始有点心神不安。他 4 次拉着我沿着大路走到一处，从那儿我们可以看到很远的地方；他总是站在那儿，手搭凉棚，眺望着，好几次，他这么说：

“我有些担心了，我真担心。我知道她在9点以前不会到的，可是好像有什么老是想警告我出了什么事儿。你想不会出什么事儿的，是吧？”

他就这样反反复复地说了好几遍。我开始为他的幼稚可笑感到非常害臊，终于，在他又一次乞求地问我时，我失去了耐心。我跟他讲话时态度很粗鲁。这似乎使他完全萎缩了，还把他吓唬住了。这以后他看起来是这样受了伤害，态度是这样的谦卑，以致我憎恨自己干了这件残酷的、不必要的事。因此，当夜幕开始降临的时候，另一个老淘金人查利到来时，我非常高兴。他紧挨在亨利身旁听他读信，商量欢迎她的准备工作。查利一句接一句地说出热情亲切的话语，尽力驱散他朋友的不祥和恐惧之感。

“她出过什么事吗？亨利，那纯粹是胡说。什么事儿也不会发生在她身上的；你就放宽心吧。信上怎么说来着？说她很好，不是吗？说她9点到家，不是吗？你见过她说话不算数吗？唔，你从来没见过。好啦，那就别再烦恼啦；她会回来的，那是绝对肯定的，就像你的出生一样确定无疑。来吧，让我们来布置屋子吧——没有多少时间啦。”

很快汤姆和乔也来了。于是大家就动手用鲜花把屋子装饰起来。快到9点时，这3个矿工说，他们还带来了乐器，也可以奏起来了，因为小伙子们和姑娘们很快就要到了，他们都非常想跳一跳美妙的、老式的“布雷克道恩”舞。一把小提琴，一把班卓琴，还有一只单簧管——这些就是乐器。他们一起奏起了三重奏，奏的是一些轻快的舞曲，还一面用大靴子踏着节拍。

时间快到9点了。亨利站在门口，眼睛直盯着大路，内心的痛苦折磨得他有些站立不稳。伙伴们几次让他举起杯来为他妻子的健康和平安干杯。这时汤姆高声喊道：

“请大家举杯！再喝一杯，她就到家啦！”

乔用托盘端来了酒，分给大家，最后剩下两杯，我拿起了其中一杯，但是乔压低了嗓子吼道：

“别拿这一杯，拿那一杯。”

我照他说的做了。亨利接过了剩下的那杯。他刚喝完这杯酒，时钟开始敲9点。他听着钟敲完，脸色变得越来越苍白，他说：

“伙伴们，我很害怕，帮帮我——我要躺下！”

他们扶他到沙发上，他躺下去开始打起瞌睡来。可是一会儿，像人在睡梦中说话一样，他说：

“我听见马蹄声了吧？是他们来了吗？”

一个老淘金人靠近他的耳边说：

“这是吉米·帕里什，他来说他们在路上耽搁了，但是他们已经上路了，正来着呢。她的马瘸了，可再过半小时她就到家了。”

“啊，我真是谢天谢地没出什么事儿！”

话还没说完他就几乎睡着了。这些人马上灵巧地帮他脱了衣服，把他抱到我洗手的那间卧室的床上，给他盖好了被子。他们关上了门，走了回来，于是他们似乎就准备动身离开了。我说：

“别走呀，先生们，她不认识我呀，我是个生人。”

他们互相看了看，然后乔说：

“她？可怜的人儿，她死了 19 年啦！”

“死了？”

“也许比这更糟呐。她结婚半年后回家探望她的亲人，在回来的路上，就在星期六的晚上，在离这儿 5 英里的地方被印第安人抢走啦。从此以后就再没听到过她的消息。”

“结果他就精神失常了吗？”

“从那时起他就一直没再清醒过。不过他只是每年到这个时候才更糟。在她要回来的前 3 天，我们就开始到这儿来，鼓励他打起精神，问问他是否接到她的来信，星期六我们都到这儿来，用鲜花装点屋子，为舞会做好一切准备。19 年来，我们年年都这样做。第一年的星期六我们有 27 个人，还不算姑娘们；现在只有我们 3 人了，姑娘们都走了。我们给他吃药让他睡觉，要不他会发疯的。于是他又会乖乖地等着来年——想着她和他在一起，直到这最后的三四天，他又开始寻找她，拿出那封可怜的旧信，我们就来请求他读给我们听。上帝啊，她是一个可爱的人啊！”

他是否还在人间？

1892 年 3 月间，我在里维埃拉区的门多涅游玩。在这个幽静的地方，你可以单独享受几英里外的蒙特卡洛和尼斯所能和大家共同享受的一切好处。这就是说，那儿有灿烂的阳光，清新的空气和闪耀的、蔚蓝的海，而没有那煞风景的喧嚣、扰攘，以及奇装异服和浮华的炫耀。门多涅是个清静、纯朴、安闲而不讲究排场的地方；阔人和浮华的人物都不到那儿去。我是说，一般而论，阔人是不到那儿去的。偶尔也会有阔人来，我不久就结识了其中的一位。我姑且把他叫作斯密士吧——这多少是有些替他保守秘密的意思。有一天，在英格兰旅馆里，我们用第二道早餐的时候，他忽然大声喊道：

“快点！你注意看门里出去的那个人。你仔细把他看清楚。”

“为什么？”

“你知道他是谁吗？”

“知道。你还没有来，他就在这儿住过好几天了。听说他是里昂一个很阔的绸缎厂老板，现在年老不干了。我看他简直是孤单得很，因为他老是显得那么苦闷的样子，无精打采，从不跟谁谈谈话。他的名字叫作席奥斐尔·麦格南。”

我以为这下子斯密士就要继续说下去，把他对这位麦格南先生所表示的绝大兴趣说出个所以然来。但是他却没有说什么，反而转入沉思，并且他经过几分钟之久，显然把我和其他一切都完全忘到九霄云外去了。他时而伸手搔一搔他那轻柔的白发，帮助他的思路，同时让他的早餐冷掉也不管。后来他才说：

“哎，忘了。我怎么也想不起了。”

“想不起什么事呀？”

“我说的是安徒生的一篇很妙的小故事。可是我把它忘了。这故事有一部分大致是这样的：有个小孩，他有一只养在笼子里的小鸟，他很爱它，可是又不知道当心招呼它。这鸟儿唱出歌来，可是没有人听，没有人理会；后来这个小把戏肚子也饿了，口也渴了，于是它的歌声就变得凄凉而微弱，最后终于停止了——鸟儿死了。小孩过来一看，简直伤心得要命，懊悔不及；他只好含着伤心的眼泪，唉声叹气地把他的伙伴们叫来，大家怀着极深切的悲恸，给这小鸟儿举行了隆重的葬仪，可是这些小家伙可不知道并不光是孩子们让诗人们饿死，然后花许多钱给他们办丧事和立纪念碑，这些钱如果花在他们生前，那是足够养活他们的，还可以让他们过舒服日子哩。那么……"

但是这时候我们的谈话被打断了。那天晚上10点钟左右，我又碰到斯密士，他邀我上楼去，到他的会客室里陪他抽烟，喝热的苏格兰威士忌。那个房间是个很惬意的地方，里面摆着舒适的椅子，装着喜气洋洋的灯，还有那壁炉里和善可亲的火，燃烧着干硬的橄榄木柴。再加上外面那低沉的海涛澎湃声，更使一切达到了美满的境界。我们喝完了第二杯威士忌，谈了许多随意的、称心的闲话之后，斯密士说：

"现在我们喝得兴致很够了——我正好趁此讲一个稀奇的故事，你正好听我讲。这事情是个保守了多年的秘密——这秘密只有我和另外三个人知道；现在我可要拆穿这个西洋镜了。你现在兴致好吗？"

"好极了。你往下说吧。"

下面就是他给我说的故事：

"多年以前，我是个年轻的画家——实在是个非常年轻的画家——我在法国的乡村随意漫游，到处写生，不久就和两个可爱的法国青年凑到一起了，他们也和我干着一样的事情。我们那股快活劲儿就像那股穷劲儿一样，也可以说，那股穷劲儿就像那股快活劲儿一样——你爱怎么说就怎么说吧。克劳德·弗雷尔和卡尔·包兰日尔——这就是那两个小伙子的名字；真是可爱的两个小伙子，太可爱了，老是兴致勃勃的，简直就和贫穷开玩笑，不管风霜雨雪，日子老是过得怪有劲的。

"后来我们在一个布勒敦的乡村里，简直穷得走投无路。碰巧有一个和我们一样穷的画家把我们收留下来了，这下子可简直是救了我们的命——法朗斯瓦·米勒——"

"怎么！就是那伟大的法朗斯瓦·米勒吗?"

"伟大？那时候他也并不见得比我们伟大到哪儿去哩。就连在他自己那个村子里，他也没有什么名气。他简直穷得不像话，除了萝卜，他就没有什么可以给我们吃的，并且连萝卜也有时候接不上气。我们 4 个人成了忠实可靠、互相疼爱的朋友，简直是难分难舍。我们在一起拼命地画呀画的，作品是越堆越多，越堆越多，可就是很难得卖掉一件。我们大伙儿过的日子真是痛快极了；可是，也实在可怜！我们有时候简直是受活罪!"

"我们就这样熬过了两年多点时光。最后有一天，克劳德说：

'伙计们，我们已经山穷水尽了。你们明白不明白？——十足地山穷水尽。谁都不干了——简直是大家联合起来给我们过不去哩。我把整个村子都跑遍了，结果就是我说的那样。他们根本不肯再赊给我们一分钱的东西了，非叫我们先还清旧账不可。'

"这可真叫我们垂头丧气。每个人都满脸发白，一副狼狈相。这下子我们可知道自己的处境实在是糟糕透了。大家很久没有作声。最后米勒叹了一口气说道：

'我也想不出什么主意来——一筹莫展。伙计们，想个办法吧。'

"没有回答，除非凄惨的沉默也可以叫作回答。卡尔站起来，神经紧张地来回走了一阵，然后说道：

'真是丢人！你看这些画：一堆一堆的，都是些好画，比得上欧洲任何一个人的作品——不管他是谁。是呀，并且还有许多闲逛的陌生人都是这么说——反正意思总差不多是这样。'

'可就是不买。'米勒说。

'那倒没关系，反正他们这么说了；而且这是真话。就看你那幅《晚祷》吧！难道会有人对我说……'

'哼，卡尔——我那幅《晚祷》吗！有人出过 5 法郎要买它。'

'什么时候?'

‘谁出这价钱?’

‘他在哪儿?’

‘你怎么不答应他?’

‘得了——别这么大伙儿一齐说话呀。我以为他会多出几个钱——我觉得很有把握——看他那神气是要多出的——所以我就讨价 8 法郎。’

‘得——那么后来呢?’

‘他说他再来找我。’

‘真是糟糕透顶!哎,法朗斯瓦——’

‘啊,我知道——我知道!不该那样,我简直是个大傻瓜。伙计们,我本意是很好的,你们也会承认这一点,我……’

‘唉,那还用说,我们也明白,老天爷保佑你这好心肠的人吧;可是下次你可千万别再这么傻呀。’

‘我?我但愿有人来拿一棵大白菜给我们换就好了——你瞧着吧!’

‘大白菜吗!啊,别提这个——提起来真叫我淌口水。说点儿别的不那么叫人难受的事情吧。’

‘伙计们,’卡尔说,‘难道这些画没有价值吗?你们说呀。’

‘谁说没价值!’

‘难道不是有很大很高的价值吗?你们说吧。’

‘是呀。’

‘价值确实是大得很、高得很,如果能给它们安上一个鼎鼎大名的作者,那一定能卖到了不得的价钱。是不是这么回事?’

‘当然是这样的。谁也不会怀疑你这个说法。’

‘可是——我并不是开玩笑——究竟我这话对不对呀?’

‘唉,那当然是不错的——我们也并不是在开玩笑。可是那又怎么样?那又怎么样?那与我们有什么相干?’

‘我想这么办,伙计们——我们就给这些画硬安上一个鼎鼎大名的画家的名字!’

“活跃的谈话停止了。大家怀疑地转过脸来望着卡尔。他葫芦里究竟卖的什么药呢？上哪儿去借来一个鼎鼎大名呢？叫谁去借呢？

“卡尔坐下来，说道：

‘现在我要提出一个一本正经的办法来。我认为我们要想不进游民收容所，就唯有走这条路，并且我还相信这是个十分有把握的办法。我这个意见是以人类历史上各色各样的、早已是大家公认的事实为根据的。我相信我这个计划一定能使我们大伙儿都发财。’

‘发财！你简直是发神经病。’

‘不，我可没发神经病。’

‘哼，还说没有！——你明明是发神经病了。你说怎么叫作发财？’

‘每人10万法郎吧。’

‘他的确是患了神经病，我早就知道了。’

‘是呀，他是有神经病。卡尔，实在也是叫你穷得太难受了，所以就……’

‘卡尔，你应该吃个药丸，马上到床上去躺着。’

‘先拿绷带给他捆上吧——捆上他的头，然后……’

‘不对，捆上他的脚跟才行；这几个星期，他的脑子老在往脚底下坠，直想开小差哩——我已经看出来了。’

‘住嘴！’米勒装出一副庄严的样子说，‘且让这孩子把他的话说完嘛。那么，好吧——卡尔，把你的计划说出来吧。究竟是怎么个妙计？’

‘好吧，那么，我先来个开场白，请你们注意人类历史上这么一个事实：那就是有许多艺术家的才华都是一直到他们饿死了之后才被人赏识的。这种事情发生的次数太多了，我简直敢于根据它来创出一条定律。这个定律就是：每个无名的、没人理会的艺术家在他死后总会被人赏识，而且一定要等他死后才行，那时候他的画也就声价百倍了。我的计划是这样：我们一定要抽签——几个人当中有一个要死去才行。’

“他的话说得满不在乎，也完全出乎意料之外，所以我们几乎忘记惊跳起来。随后，大家又大声叫嚷，纷纷提出办法——治病的办法——帮卡尔治他的脑子；可是他耐心地等着大家这一场穷开心平静下来，之后才继续说他的计划：

‘是呀，我们反正得死一个人，为的是救其余的几个——也救他自己。我们可以抽签。抽中的一个就会一举成名，我们大家都会发财。好好儿听着嘛，喂——好好儿听着嘛；别插嘴——我敢说我并不是在这儿胡说八道。我的主意是这样的：在今后这 3 个月里，被选定要死的那一位就拼命地画，尽量积存画稿——并不要正式的画，不用！只要画些写生的草稿就行，随便弄些习作，没有画完的习作，随便勾几笔的习作也行，每张上面用彩色画笔涂它几下——当然是毫无意义的，反正总是他画的，要题上作者的名字；每天画它 50 来张，每张上面都叫它带上点儿特点或是派头，让人容易看出是他的作品……你们都知道，就是这些东西最能卖钱。在这位伟大画家去世之后，大家就会出大得叫人不相信的价钱来替世界各地的博物馆搜购这些杰作；我们就给准备一大堆这样的作品——一大堆！在这段时间里，我们其余的人就要忙着给这位将死的画家拼命鼓吹，并且在巴黎和在那些商人身上下一番功夫——这是给那桩未来的事件做的准备，知道吧；等到一切都布置就绪，趁着热火朝天的时候，我们就向他们突然宣布画家的死讯，举行一个热闹的丧礼。你们明白这个主意吗？’

‘不大明白；至少是还不十分……’

‘还不十分明白？这还不懂？那个人并不要真的死去；他只要改名换姓，销声匿迹就行了；我们弄个假人一埋，大家假装哭一场，叫全世界的人也陪着哭吧。我……’

“可是大家根本没有让他把话说完。每个人都爆发出一阵欢呼，连声称妙；大家都跳起来，在屋子里蹦来蹦去，彼此互相拥抱，欢天喜地地表示感激和愉快。我们把这个伟大的计划一连谈了好几个钟头，简直连肚子都不觉得饿了。最后，一切详细办法都安排得很满意了的时候，我们就举行抽签，结果选定了米勒——选定他死，这是照我们的说法。于是我们大家把那些非到最后关头舍不得拿出来的小东西——作纪念的小装饰品之类——凑到一起，这些东西，只有一个人到了无可奈何的时候，才肯拿来作赌注，企图一本万利地发个财。我们把它们当掉，当来的钱勉强够我们俭省地吃一顿告别的晚餐和早餐，只留下了几个法郎作出门的用度，还给米勒买了一点萝卜之类，够他吃几天的。

“第二天一清早，我们3个人刚吃完早饭就分途出发——当然是靠两条腿喽。每人都带着十几张米勒的小画，打算把它们卖掉。卡尔朝着巴黎那边走，他要到那儿去开始下一番功夫，替米勒把名声鼓吹起来，好给后来的那个伟大的日子做好准备。克劳德和我决定各走一条路，都到法国各地乱跑一场。

“这以后，我们的遭遇之顺利和痛快，真要叫你听了大吃一惊。我走了两天，才开始干起来。我在一个大城市的郊外开始给一座别墅写生——因为我看见别墅的主人站在楼上的阳台上。于是他下来看我画——我也料到了他会来。我画得很快，故意吸引他的兴趣。他偶尔不由自主地说一两句称赞的话，后来就越说越带劲了，他简直说我是一位大画家！

“我把画笔搁下，伸手到皮包里取出一张米勒的作品来，指着角上的签名，怪得意地说：

‘我想你当然认识这个喽？嗨，他就是我的老师！所以你是应该懂得这一行的！’

“这位先生似乎犯了什么罪似的，显得局促不安，没有作声。我很惋惜地说：

‘你想必不是说连法朗斯瓦·米勒的签名都认不出来吧！’

“他当然是不认得那个签名的；可是不管怎么样，他处在那样窘的境地，居然让我这么轻轻放过，他是感激不尽的。他说：

‘怎么会认不出来！嗨，的确是米勒的嘛，一点也不错！我刚才也不知想什么来着。现在我当然认出来了。’

“随后他就要买这张画；可是我说我虽然不怎么有钱，可也并没有穷到那个地步。不过后来我还是让他拿800法郎买去了。”

“800法郎！”.

“是呀。米勒本来是情愿拿它换一块猪排的。不错，我把那张小东西就换来了800法郎。现在假如能花8万法郎把它买回来，那我真是求之不得。可是这个时期早已过去了。我给那位先生的房子画了一张很漂亮的画，本想作价 10 法郎卖给他，可是因为我是那么一位大画家的学生，这么贱卖又不大像话，所以我就把这张画卖了他 100 法郎。我马上从那个城里把 800 法郎汇给米勒，第二天又往别处出发。

“可是我不用再走路了——不用。我骑马。从此以后，我一直都是骑马的。我每天只卖一张画，绝不打算卖两张。我老是对买主说：

‘我把米勒的画卖掉，根本就是个大傻瓜，因为这位画家恐怕不能再活上 3 个月了，他死了之后，那就随你出天大的价钱也别想买到他的画了。’

“我想方设法把这个消息尽量传播出去，预先做好准备功夫，好叫大家重视后来那场大事。

“我们卖画的计划是应该归功于我的——那是我出的主意。我们那天晚上商量我们的宣传运动的时候，我就提出了这个办法，3 个人都同意先把它好好地试一试，绝不轻易放弃这个主意，另试其他办法。结果我们 3 个人都干得很成功。我只走了两天路，克劳德也走了两天——我们俩都不愿意叫米勒在离家太近的地方出名，怕露马脚——可是卡尔只走了半天，这个精灵鬼、没良心的坏蛋！从那以后，他到各处旅行的派头简直就像个公爵一样。

“我们随时和各地的地方报纸记者搭上关系，在报纸上发表消息；但是我们所发表的新闻并不是宣布发现了一位新画家，而是故意装成人人都知道法朗斯瓦·米勒的口气；我们根本不提称赞他的话，光是简单报道一点关于这位‘名家’的近况的消息——有时候说他病况好转，有时又说没有希望，不过老是含着凶多吉少的意味。我们每次都把这类消息圈出来，寄给那些买过画的人。

“卡尔不久就到了巴黎，他干脆就派头十足地干起来了。他结交了各报通讯记者，把米勒的情况报道到英国和整个欧洲去，连美国和世界各地，到处都报道过去了。

“6 个星期之后，我们 3 个在巴黎会了面，决定停止宣传，也不再写信叫米勒寄画来了。这时候他已经轰动一时，一切都完全成熟了，所以我们觉得应该趁这时候马上下手，以免错过机会。于是我们就写信给米勒，叫他到床上躺下，赶快饿瘦一点，因为我们希望他在10天之内‘死去’，如果来得及的话。

“我们计算了一下，成绩很不错，3个人一共卖了85张画和习作，得了69000法郎。最后一张画是卡尔卖出去的，价钱卖得最大。他把《晚祷》卖了2200法郎。我们把他夸奖得好凶呀——可没有想到后来会有一天，整个法国都抢着要把这张画据为己有，居然会有一位无名人士花了55万法郎的现款把它抢购去了。

“那天晚上我们预备了香槟酒，举行了庆祝胜利结束的晚餐，第二天克劳德和我就收拾行李，回去招呼米勒度过他临终的几天，一面谢绝那些探听消息的闲人，同时每天发出病况报告，寄到巴黎给卡尔拿去在几大洲的报上发表，把消息报道给全世界关怀的人们。最后终于宣布了噩耗，卡尔也及时赶回来帮忙料理最后的丧礼。

“你想必还记得吧，那次的出殡真是盛况空前，轰动全球，新旧世界的上流人物都来参加了，大家都表示哀悼。我们4个——还是那么难分难舍的——抬着棺材，不让别人帮忙。我们这么做是很对的，因为棺材里根本就只装着一个蜡做的假人，如果让别人去抬，重量就成问题，难免要露马脚。是的，我们当初曾经相亲相爱地在一起共过患难的4个老朋友抬着棺……”

“哪4个人?”

“我们4个嘛——米勒也帮忙抬着他自己的棺材哩。不用说，是化装的。化装成一位亲戚——一位远房的亲戚。”

“妙不可言!”

“我可是说的真话，那还不是一样吗。嗨，你还记得他的画卖价怎么往上涨吧。钱吗?我们简直不知如何处置才好，现在巴黎还有一个人收藏着70张米勒的画。他给了我们200万法郎买去的。至于我们当初在路上那6个星期里米勒赶出来的那许许多多的写生和习作呢，哈，你听听我们现在卖的价钱简直会大吃一惊——并且那还得我们愿意卖的时候才行!”

“这真是个稀奇的故事，简直稀奇透了!”

“是呀——可以那么说。”

“米勒后来究竟怎么样呢?”

“你能保守秘密吗?”

“可以。”

“你记得今天在餐厅里我叫你注意看的那个人吗? 那就是法朗斯瓦·米勒。”

“我的天哪，原来——”

“如此! 是呀，总算这一次他们没有把一个天才饿死，然后把他应得的报酬装到别人的荷包里去。这一只能唱的鸟儿可没有白唱一阵，没有人听，只落得死了之后的一场无谓的盛大丧礼。我们原来是等着遭这种命运的哩。”

坏孩子的故事

从前有个坏孩子，名字叫作吉姆——不过，如果你稍稍加以留意，就会发现，在你的主日学校课本里，几乎所有坏孩子的名字都叫詹姆斯。虽说奇怪，而事实如此，这一位就叫吉姆。

吉姆也没有一位生病的母亲——也就是他没有一位笃信上帝、身患肺病，倘若不是爱子情深、唯恐自己一死儿子遭人冷落，而宁愿躺进坟墓安息的母亲。然而，主日学校课本里的坏孩子大都叫詹姆斯，并且都有一位生病的母亲。她们都教自己的儿子学说“我要躺下睡觉”等等，都用温柔凄婉的歌声哄孩子入睡，与他们吻别，然后跪在床边流泪。可是，这个小家伙情况不同。他名叫吉姆，他的母亲安然无恙——没生肺病，也没有别的毛病。她不但不虚弱，而且挺健壮，也不敬重上帝；此外，她对吉姆毫无疼爱之情。她常说，即便吉姆折断脖子，对她也没有多大的损害。她总是用打屁股的办法催吉姆睡觉，从来不与他吻别，相反，她要离家的时候，还要赏他几个耳光。

一次，这个吉姆偷出厨房的钥匙，悄悄地溜进厨房，偷吃了果酱，随后又把果酱瓶子装满焦油沥青，好让他母亲看不出破绽；吉姆并没有顿生恐惧，也不觉得仿佛有什么声音悄然对他说，“不听妈妈的话对吗？这么做不是罪过吗？坏孩子们偷吞了自己善良母亲的果酱之后有什么报应呢？”吉姆也没有独自跪倒在地，保证今后不再作恶，然后轻松愉快地站起身来，对母亲告以实情，请求宽恕。而母亲则是泪流满面，满怀欣慰感激之情向他祝福。不！这是课本中其他坏孩子的情况；至于吉姆，完全是另一码事，你说怪不！吉姆偷吃了果酱，还粗俗下流地说真棒；他把焦油沥青装进果酱瓶，也说真棒，还哈哈大笑，说那老太婆发现之后，“必定会气得暴跳如雷，哼哼呀呀地说不出话来”；后来母亲果然发现了，但他矢口否认，硬说不知道，结果挨了一顿臭揍，泪流满面的竟是他自己。吉姆什么事都干得稀奇，与课本上的詹姆斯们迥然不同。

有一次，他爬到农场主阿科恩的苹果树上偷苹果。可是，树枝没有折断，他既没从树上跌下来摔断胳臂，也没有被农场主的大狗咬伤，而后也没有卧床数周，闭门思过，从此变好。总之，绝没有那回事；吉姆偷够了苹果之后，安然爬下树来；对那条大狗，也早有准备，那条狗一扑过来，他一砖头扔过去，正好击中了它。说也奇怪——这类事情，那些文雅的小书里从未写过，那些小书封面上都印着大理石花纹，里面画着一些身穿燕尾服和短腿的马裤、头戴响铃礼帽的男人和腋下夹着无裙环衣裳的女人。吉姆遇到的这种情况，任何一部主日学校的课本都没写过。

有一次，吉姆偷了老师的铅笔刀，但又害怕老师发现了会受到惩罚，于是便把小刀偷偷地塞进乔治·威尔逊的帽子里——乔治是可怜的威尔逊寡妇的儿子，他的品行端正，被公认为村上的好孩子。乔治对母亲的教诲从不违拗，一向诚实，而且勤敏好学，他对主日学校尤为崇信。可是，后来那把小刀竟从帽子里掉了出来，可怜的乔治耷拉着脑袋，羞得无地自容，好像真的自认有罪。而那位伤心的老师认定小刀是他偷的。当老师举起细软的鞭子，准备抽打他那发抖的双肩时，那位纯属杜撰的白发地方治安官并没有突然出现，更没有神气十足地说道："饶恕这位品德高尚的孩子吧——罪犯正站在那儿发抖呢！休息时间，我正好从校门口路过。虽然没人看到我，而我却看到了偷窃的人！"因此乔治没有挨打，那位可敬的地方治安官也没有给感激涕零的师生们布道，然后牵着乔治的手，说他这样的孩子值得称赞，领走乔治跟他同住，让他打扫办公室、生火、跑差、劈柴、学法律，帮他内助料理家务，工余时间尽情玩耍，每月领取四角钱的报酬，自行其乐。不！书上会这样写的，但吉姆遇到的却不是这样。那个老不死的法官没有插进来制造麻烦，结果，模范孩子乔治挨了一顿臭揍，吉姆高兴得手舞足蹈，因为，你知道，吉姆恨透了那些模范孩子。吉姆说，他"最瞧不起这些娘娘腔"。这就是那个没教养的坏孩子吉姆所使用的粗俗语言。

但是，发生在吉姆身上奇而又奇的一桩事是：他在一个礼拜天去划船，并没有被淹死。又一个礼拜天他去钓鱼，虽然遇上了暴风雨，却没有遭雷击，嗨，您不妨翻查主日学校的全部图书，从头至尾，反复阅读，直至下一个圣诞节，您也绝不会发现这种事情。啊，绝对不会；相反，您会发现，所有在礼拜天划船的坏孩子没有一个不淹死的，所有在礼拜天钓鱼又遇上暴风雨的坏孩子都遭雷击。礼拜天载有坏孩子的船只总是翻底，安息日坏孩子去钓鱼定有暴风雨。吉姆为什么总是能避开这些灾难，我也说不清个中的缘由。

吉姆的活动有符咒庇佑——准是有符咒庇佑。任何事儿都伤害不着他。他游动物园时甚至把一捆烟叶塞给大象，那大象也没有甩开长鼻敲碎他的脑壳。他翻遍食厨，却从来没有把硝酸错当成薄荷饮料喝进肚里。在安息日，他偷了父亲的枪出去打猎，也没有崩掉三四个指头。他一时气急，揍在小妹的太阳穴上，小妹也没有头痛不止，过吓而死，临终留下宽恕温柔的话语，令他破碎的心灵倍感痛苦。不，她居然复原了。最后，吉姆终于离家出走，浪迹海洋。但是，当他回来的时候并没有感到景况凄凉、孤苦无助，也没见他亲人长眠于安静的教堂墓地，那座他童年时期墙上爬满青藤的房屋也没有倒塌。啊，不，他跟个浪人似的，喝得酩酊大醉，没进家门就进了警察局。

吉姆成年之后结婚成家，后来又有了许多儿女。一天晚上，他突然抡起板斧砸碎了全家人的脑袋。吉姆采用各种流氓手段，欺诈坑骗而发了大财；现在他横行乡里，成了心毒手狠的坏蛋，然而却受人敬重，选入议会。

诸位请看，主日学校的课本中可从来没有哪一个坏詹姆斯，能像这位有符咒庇佑、无法无天的吉姆这样走运，这样称心如意的。

卡县名蛙

一个朋友从东部地区来了信，我遵他的要求去拜访脾气温和、爱唠叨的西蒙·威勒，同时去打听我朋友的朋友列昂尼达斯·W·斯迈雷的下落。这件受人之托的事究竟结果如何，我来做个交代。事后我心里嘀咕，这位列昂尼达斯·W·斯迈雷是瞎编出来的，我朋友根本就不认识此人。他准是琢磨着：只要我向老威勒一打听，就会让他联想起那个厚脸皮的吉姆·斯迈雷来，赶快打开话匣子把那些又臭又长、和我毫不相干的陈年旧事抖搂出来，把我烦死。要是我朋友存心这么干，那他真是做对了。

我见到西蒙·威勒的时候，他正在破破烂烂的矿山屯子安吉尔那座歪歪斜斜的酒馆里，靠着吧台旁边的炉子舒舒服服地打盹。我注意到他是个胖子，秃脑门，一脸安详，透着和气、朴实。他站起身来问了声好。我告诉他，朋友托我来打听一位儿时的密友，这人叫列昂尼达斯·W·斯迈雷——也就是列昂尼达斯·W·斯迈雷神父，听说这位年轻的福音传教士曾在安吉尔屯子里住过。我又加了一句：要是威勒先生能告诉我这位列昂尼达斯·W·斯迈雷神父的消息，我将感激不尽。

西蒙·威勒把我逼到墙角，拿自己的椅子封住我的去路，然后讲了一通下面段落里那些枯燥无味的事情。他脸上不露一丝笑意，眉头一皱不皱，从第一句起，他用的就是四平八稳的腔调，没有变过。他绝不是，生性就爱唠叨；因为他收不住的话头里透着认认真真、诚心诚意的感人情绪，这是明明白白地告诉我，按他的想法，别管这故事本身是不是荒唐可笑，他可是把讲故事当成一件要紧事来办，而且对故事里的两位主人公推崇备至，认为他们智谋超群。我听凭他按照自己的路子讲下去，一直没有打断。

列昂尼达斯神父，嗯，列神父——嗯，这里从前倒是有过一个叫吉姆·斯迈雷的，那是四九年冬天——也许是五零年春天——不知道怎么闹的，我记不太清楚了，总归不是四九年就是五零年，因为他刚来到屯子的时候，那大渡槽还没造好呢；别的不说，要比谁最古怪，他算得上天下第一。只要能找到一个人愿打赌，他就赔，碰上什么就赌什么。别人要是不愿赌黑，他就赌黑；别人不愿赌白，他就赌白。不管怎么样，别人想怎么赌，他都陪着——不管怎么样，只要能赌得起来，他就舒服了。虽说这样，他照样有好运气，那可不是一般的好，十有八九总是他赢。他老惦记找机会打赌；无论大事小事，只要有人提出来，不管你的注往哪一边下，他都照赌不误，这些我刚才都告诉过你啦。赛的要是马，收场的时候他不是赢得满满当当，就是输得一干二净；如果斗的是狗，他赌；斗的是猫，他赌；斗的是鸡，他还赌；嘿，就算有两只鸟落在篱笆上，他也要跟你赌哪一只先飞；屯子里聚会他必到，到了就拿沃尔克牧师打赌，他打赌说，沃尔克牧师布道在这一带是头一份；那还用说，他本来就是个好人嘛。要是他看见一只屎壳郎朝哪里开步走，他就跟你赌它几天才能到——不论到哪儿都行；只要你接茬，哪怕是去墨西哥，他也会跟着那只屎壳郎，看看它到底去不去那儿，路上得花几天的时间。这儿的小伙子好多都见过斯迈雷，都能给你讲讲这个人。嘿，讲起他的事来可是绝对重不了样——他不论什么都赌——那家伙特有意思。有一回，沃尔克牧师的太太病得不轻，有好几天的工夫，眼看着她就没救了，可一天早晨牧师进来了，斯迈雷站起来问他太太怎么样，他说，她好多了——全凭主的大恩大德——看这势头，有主保佑，她能缓过来；还没等他讲完，斯迈雷来了一句：“这样吧，我押两块五，赌她缓不过来。”

这个斯迈雷有一匹母马——小伙子们都管它叫“一刻钟老太太”，这话损了点儿，它跑得当然比这快一点儿——他还经常靠这匹马赢钱呢。因为它慢慢吞吞的，不是得气喘、生瘟热，就是有痨病，以及这一类乱七八糟的病。他们总是让它先跑两三百码，可等到了终点跟前，它就抖起精神，拼了老命，撒欢尥蹶子，四只蹄子到处乱甩，甩空了的也有，甩偏了踢到篱笆上的也有，弄得尘土飞扬，再加上咳嗽、打喷嚏、擤鼻涕，闹闹哄哄——赶到裁判席前头的时候，它总是比别的马早一个头，早得刚好让人能看明白。

他还有一只小斗狗，光看外表你准以为它一钱不值，就配在那儿拴着，一副贼溜溜的样子，老想偷点什么。可是，一旦在它身上下了注，它转眼就变了一条狗；它的下巴颏往前伸着，就像火轮船的前甲板，下槽牙都露了出来，像煤火一样放光。别的狗抓它、耍弄它、咬它，接二连三地给它来背口袋，可安得鲁·杰克逊——这是那条狗的名字——老是装着没什么不自在的，好像它原本就没有别的盼头——押在另一边的赌注翻了倍再翻倍，一直到再没钱往上押了；这时候，它就一口咬住另一条狗的后腿，咬得死死的——不啃，你明白吗，光咬，叼着不动，直到那狗服软，哪怕等上一年也不要紧。斯迈雷老是靠这条狗赢钱，直到在一条没后腿的狗身上碰了钉子，因为那狗的后腿让锯片给锯掉了。那一次，两条狗斗了好一阵子，两边的钱都押完了，安得鲁·杰克逊上去照着咬惯了的地方下嘴的时候，当时就看出自个儿上当了，看出它怎么让别的狗给涮了。怎么说呢，它当时好像是吃了一惊，跟着就有点儿没精打采，再也没有试着把那一场赢下来；它让人骗惨了。它朝斯迈雷瞧了一眼，好像是说它伤透了心，这都是斯迈雷的错，怎么弄了一条没有后腿的狗来让它咬呢，它斗狗本来靠的就是咬后腿嘛；后来，它一瘸一拐地溜达到旁边，倒在地上就死了。那可是条好狗，那个安得鲁·杰克逊要是活着，准出了名了，坯子好，又聪明——我敢担保安得鲁·杰克逊有真本事；它什么场面没经过啊！一想起它最后斗的那一场，一想起它的下场来，我鼻子就发酸。

唉，这个斯迈雷呀，他还养过拿耗子的狗、小公鸡、公猫，都是这一类的玩意儿，不论你拿什么去找他赌，他都能跟你兵对兵，将对将，让你赌个没完没了。有一天，他逮着一只蛤蟆带回家去，说是要好好训一训；足足有三个月，他什么事都不干，光待在后院里头教那只蛤蟆蹦高。果不其然，他把蛤蟆训出来了。只要他从后头点蛤蟆一下，你就看吧，那蛤蟆像翻煎饼一样在空中打个转——兴许翻一个筋斗，要是起得好，也许能翻两个，然后稳稳当当地爪朝下落地，就像一只猎鹰。他还训那蛤蟆逮苍蝇，勤学苦练，练得那蛤蟆不论苍蝇飞出去多远，只要瞧得见，回回都能逮得着。斯迈雷说蛤蟆特爱学习，学什么会什么——这话我信。嘿，我就瞧见过他把丹尼尔·韦伯斯特放在这儿的地板上——那蛤蟆叫丹尼尔·韦伯斯特——大喊一声："苍蝇，丹尼尔，苍蝇!"快得让你来不及眨眼，蛤蟆就噌噌地照直跳起来，把那边柜台上的一只苍蝇吞下去了，然后像一摊泥"扑嗒"落在地上，拿后腿抓耳挠腮，没事人似的，好像觉得自个儿比别的蛤蟆也强不到哪儿去。别看它有能耐，你还真找不着比它更朴实，更爽快的蛤蟆了。只要是从平地上规规矩矩地往上跳，它比你见过的所有蛤蟆都跳得高一个身子。从平地往上跳是它的拿手好戏，你明白吗？只要比这一项，斯迈雷就一路把注押上去。斯迈雷把他的蛤蟆看成宝贝；要说也是，那些见多识广的老江湖都说，从来也没见过这么棒的蛤蟆。

斯迈雷拿一个小笼子盛着那蛤蟆，时不时地带着它逛大街，设赌局。有一天，一个汉子——他是个外乡人——到屯子里来，正碰上斯迈雷提着蛤蟆笼子，就问："你那笼子里头装的是什么呀?"斯迈雷冷着个脸说："它也许该是个鹦鹉，也许呢，该是只雀儿；可它偏不是——它是一只蛤蟆。"那汉子拿过笼子，转过来转过去，细细地瞅，说："嗯——原来是个蛤蟆，它有什么特别的呀?""噢，"斯迈雷不紧不慢地说，"它就有一件看家的本事，要叫我说——它比这卡县地界里的哪一只蛤蟆蹦得都高。"

那汉子拿过笼子，又仔细看了好半天，才还给斯迈雷，慢慢吞吞地说，"是吗?"他说，"我也没瞧出来这蛤蟆比别的蛤蟆能好到哪儿去。""你也许瞧不出来，"斯迈雷说，"对蛤蟆，你兴许是内行，也兴许是外行；

兴许是个老把式，也兴许不是；这么说吧，兴许只会看个热闹。别管你怎么看，我心里有数，我赌四十块钱，敢说这蛤蟆比卡县随便哪一只蛤蟆都蹦得高。”那汉子琢磨了一会儿，有点儿作难：“呃，这儿我人生地不熟的，也没带着蛤蟆，要是我有一只蛤蟆，准跟你赌。”

这时候斯迈雷说话了：“好办——好办——只要你替我把这笼子拿一小会儿，我就去给你逮一只来。”就这样，那汉子拿着笼子，把他的四十块钱和斯迈雷的四十块钱放在一起，坐下等着了。

这汉子坐在那儿想来想去，想了好一会儿，然后从笼子里头把蛤蟆拿出来，扒开它的嘴，自己掏出一把小勺来，给蛤蟆灌了一肚子火枪的铁砂子——一直灌到齐了蛤蟆的下巴颏——然后把蛤蟆放到地上。斯迈雷呢，他上洼地的烂泥里头稀里哗啦蹬了一气，到底逮住个蛤蟆。他把蛤蟆抓回来，交给那汉子说：“行了，你要是准备好了，就把它跟丹尼尔并排摆着，把他的前爪跟丹尼尔的放齐了，我喊个号。”然后他就喊：“一——二——三——蹦！”他和那汉子从后边点那两只蛤蟆，那只新来的蛤蟆蹦得特有劲，可是丹尼尔喘了一口粗气，光耸肩膀——就这样——像法国人似的。这哪管事儿啊；它动不了，跟生了根一样，连挪挪地方都办不到，就像抛了锚。斯迈雷又纳闷，又上火；当然啦，说什么他也想不通这到底是怎么一档子事。

那汉子拿起钱就走；临出门了，他还拿大拇指在肩膀上头指指丹尼尔——就像这样——慢慢吞吞地说：“我也没瞧出来这蛤蟆比别的蛤蟆好到哪儿去嘛。”

斯迈雷呢，他站在那儿抓耳挠腮，低着头把丹尼尔端详了好一会儿，最后说：“真闹不明白这蛤蟆怎么栽了——闹不明白它犯了什么毛病——看起来，它肚子胀得不轻。”他揪着丹尼尔脖子上的皮，把蛤蟆掂起来，说：“它要没五磅重才怪呢！”蛤蟆头朝下，吣出满满两大把铁砂子来。这时候斯迈雷才明白过来，他气得发疯，放下蛤蟆就去追那汉子，可再也追不上了。

这时候，西蒙·威勒听见前院有人喊他的名字，就站起来去看找他有什么事。他一边往外走，一边扭头对我说："就在这儿坐着，老客，歇会儿——我一转眼就回来。"

不过，对不住了您哪，我想，再往下听牛皮糖吉姆·斯迈雷的故事，也打听不到列昂尼达斯·W·斯迈雷神父消息呀，于是我拔腿就走。

在门口，我碰上了那个见面熟的威勒回来了，他拽着我又打开了话匣子："哎，这个斯迈雷有一头独眼龙母黄牛，尾巴没了，光剩个尾巴撅子，像一根香蕉，还有——"可我既没工夫，也没这个嗜好；还没等他开讲那头惨兮兮的母牛，我就走了。

我给参议员当秘书的经历

现在，我不再是参议员老爷的私人秘书了。这个职位我稳稳地干了两个月，并且是干得兴致勃勃的，但是后来我做的好事又找上门来——这就是说，我的杰作从别处转回来，无所遁形了。

我估量着最好是辞职。事情的经过是这样的：有一天还在清早的时候，我的东家叫我去，于是我给他最近所做的一次关于财政的精彩演说暗自添了一些不可捉摸的话进去之后，马上就去见他。他脸上有些可怕的表隋。他的领带也没有打好，头发乱蓬蓬的，他的神气表现出阴云密布、雷霆将发的征兆。他手里紧紧地捏着一把信件，我知道那是可怕的太平洋铁路的邮件到了。他说："我还以为你是值得信任的哩。"

我说："是，先生。"

他说："我把内华达州的一些选民写来的一封信交给你，他们要求在包尔温牧场设立一所邮局，我叫你写封回信，要尽量写得巧妙一点，给他们举出一些理由，使他们相信那地方还没有设立邮局的十分必要。"我觉得安心一些了。"啊，要是您的意思不过是这样的话，先生，那我已经遵命照办了。""是呀，你的确照办了。我把你的回信念给你听听，让你去惭愧惭愧吧。"

斯密士、琼斯及其他诸位先生：你们要求在包尔温牧场设一个邮局，这是开什么玩笑呢？这对你们是毫无益处的。假如有信寄到你们那里来，你们也看不懂，是不是？还有一点，如果有寄钱的信，要经过你们那里寄到别的地方去，那就难得安全通过，这想必是你们马上就明白的；结果就不免给我们大家都找些麻烦。算了吧，千万不要打算在你们那地方办邮局。我非常关心你们的利益，觉得这只是一种装饰门面的荒唐计划。你们所缺乏的是一所很好的监狱，明白吗——一所修得漂漂亮亮、结结实实的监狱和一所免费学校。这两种建设对你们是有长远利益的。这足以使你们感到真正的满意和快乐，我可以马上在国会提出这个议案。

参议员杰姆士·××敬启，马克·吐温代笔。11 月 24 日，于华盛顿。

“你就是这样答复那封信的。那些人说我要是再到那地方去，他们就要把我绞死；我也很相信他们一定会这么干。”“唉，先生，当初我可不知道这会闯什么祸。我不过是要说服他们罢了。”

“啊！真是，你的确把他们说服了，我丝毫也不怀疑。你看，这儿还有另外一封宝贝信。我把内华达的几位先生寄来的一份请愿书交给你，他们请求我设法叫国会通过一个议案，批准内华达州的美以美主教派教会为法定团体。我叫你回信告诉他们，制订这种法案应该属州议会的职权范围；并且还要设法使他们明白，目前在他们那个新州里，宗教界人士力量还很薄弱，所以正式成立教会是否适当，颇成问题。你的回信是怎么写的呢？”

约翰·哈里法克斯牧师及其他诸位先生：你们应该去找州议会解决你们那个投机事业——关于宗教的问题，国会是不闻不问的。但是你们也不要忙着去找州议会；因为你们在那新设的州里打算做的这件事情是不适当的——事实上，这简直是荒谬得很。你们那里信教的人实力太薄弱，无论在智能方面、道德方面、虔诚方面都不行——一切都差得远。你们最好放弃这个计划——这是行不通的。你们办这种团体，并不能发行债券——即令可以发行，那也会使你们经常为难。别的教派会攻击这件事情，他们会“压低行市”“卖空头”，使你们的债券垮台。他们会像对付你们那里的银矿那样，采取同样的手段对付你们——他们会想尽方法使大家都相信那是“盲目的投机事业”。你们的计划只足以把一种神圣事业弄得声名狼藉，这种事情你们是不应该做的。你们应该自觉惭愧——这是我对你们的意见。你们的请愿书末尾是这样说的：“我们一定永远祈祷。”我也认为你们要这样做才对——你们必须这么办。

参议员杰姆士××敬启，马克·吐温代笔。11 月 24 日，于华盛顿。

这封聪明的信把我的选民当中的宗教界人士对我的好感完全断送了。可是我好像还怕我的政治生命毁得不够彻底似的，不知有一种什么倒霉的念头又使我把旧金山市参议会里那些威严的长老们递来的申请书交给你，让你试试你的笔墨——这个申请书是要求国会制订法律，规定把旧金山市海滨地区的航运税划给他们那个市来收。我告诉你说，这个问题提到国会里去讨论是有危险性的。我叫你给那些市参议员写封含糊其辞的回信——一封不着边际的信——这封信里要极力避免对航运税的问题认真考虑和讨论。

你现在如果还有一点知觉的话——如果还知道羞耻——那么我把你遵照我的吩咐写的这封回信念给你听听，是应该可以使你惭愧的：

可敬的市参议会诸位先生：

大家敬爱的国父乔治·华盛顿早已逝世。他那长久的、光辉灿烂的一生已永远结束，令人不胜痛悼。他在我们这地方是大受敬仰的，可惜他死得太早，使所有的人都感到悲哀。他是1799年12月14日去世的。他安静地离开了他一生的荣誉和伟大成就的场所，他是最受人哀悼的英雄，也是全世界被死神接去的最亲爱的人物。在这样的时候，你们却提出航运税的问题！——他遭的是什么运呀！

名誉算什么！名誉不过是偶然之事而已。艾萨克·牛顿爵士发现了一只苹果掉在地下——这其实不过是一个微不足道的发现，而且也是千百万人在他之前早已发现了的事情——但是他的父母是有势力的，于是他们就把那件小小的事情拼命吹嘘，把它说得了不起，结果全世界的人就老老实实地相信这种吹牛的话，于是几乎在一转瞬间，那个人就成名了。好好地体会这种见解吧。

诗歌，美妙的诗歌啊，世人所得你的好处有多大，叫谁来评定呀！

"玛丽有一只小羔羊，它有一身雪白的毛——无论玛丽到什么地方去，它老是和她一道。"

"杰克和吉尔往山上走去提一桶水下来；杰克跌了一跤滚下山，摔破了头顶，吉尔也跟着他滚下来。"

这两首诗都写得很朴质，用字也很高雅，再则诗中没有猥亵的倾向，所以我认为都是很宝贵的珍品。它们适合于各色各样的人去领会，适合各种生活范围的人——合于田野，合于育婴室，合于商人的行会。尤其是参议会不能不欣赏这两首诗。

可敬的老顽固先生们！请常通讯吧。友谊的书信往来还是对人最有好处的。请再来信吧——如果你们这封申请书里特别提到了什么问题，务请再加说明，无须有所顾忌。我们决不会嫌你们唠叨。

参议员杰姆士·××敬启，马克·吐温代笔。11月27日，于华盛顿。

“这封信真是糟糕透顶，简直是要命！神经病！”“唉，先生，这封信要是有什么不妥当的地方，我实在是非常抱歉——可是——可是我觉得这倒是避开了航运税的问题没有谈呀。”

“避开了屁！啊！——可是不管它吧。现在既然是要遭殃，就干脆让它来个彻底吧。干脆让它来个彻底——让你这篇最后的杰作来收场吧，我马上就要念给你听。我简直完蛋了。我把从亨保德来的那封信交给你的时候，本来就有点担心。他们要求把印第安谷到莎士比亚山峡和中间各站的邮路照摩门老路做部分的修正。可是我给你说过，这是个很伤脑筋的问题，我提醒过你，要灵活应付——回信要说得含糊一点，让他们莫名其妙。可是你这要命的低能脑筋弄得你写了这么一封糟糕的回信。我看你要是还没有完全丧失羞耻心的话，简直要把耳朵堵起来才行：

柏金士、华格纳及其他诸位先生：

关于印第安路线的问题，是很伤脑筋的，但是如果以适当的灵活手腕和含糊态度来处理，我相信我们一定能够多少想出一些办法，因为在这条路线离开拉森草原的地方，去年冬天那两个勺尼族酋长“破落冤家”和“云的对手”就在附近被人剥掉头皮，有些人喜欢这条路线，但是另外有些人由于种种原因，认为别的路线较好，而走摩门老路就要在早上三点钟由摩斯比镇出发，经过觉邦平地到布勒乔，再往下到壶把镇，大路由它右边经过，自然就把它丢在右边，然后又经过道生镇的左边，再往前走就到了汤玛浩克镇，这么走就可以使附近的旅客省点钱，也方便一点，还可以满足其他一些人所想到的一切愿望，因此也就是对最大多数人有最大的好处，所以我才有了信心，希望问题是可以解决的。但是你们如果希望对这个问题获得进一步的了解，只要邮务部能将有关情况提供给我，我随时都准备答复你们，并乐于效劳。

参议员杰姆士·××敬启，马克·吐温代笔。11月30日，于华盛顿。

“你看——你觉得这封信写得怎么样?” “唉，我不知道，先生。这——唉，在我看来——这是很够含糊其辞的。”

“含糊——滚出去吧！我简直完蛋了。那些亨保德的野蛮人为了我叫他们大伤脑筋去看这么一封不近人情的回信，决不会饶我。我失掉了美以美会对我的尊敬，得罪了市参议会那些人——”“唉，这些我都无话可说，因为我给他们这两处写回信也许是写得不大得体，可是我对付包尔温牧场那些人，实在是对付得很聪明呀，将军!”

“滚出去！滚出去！永远不要再回来了。”

我觉得他这句话是一种隐约的暗示，让我不要再给他帮忙，于是我就辞职了。以后我决定不再给参议员当私人秘书。这种人实在太难伺候了。他们什么也不懂。你尽心尽力，他们也不知好歹。

哥尔斯密的朋友再度出洋

按：以下几封信里记载的生活经验无须虚构。一个侨居美国的中国人的经历不需要运用幻想加以渲染。朴素的事实就足够了。

第一封信

秦福兄：

一切都已准备停当，我就要离别这备受压迫和灾难深重的祖国，渡洋去那高尚的国度——美国！那里人人自由，人人平等，无人受气挨骂。能自称是自由之地和勇敢之家，这是美国独享的珍贵特权。我们和我们身边所有的人都如饥如渴地瞭望着海面，将我们故乡的贫困凋敝与那幸福的避难所的富裕舒适作一番对照。我们知道美国曾经怎样欢迎德国人、法国人以及落难悲伤的爱尔兰人，我们知道它怎样供给他们面包、工作和自由，而他们又是怎样感恩戴德。我们知道美国准备欢迎其他一切受压迫的人民，对所有前来投奔的人都倾囊相助，不问其民族、信仰或肤色。而且，不用别人告诉，我们知道那些由它从压迫和饥饿中拯救出来的外国难民都是最热切地欢迎我们的，因为他们受过苦，自然知道受苦的滋味；他们得到过慷慨的救助，自然渴望自己也能慷慨地对待其他不幸者，以此表明他们没有虚受美国的宽宏大量。

艾送喜

一八××年于上海

第二封信

秦福兄：

我们现在是在遥远的大海上，在通往美丽的自由之地和勇敢之家的航途中。我们很快就要到达人人平等和不知忧愁的地方了。

招收我去美国的那位仁慈的美国人讲定每月支付我 12 美元。你要知道，这是一笔巨额薪水，相当于我们在中国所得的 20 倍之多。我乘船的盘缠相当可观，真的，抵得上一笔资产。这笔钱我最后是要付清的，但是现在先由东家垫着，他允许我日后从从容容地分期偿还。仅仅作为一种手续，我已把我的老婆、儿子和两个女儿转交给我东家的同伙，作为偿还船费的担保。不过，我东家说他们没有被卖掉的危险，因为他知道我会忠实于他，而这一点是最牢靠的担保。

我原以为我能带着 12 美元到美国开始生活，可是美国领事要我办理乘船执照，拿去了其中的两美元。他是没有权利这样做的，他只能向这条船收两美元，因为这条船连同船上全部中国乘客只需要一张执照就行了，但他决意强迫中国人按人头办理执照，把所有的美元落进自己腰包。这条船上有我国同胞 1300 人，这位领事收了 2600 美元的执照费。我的东家告诉我，华盛顿政府知道这种敲诈行为，严厉反对这种弊病的存在，极力要求上届议会将这笔敲诈——我的意思是这笔执照费合法化。但由于这个议案尚未通过，这位领事仍将不得不敲诈这笔执照费，直到下届议会使它合法为止。这是一个伟大、仁慈和高尚的国家，痛恨一切形式的营私舞弊。

我们的舱位是一向为我国同胞保留的那部分。它叫作统舱。我的东家说，它是专留给我们的，因为它不受气温变化的影响，也没有危险的穿堂风。这不过是美国人仁慈无私地宽待一切外国难民的又一例。统舱是有点儿挤，而且相当闷热，但无疑这种安排对我们是最合适的。

昨天，我们自己人中间发生了争吵，船长朝他们放了一通滚烫的蒸汽，烫伤了七八十人，伤势有轻有重。有些人身上的皮烫得一片片、一条条掉下来。舱里面狂呼乱叫，东推西撞，但蒸汽笼罩着这慌作一团的人群，结果有些没被烫伤的人也被踩伤。我们没有抱怨，因为听我东家说，这是平息船上骚乱的通常办法，在美国人的二等舱里每一两天也要来这么一次。

秦福，恭喜我吧！再过10天，我就要登上美国大陆，受到它的襟怀博大的人民的接待；我将昂首挺胸，感到我是生活在自由人中间的一个自由人。

艾送喜

一八××年于海上

第三封信

秦福兄：

我喜气洋洋地上了岸！我想要跳舞、叫喊、歌唱，向这慷慨大度的自由之地和勇敢之家顶礼膜拜。但是，当我走下跳板时，后面有个穿灰制服的人狠狠踢了我一脚，叫我留心点——这话是我东家翻译给我听的。我一转身，另一位穿灰制服的长官用一根短棍揍了我一下，也吩咐我留心点。我正要拿起我这一头的扁担，扁担中间搭着我和洪五的网篮和铺盖卷，这时，又有第三个长官用短棍揍了我一下，意思是叫我放下扁担，然后又踢了我一脚，意思是对我的反应灵敏表示满意。马上来了另一个人，搜查我们的网篮和铺盖卷，把每件东西都抖落在肮脏的码头上。然后，这个人和另一个人搜我们俩身上，上上下下搜个遍。他们搜出了洪五缝在辫子假发里的一小块鸦片。他们没收了鸦片，将洪五逮捕，交给另一位长官押走了。因为洪五犯了罪，他们也没收了他的行李，而我们俩的行李是混在一起的，他们分辨不出哪是他的，哪是我的，就一股脑儿全没收了。我提出帮他们把我的行李分出来，他们踢我，希望我留心点。

现在，没有了行李，没有了同伴，我跟我东家说，如果他同意，我想就近溜达溜达，看看这里的风土人情，一见他招呼就马上回来。我不愿流露出对我在这仁慈的避难之地所受到的接待感觉失望，因此说话的时候竭力装出快活的样子。但他叫我等一下，说我必须种痘以防出天花。我微笑着说，我已经出过天花，这由我脸上的麻子可以看出，所以不必等候“种痘”。但他说，这是法律规定的，我无论如何必须种痘。医生绝不会放过我，法律责成他给每个中国人种痘，每人收费 10 美元。而且说我可以肯定，作为这条法律的忠仆，没有哪个医生会迁就任何一个情愿在异国出天花的傻瓜蛋而让一笔酬金从他的指头滑掉。立刻，医生来了，行使了他的职责，搜刮走了我的每个铜板——我的 10 美元，这是我大约一年半受苦受累的血汗积蓄。哎，倘若立法者们知道这个城里有许多医生乐于给人种一次痘收费一、二美元，那他们就绝不会规定向穷困的、无亲无友的爱尔兰人、意大利人或中国人收这么高的费，这些难民正是为了躲避饥饿和艰难时世才来投奔这福地的。

艾送喜

一八××年于旧金山

第四封信

秦福兄：

我在这里待了已将近一个月，每天学一点美国话。我的东家把我们招往这个大陆东端的种植园的计划已经落空。他的事业遭到挫败，不得不把我们全部解散，只是让我们签字画押保证偿还他垫付的船费。我们必须把在这里挣得的头几个月的工资偿还他。他说每位 60 美元。

我们到达这里才两个星期，就这样被打发了。在此之前，我们大家一直挤在一间小屋里等候消息。这以后，我只得自己迈开双脚碰运气了。我开始在异乡客地过陌生人的生活，无亲无友，分文不名，只有这身上穿着的一身衣服。在这儿的世界，我这方面没有任何有利条件——没有一个，除了身体硬朗，另外，不必费时或费心看管我的行李。不、不，我忘了。我想起较之寄居别国的难民，我有一个特殊的有利条件——我是在美国！我是在老天爷为尘世间受压迫的落难之人安置的避难所！

正当这个令人宽慰的念头掠过我脑子的时候，一帮青年放出一条凶狗朝我扑来。我尽力抵挡，可招架不住。我退到一座大门关着的门道里；在那里，这条狗完全控制了我，咬我的喉咙、面孔以及我身体的一切裸露部分。我大声呼救，但这帮青年只是取笑逗乐。两个穿灰制服的人（他们的官衔是警察）朝我望了两眼，懒洋洋地走开了。但是，有个人拦住了他们，把他们领了回来，说见难不救是一种耻辱。于是，这两个警察用短棍打跑了那条狗。尽管我当时从头到脚衣衫稀烂，鲜血淋漓，但摆脱了那条狗毕竟令我欣慰。领回警察的那个人责问这些青年为什么要那样欺侮我，而这些青年希望他不要多管闲事。他们对他说：

“这些中国魔鬼到美国来，从我们高贵聪明的白人嘴里夺取面包，当我们起而保卫自己的权利时，却有人还要大惊小怪。”

他们开始威胁我的恩人，而他看到这时聚拢过来的面孔都不怀善意，只得自管自走开了。当他离开时，还挨了不少诅咒。这时警察通知我，我已被逮捕，必须跟他们走。我问其中一个警察，我对谁犯了什么罪，要遭到逮捕，他只是用短棍揍我，命令我“闭上狗嘴”。这时已有一群取笑起哄的街头顽童和二流子跟在我后面，我被带到一条小巷，送进一座石头铺路的监狱；沿着它的一边有一长排牢房，都上着铁门。我站在一张桌子旁，桌子后面的一个人在一块石板上写下一些关于我的事。逮捕我的一个警察说：

“写下这个中国人的罪状是扰乱社会治安。”

我想张口说话，但他说：

“闭嘴！你现在最好老实点，我的伙计！你他妈的傲慢无礼已经有两三次了。在这里容不得你顶嘴。现在该是你冷静的时候，假如你还不安分，我们倒要看看是不是拿你没办法。你叫什么名字？”

“艾送喜。”

“别名什么？”

我说我不明白什么意思。他说他想要知道我的真名，因为他猜想我这个名字是上次偷了小鸡之后换了的。说完，他们全都哈哈大笑起来。

然后，他们搜我的身。当然，搜不到什么东西。他们看来十分光火，问我打算请谁“保释或付罚款”。他们向我解释这些事情时，我说我没有伤害任何人，为什么要取保或付罚款？他们两个踢我，警告我说，懂点规矩对我有好处。我顶嘴说我没有任何不敬的意思。于是他们中的一个把我拉到一边，说：

“喂，伙计，放聪明点，跟我们装傻充愣是全然没用的。你要知道，我们这是在办公事。你尽快给我们弄到 5 块钱，你就立即可以摆脱数不清的麻烦。少于5块办不到。你有哪些朋友?”

我告诉他，我在全美国没有一个朋友，我远离家乡，走投无路，穷得可怜。我乞求他们放了我。

他一把揪住我的衣领，使劲地又拉又推，把我拖到监狱，打开一扇铁牢门，一脚把我踢了进去，说：

“你就待在里面发霉吧，你这个外国畜生，叫你明白美国没有你这种家伙、你们这种民族待的地方。”

艾送喜

一八××年于旧金山

神秘的访问

我最近在这里“定居”后，首次注意到我的是一位自称为 assessor、在美国 Internal Revenue Department 工作的先生。我说，我虽然以前没听过他所干的这一行，可仍然十分高兴会见他——他是不是可以请坐呢？他就了座，我不知道该和他谈什么是好。然而我意识到，既然自己已经成家立业，有了身价，那么在接待来宾时就必须显得和蔼可亲，就必须善于交谈。于是，由于一时没有其他的话可以扯，我就问他可是在我们附近开店的。他回说是的。（我不愿显得一无所知，但是我指望他会提到他出售什么货色。）

我试探着问：

“买卖怎么样呀？”他说：

“马马虎虎。”

接着我说，我们会上他那儿去的；如果也同样地喜欢他那家店，我们会成为他的主顾的。

他说，他相信我们会十分喜欢那个地方，以后会专门去那儿——还说，只要谁跟他打过一次交道，他从来没见过那个人会抛弃了他，另去找一个干他那一行的。

这话听来颇近自诩，然而，除了显出我们每人都具有的那种自然流露的鄙俗而外，这人看上去还是很诚实的。

也不知道究竟是怎么一回事，反正我们俩似乎逐渐变得融洽，谈得投契，此后一切都那样很惬意地、自然而然地发展下去。

我们谈呀，谈呀（至少在我这一方面是如此）；我们笑呀，笑呀（至少在他那一方面是如此）。然而我始终保持着冷静——我那天生的警惕性，就像工程师所说的那样被提到“最高度”。不管他怎样含混其词地答话，我总下定决心要彻底打听清楚他所干的行业——我下定决心要引着他把自己的行业说出来，但同时又不要让他怀疑我的用意何在。我准备施展极其巧妙的诡计，务必要引他入彀。我要把自己所做的事全部告诉他，那样他就自然而然会被我推心置腹的谈话所诱惑，自然而然会对我亲热，甚至会情不自禁，在不曾猜疑到我的意图之前就把他自己的事全部告诉了我。我心里想，我的儿呀，你再没想到，你是在跟一个什么样的老狐狸打交道啊。我说：

"瞧，您再也猜不到，这一个冬天和上一个春天我单凭演讲就挣了多少。"

"猜不到……我真的猜不到。让我再想一想……让我再想一想。也许，大约是2000元吧？不会的；先生，那不会，我相信您不可能挣那么多。也许，大约是1700元吧？"

"哈哈！我就知道您猜不到嘛，上一个春天和这一个冬天，我演讲的收入是14750元。您以为这个数目还可以吗？"

"啊呀，这是个惊人的数目呀……绝对惊人的数目。我得把它记下了。您是说，甚至这还不是您全部的收入吗？"

"全部的收入！咳，我说您哪，此外还有4个月以来我从《每日呐喊》获得的收入……大约是……大约是……嗯，大约是8000元吧，我说，您觉得这个数目怎么样？"

"哎呀！怎么样？老实说，真希望我也能过上这样阔气的生活。8000元！我要给它记下了。啊呀，我的先生！……除此以外，您的意思是不是说，还有更多的收入？"

"哈！哈！哈！哎呀，您这真所谓'只沾了个边儿'。此外还有我的书呢，《老实人在国外》……每本售价三元五角起到五元，根据不同的装订而定。您再听我说下去呀。您不用害怕呀。单是过去的四个半月里，不包括以前的销数在内，单是那四个半月里，那部书就卖了95000本。95000本哪！您倒想想。平均每本就算它4元吧。总数几乎达到40万元，我的朋友。我应当拿到它的半数。"

"受苦受难的摩西！让我把这一笔也给记下了。14750……8000……20万。总数吗，我瞧……哎呀，真真想不到，总数大约是214000元哪！那真的可能吗？"

"可能！假如是算错，那只会是少算了。二十一万四千元现钞，那就是我今年的收入，如果我知道怎样计算的话。”

这时候那位先生站起身来告辞。我心里很不痛快，因为想到我也许不但白白地向一个陌生人公开了自己的收入，并且，由于听到他的惊叹时感到得意，还大大地提高了那些数字。可是，那位先生不立即就走，他在最后关头递给我一只大信封，说那里面有他的广告。说我可以在那里面找到一切有关他的业务的细节；说他很欢迎我去光顾——说他有了我这样收入优渥的人做主顾，实在感到骄傲；说他以前常常以为市里也有好几位大财主，可是，等到他们去跟他做交易时，他发现他们所有的那点儿钱只勉强够自己糊口；还说，他确实耐着沉闷等候了这么多年，才能面对面看见我这样一位大阔佬，而且能和我交谈，并用手接触了我，终于情不自禁，想要拥抱我——说真的，假如我肯让他拥抱的话，他认为那对他将是一件极大的光荣。

这一席话说得我心里乐滋滋的，所以我也就不再推拒，尽让这位心地纯洁的陌生人张开双臂抱住我，还在我后颈窝里洒了几滴起镇静作用的眼泪。然后，他去了。

他刚走，我就展开了他的广告。我仔细地研究了它 4 分钟。紧接着我就唤厨子来，说：

“扶好了我，我这就要晕过去了！让玛丽去翻那烤饼吧。”

停了一会儿，我清醒过来，就派人到路拐角的小酒店里去，雇来了一位行家，为期一个星期，要他整夜守护着我，同时咒骂那个陌生人；白天里，偶尔我咒骂得乏了，就由他接替。

哼，瞧他这个坏蛋！他的那份“广告”，只不过是一份该死的报税表格——上面是一连串没头没脑的问题，问的都是有关我的私事，很小的字体足足占了四大张纸——那些问题，这里我不妨指出，实在提得非常巧妙，哪怕是那些世故最老练的人也没法理解它们究竟用意何在——再说，那些问题都经过了精心的构思，其目的是要使一个人报税时非但没法弄虚作假，反而会将自己的实际收入多报上 3 倍。我试图寻觅一个可钻的空子，然而看来竟然没有一个可以让我钻的。第一个问题绰绰有余及包罗了我的全部经济情况，有如一把伞笼罩了一个小小蚁垤：

过去一年里，你在任何地方所从事的任何交易、业务或职业中共赚了多少钱？

这问题下面附了另13道同样刁钻的小题，其中措辞最委婉的一题是要我呈报：过去我可曾由于黑夜偷盗，或者拦路抢人，或者纵火打劫，或者从事其他不可告人的勾当，借此营私渔利，购置产业，可尚未逐条列于收入申报书中第一问题的对方。

这分明是那个陌生人故意要让我上当受骗。这是非常非常明显的事；于是我跑出去，聘请了另一位行家。原来由于陌生人挑动了我的虚荣心，所以我才会把自己的收入申报为214000元。按照法律规定，这笔收入中只有1000元可以免缴所得税的——这是唯一能够使我感到安慰的，但这一点钱有如大海中的涓滴而已。按规定百分抽五的办法，我必须上缴给政府的所得税竟高达10650元！

〔这里我不妨交代一句，到后来我并没有缴纳这笔税款。〕

我认识一个非常阔气的朋友，他的住宅好像是一座皇宫，他坐在饭桌上好像是一位皇帝在进膳，他的用费十分浩繁，然而，他却是一个没有分文收入的人，因为我常常在他的报税表格上注意到了这一点；于是，在窘急无奈的情况下，我就去向他求教。他接过了我那些琳琅满目的、为数惊人的收入凭证，他戴上眼镜，他提起了笔，接着，一霎眼工夫！——我已经变成了一个穷光蛋！这件事他做得十分干净利落。他只是巧妙地伪造了一份“应予扣除数”的清单。他将我缴给“州政府、中央政府和市政府的税”登记为若干；将我“由于沉船、失火等受到的损失”登记为若干；此处是我在“变卖房地产时所受的损失”，我在“出售牲口”时所受的损失，“支付住宅及其周围土地的租费”，“支付修理费、装修费和到期的利息”，“以前在美国陆军、海军与税务机关任职时从薪资中扣除的税款”，以及其他等等。他对所有以上的情况，就每一个列举的项目，都登记了为数惊人的“应予扣除数”。他登记完毕，再把那张清单交给我，这时候我一展眼看到，就在这一年里，我作为纯利的收入已一变而为一千二百五十元四角。

“这一来，”他说，“按照法律规定，1000元是属于免税的。你只需要去宣一次誓，证明这份清单属实，然后给其余的250元付了税就完啦。”

〔他说这席话的时候，他的小儿子威利从他坎肩口袋里摸出一张两元美钞，拿着钱一溜烟跑了；这里我敢打赌，假如我那位陌生客人明天来访问这个小家伙，他准会谎报他应纳的所得税。〕

“您是不是，”我说，“您本人是不是也这样填报‘应予扣除数’呀，先生?”

“这个，我应当说是的！要不亏了‘应予扣除数’项下那 11 条救命的附加条款，那我每年就是当乞丐，讨了钱去供奉这个该死的、可恨的，这个敲诈勒索、独断独行的政府啦。”

在本市几位最有实力的人士当中，在那几位品德高尚、操行清白、商业信誉卓著的人士当中，就数这位先生的地位最高，于是我敬受奉行他所指示的范例。我去到税务局办事处，在上次来访的客人的谴责的眼光下站起身来，一再地撒谎，一再地蒙混，一再地要无赖，直到后来我的灵魂深深地陷入了伪证罪之中，我的自尊心从此消失得一干二净。

然而，这又算得了什么？这正是美国无数最富有的、最自豪的，而且最体面的、最受人尊重、最被人奉承的人每年都在玩弄的把戏。所以，对这些我满不在乎。我毫不羞愧。今后我只要少开口乱说，别轻易玩火，否则我免不了会养成某些可怕的习惯。

一个真实的故事

在那个夏季的傍晚。我们坐在小山顶上一个农家门口的走廊上，拉奇尔大娘很恭敬地坐在比我们低一级的台阶上——她是我们的仆人，而且是黑人。她高大而壮实：她已经六十岁了，但是她的眼睛一点儿也不昏花，她的气力一点儿也没有衰退。她欢快而强健，笑起来一点儿也不费劲，就像小鸟唱歌一样自然。她又处于我们的火力之中了，就像平时天黑以后一样。也就是说，我们大家毫不留情地拿她开玩笑，她也以此为乐。她动不动就发出一阵一阵爽朗的笑声，然后双手蒙着脸坐下，高兴得喘不过气来，浑身乱颤。就在这样的时候，我心中忽然产生了一个念头，我就说道："拉奇尔大娘，你这六十多年来是怎么过的呢？你从来没有什么苦恼吗？"她停住了颤动，歇了一会儿，没有作声。她回过脸来，望着我，然后说，声音里一丝笑意也没有：

"科先生，您真的这么认为吗？"她的口气让我有点吃惊，也使我的态度和口吻庄重了一些。我说："嗨，我是想——我的意思是——嗨，你简直不可能有什么苦恼。我从来没有看见你叹过气，也从来没有看见过你眼中没有笑意的时候。"她的脸色现在好转了，显出一脸庄重。"我没有苦恼吗？科先生，我来跟您说，让您自己去想吧。我在奴隶堆中出生；当奴隶的滋味我都知道，因为我自己就是他们中的一个。哎，先生，就说我的老汉吧——也就是我当家的——他很爱我，对我很好，就像您对您的太太一样。我们有我们的孩子——一共七个孩子——我们也爱他们，就像你们爱你们的孩子一样。他们是黑人，但是上帝不管叫他们长得多黑，他们的妈妈可照样爱他们，随便你拿全世界什么东西和她换，她也不会抛弃他们。

"哎，先生，我在弗吉尼亚长大，可我的母亲是在马里兰长大的：哎呀，我的天，谁要是惹了她，她可真厉害呀！好家伙，她就大吵大闹一场！她要是发起脾气来，她老是说那句口头禅。她老是站得直直的，两手攥着拳头叉在腰上，说：'我要让你们知道，老娘不是生在平常人家，不能让你们这些狗杂种取笑！我是老蓝母鸡的小鸡，一点儿也不含糊！’先生，你看，那就是马里兰人对他们自己的称呼，他们对这个还很得意呢。哎，那就是她的口头禅。我从没忘过，因为她说得太多了。有一天，我的小亨利把手腕摔得很重，头也碰破了，刚刚碰在额头上，而那些黑鬼们没有马上跑过来照顾他，她也就说这句口头禅。他们一回嘴，她立即就站起来说，‘看好了，’她说，‘我要让你们知道，老娘不是生在平常人家，不能让你们这些狗杂种取笑！我是老蓝母鸡的小鸡，一点儿也不含糊！’然后她就收拾好厨房，自己给小家伙绑上伤口。所以在我被人家惹火时，我也会说这句口头禅。

“哎，后来我们的东家说她破产了，她不得不把庄上所有黑奴统统卖掉。我一听说他们要把我们送到里奇蒙去拍卖，哦，老天爷！我可知道那是咋回事！”

拉奇尔大娘说得起劲了，就慢慢地站起来，在我们面前像一座塔一样高耸着，星光衬着她的黑影。

“他们用锁链把我们系着，让我们站在一个看台上，就像这个台阶这么高——二十来英尺——大伙儿就成堆成堆地围着台子看。他们上来，浑身上下地打量我们，提提我们的胳膊，让我们站起来回走走，然后说，‘这个太老了’，或是‘这个有点瘸’，或是‘这个没多大用处’。后来他们就卖了我的老汉，他们把他带走了，他们又开始卖我的孩子，不久他们又把他们带走了，我就大哭起来；而那个人却说，‘闭上你的臭嘴’，还在我嘴上打了一巴掌。后来都卖完了，只剩下我的小亨利，我就把他紧紧地抱在怀里，站了起来说，‘你们不能把他带走，谁要是动他一下，我就要谁的命！’但我的小亨利在我耳边悄悄地说，‘我会跑掉的，到时候我工作赚钱来赎你。’哦，上帝保佑这孩子，他总是这么孝顺！可是他们拉着他——他们拉着他，那些人就这么干的；于是我就揪住他们的衣服，撕破了好些地方，还用我的链子打他们的脑袋；他们也打了我，可我不在乎。”

“哎，我的老汉就这样走了，还有我的孩子，我所有七个孩子——他们中的六个直到今天我一眼都没看到，到上个复活节，二十二年都已经过去了。一个纽伯恩人买了我，把我带到那里。哎，就这么一年又一年地过去了，后来就打起仗来了。我的东家是南方军队里的上校，我是他们家的厨子。因此北方军队打下那个小镇后，他们就统统跑掉了，把我丢在那儿，和别的一些黑人待在那幢大得要命的房子里。那些北方大官搬了进来，问我愿不愿意给他们做饭。'上帝保佑你们，'我说，'我就是干这行的呀。'"

"他们可不是那些芝麻大的小官，您知道的，他们都是一些挺大挺大的官，他们高兴叫那些当兵的怎么样就怎么样！有个将军叫我就管那个厨房；他还说，'谁要是来捣乱，你就叫他滚蛋，不用害怕，'你现在是与朋友们在一块了。'"

"哎，我自己就这么琢磨着，要是我小亨利能找到机会逃跑，他一准是逃到北方去了。所以有一天我就跑到长官们待的地方，就在大客厅里，给他们请了一个安，就像这样，然后我就向他们谈到我的亨利，他们听着我谈这些心事就像我是一个白人一样；我就这样说的，'我来是要打听打听，他要是跑了，肯定会到北方去的，你们是从那儿来的，你们也许看到过他，要是告诉我，我就可以找到他了；他还很小，他左手腕和脑门子上都有一个疤。'他们都显得很难过的样子，那位将军说，'你丢了他有多久了？'我就说，'十三年了。'那位将军就说，'那他现在就不小了——他已经是一个大人了。'"

"我倒从没想到这个！他对我来说还是一个小家伙。我倒从没想到他会长大变成一个大人，可我明白了。那些长官谁都没有碰到过他，也就一点儿都帮不上我的忙，那些年，我可真的没想到，我的亨利真的跑到北方去了，待了好多年，还当了个剃头匠，自己给自己干活。后来打起仗来了，他就说，'这剃头的活我干够了，我要去找我的妈妈，除非她死了。'于是他就卖掉他的行头，当了兵，给一个上校当听差；这下他就跟着部队到处打仗，一边寻找他的老妈妈；是呀，说真的，他一会儿给这个长官当听差，一会儿又换另一个，找遍了整个南方；可是你看我却一点儿也不知道。我怎么会知道呢？"

"嗨，一天晚上，当兵的开了个舞会；纽伯恩那儿当兵的常常开舞会寻开心。他们就在我那厨房里开，不知开过多少次，因为那个厨房很大。您知道吗，他们这么干，我可不高兴，因为我那地方是侍候长官的，我很讨厌那些普通的当兵的在那儿乱蹦乱跳。可是我老是不管他们，完了就收拾收拾，我就那么干，有时他们惹得我生气了，我就叫他们给我打扫厨房，我就这么干，毫不含糊！”

“嗨，有一天晚上——那是一个礼拜五晚上——一下子来了整整一排人，是从守卫这所房子的黑人部队里来的——您知道吗，这所房子是司令部——这下子我可来劲了！疯了？我简直高兴坏了！我劲头挺大的，一会儿转到这儿，一会儿转到那儿，我简直浑身发痒，真想他们带着我跳起来。他们都在转来转去地跳着！我的天，他们玩得多高兴！后来不大一会儿，一个穿得挺时髦的黑人小伙子从屋子那边跳着跳着跳了过来，还搂着一个黄皮肤的姑娘，他们俩跳得叫人看了像是喝醉了酒那样，他们转到我身边的时候，就一会儿跷起这条腿，一会儿跷起那条腿，还望着我的大红头巾直笑，还打趣我，我就冒火地说，‘滚你妈的蛋吧，杂种！’那年轻人一下子脸色都有点变了，不过只一会儿，他又笑了，就跟刚才一样。啊，就在这时，来了几个黑人演奏音乐，他们是乐队里的，要是没有音乐他们就玩不尽兴。那晚他们刚奏出一个调子，我就跟着唱起来了！他们笑啦，这叫我更唱不好。别的黑人也大笑起来，这下我虽然心里有劲头，可是我生气啦！我简直眼里冒火了！我就站得挺直，就像这样——就像现在这样，差点儿碰到天花板——我捏着拳头叉在腰上，我说，‘看着点，我要让你们这些黑鬼知道，老娘不是生在平常人家，不能让你们这些狗杂种取笑！我是老蓝母鸡的小鸡，一点儿也不含糊！’这时候我就看见那个年轻人站住啦，他瞪着眼睛，动也不动，好像是望着天花板想有什么事忘掉啦，一时想不起来的样子。嗨，我就往他们黑鬼那边走过去——就像一个将军——他们就从我面前逃跑，滚到外面去了。那个年轻人出去时，我听到他对另一个人说，‘吉姆。’他说，‘你先走，请你告诉上尉，我大概要到早上八点钟才能回来。我有点私事。’他说，‘我今晚不睡了。你先走吧。’他说，‘我要一个人待一会儿。’”

“这时大概子夜一点钟了。早上七点左右，我就起床给那些长官们做早饭了。我在火炉前弯着腰——就像这样，打个比方说，你的脚是火炉——我用右手把火炉子的门打开——然后，把它关上，就像我推你的脚一样——我手里刚刚端着一盘热面包，准备站起来时，我就看见一个黑脸蛋伸到我面前来啦，两眼正盯住我的眼睛，就像我现在从底下望着你的脸一样；我就在那儿站着，一动不动！一个劲儿仔细地看了又看，我手里的盘子直发抖，猛一下子我认出来啦！盘子掉在地上，我就抓住他的手，把他的袖子往上掀——就像这样，就像我掀你的袖子一样——然后我就看他的脑门子，把他的头发拨开，'孩子，'我说，'如果你不是我的亨利，你的手腕和脑门子上怎么会都有一个疤呢？感谢上帝，我又找到我自己的孩子了！'"

"啊，没什么，科先生——我是从来没什么苦恼。可我也没什么欢喜事。"

火车上的嗜人事件

前不久我去了一趟圣路易。西进途中，在印第安纳州特尔霍特换了车，就有一个四五十岁上下、面目亲善的绅士从小站上来，坐到我身边。同他心情愉快、海阔天空地聊了约一个钟头，我便发现他极有见识，讨人喜欢。他一经得知我从华盛顿来，立即询问起形形色色的政府官员和国会事务来。不久我已明白，与我谈话的是位对首都政治生活了如指掌的人，他甚至连这个国家立法机关里议员们的做事风度和程序仪式都知道得一清二楚。过了一会儿，就见两个男子在离我们不远的地方停留了片刻，一个对另一个说道："哈里斯，要是你肯替我办这件事，我永远忘不了你，老弟。"我这位新旅伴的眼睛里突然闪出欣喜的亮光，好像那人的话勾起了他一段快乐的回忆。顷刻，他又露出一副思虑重重的面孔，简直有些闷闷不乐了。他转头对我说，"听我给你讲个故事吧，让我把我生活中的一段秘事告诉你。这段秘事自发生后，我从来都不曾提起过。请耐心地听，答应我别打断我的话。"我说没问题，他就如此这般地讲了下面的一段奇遇，讲解过程中时而情感迸发，时而阴郁低沉，但总是极其认真诚恳。

那是1853年12月19日，我从圣路易乘夜班火车去芝加哥。车上总共只有二十四名乘客。没有妇女，也没有小孩。我们的兴致很好，大家很快就混熟了。看来，这是一次快乐舒心的旅行，我猜这一伙人中压根儿就没有一位预感到很快就要经历的那种恐怖局面。

晚上十一点钟，天下起大雪来。火车刚一离开那个名叫韦尔登的小村，就进入空旷寂寥的大草原。千里荒原，渺无人烟，一直延展到朱必利定居点。狂风呼啸着刮过平展展的荒地。那儿没有树木，没有山丘，甚至连七零八落的岩石也见不到，所以风刮起来毫无阻挡。随风飞扬的雪花，就像狂风暴雨在海浪尖上激起的浪花。雪越积越深，车速减慢。我们知道，这是火车头在积雪中开路越来越费劲了。说实在的，有时候它简直就停止不动了。大风在轨道上堆积起一个个大雪堆，活像一座座坟山。聊天也没有劲儿了，欢乐让位给焦虑。要是被大雪困住，待在荒凉的大草原上，方圆五十英里可都没有人家——这种想法浮现在每个人的心头，把大家都弄得精神非常颓丧。

深夜两点，四周的一切活动都停止了。我从不得安宁的睡眠中惊醒。可怕的事情顿时闪过我的心头——我们成了雪堆里的囚徒！“全体起来动手自救！”大家一跃而起去执行这道命令。夜茫茫漆黑一片，铺天盖地的大雪，势不可挡的风暴，大家从车厢跳进这样一个世界，心里都明白，现在要争分夺秒，要不就会有灭顶之灾。铲子、手、木板——凡是能清除积雪的东西立刻都用上了。那真是一副离奇的景象：一小撮发狂似的人跟越堆越高的积雪拼搏，雪堆下半截隐没在黑黢黢的阴影里，上半截暴露在车头反光灯炽烈的灯光下。

短短的一个小时就足以证明我们在白费力气，暴风雪积成了十几个雪堆，把路轨阻塞了，而我们仅仅刨掉了一个。更加糟糕的是，人们发现，刚才火车头对敌人发起冲锋时已经把主动轮的纵向轴弄断了！即使铁路畅通无阻，我们也无可奈何了。我们干活儿干得精疲力竭，心里又不是滋味，便进了车厢。大家围着火炉严肃地讨论眼下的处境。我们什么吃的都没有——大伙儿最窝心的就是这一点。我们是不会冻死的，因为煤水车里有的是木头，这是我们唯一的安慰。讨论到最后，大家都接受了列车员令人丧气的结论，就是说，谁想徒步在这样的雪地里走五十英里路，那就等于去寻死。我们无法派人去求援，即便我们有办法去，也没人愿意来援助。我们只好听天由命，耐心等待，要么有人来救援，要么就等着饿死！我想，就是最刚强的人一听了这话，心也会马上变凉的。

过了一会儿，谈话变成了一种三三两两的窃窃私语，话题仍离不开火车，这种低语随着阵阵狂风的起落而忽高忽低。灯光昏暗起来，大多数遭难者在忽明忽暗的黑影中安下心来想。忘掉眼前，如果可能的话，睡觉，如果可以的话。

漫漫无期的长夜，我们觉得的确是漫漫无期的，终于把磨磨蹭蹭的时光打发走了，东方破晓，现出灰冷的晨光，亮光逐渐增强，旅客一个接一个活动起来了，显示出生命的种种迹象。一个接一个地把耷拉下来的帽子从额头上掀起来，舒展舒展僵硬的四肢，然后从窗户里向外窥视那副萧瑟的景象。的确萧瑟透顶了！一个生物的影子都没有，一个人家也没有，什么都没有，只有一片白茫茫的荒野，卷起的雪片随风到处飘扬——一个雪片飞舞的世界遮没了上面的天宇。我们在车厢周围逛走了整整一天，说得很少，想得挺多。又是一个滞留不去的愁闷的夜晚，还有饥饿。又一个黎明，又一天。寂静、悲哀、饥肠辘辘、无望地守候着无法到来的救营者。一个睡眠不得安宁的夜晚，尽做着大摆筵席的梦，醒来后饥火烧燎着愁肠。第四天来了又去了——接着是第五天！困了五天，着实可怕。每一只眼睛都射出饥饿的凶光，里面流露出一种怕人的含义，预示着每个人心里朦朦胧胧地自行形成了一种东西，一种谁也不敢诉诸言辞的东西。第六天过去了——第七天破晓时，这一伙人个个鹄面鸠形，心如死灰，死亡的阴影笼罩着他们。现在非说不可了！在每一颗心里长大的东西终于要从每一张嘴里跳出来了！人体的本能已经忍无可忍了，它非投降不可了。明尼苏达州的理查德·H·加斯顿站了起来，身材高大，面如死灰。大家都知道会发生什么事情。全都准备好了，每一种感情，每一种激动的神态都被闷死了，只有一种平静的、深思熟虑的严肃表情浮现在近来显得十分粗野的眼睛里。“先生们，事情再不能耽搁了！时间就要到了！我们必须决定：我们中间谁得死去给其余的人当饭吃！”伊利诺伊州的约翰·丁·威廉斯先生站起来说：“先生们，我提田纳西州的詹姆斯·索耶牧师。”印第安纳州的WM·R·亚当斯先生说：“我提纽约州的丹尼尔·斯罗特先生。”恰尔斯·J·朗登先生：“我提圣路易的塞缨尔A·鲍恩先生。”斯罗特先生：“对于我的提名，我敬谢不敏，我想成全新泽西州的小约翰·A·范诺斯特兰先生。”加斯顿先生：“如果没有异议，这位先生的要求将会得到满足。”由于范诺斯特兰先生表示反对，斯罗特先生的推辞不予接受。

索耶和鲍恩两位先生也表示辞谢，以同样的理由遭到拒绝。俄亥俄州的A·L·巴斯科姆先生：“我提议提名到此结束，议会进行投票选举。”

索耶先生："先生们，我对这些做法表示强烈的抗议，这太不成体统了，所以我提议：立即取消这些做法。并提议选举一名会议主席，几名协助他工作的干事，这样我们就能够明智地处理眼前的事务了。"依阿华州的贝尔先生："先生们，我反对。现在不是拘泥礼仪的时候。因为已有七天多没有饭吃了。我们不能在无聊的讨论中浪费时间，否则只会增加我们的苦难。我对提出的人选表示满意——我相信在座的各位先生，至少我本人，不明白为什么不应该立即选出其中的一两个人来。我想提出一个解决的办法——"加斯顿先生："这种做法会遭到反对的，而且按规定必须等到牛年马月才能解决，这样反而造成了你想避免的那种延误。这位从新泽西州来的先生——"范诺斯特兰先生："先生们——我跟诸位素昧平生，我并不追求诸位赏赐给我的那种荣誉，我感到棘手的是——"亚拉巴马州的摩尔根先生插话："我提议投票表决是否辩论主要提案。"这个动议被通过了，当然也就终止了进一步的辩论。选举干部的动议通过了，按此动议，加斯顿先生当选为主席，布莱克先生当选为书记，霍尔科姆先生、戴尔先生和鲍德温先生当选为提名委员会委员，R·M·霍兰先生当选为伙食操办员，协助委员会做出选择。

然后休会半小时，召开了某种小型干部会议。木槌一响，大会开始进行，委员会提出报告，提名肯塔基州的乔治·弗格森先生、路易斯安纳州的卢西恩·赫尔曼先生、科罗拉多州的W·梅西克先生为候选人。该报告被大会接受。密苏里州的罗杰斯先生："主席先生——既然报告已提交议会，我提议对它进行修正，用圣路易的卢修斯·哈里斯先生的名字替换赫尔曼先生的名字，因为哈里斯先生是位人心所向、众望所归的人物。我不希望被人理解为有意贬责那位路易斯安纳来的先生的高尚品格和可敬立场——绝无此意。我和在场的诸位先生一样，对他不胜敬仰。不过，我们大家不会对这样一件事实视而不见：在我们滞留的一星期里，他掉的膘比我们中间的任何人都多——我们谁也不会悍然不顾这样一件事实：委员会在玩忽职守，要么是出于疏忽大意，要么就是明知故犯，竟然要我们选举这样一位绅士，不管他的动机多么纯正，他身上的确没有什么滋养——"

主席："请密苏里州的这位先生坐下。本主席不能允许对委员会的公正提出质疑，除非他通过正式程序，严格按照规定提出。议会对这位先生的动议如何对待？"弗吉尼亚州的哈利戴："我提议对报告做更进一步的修正，由俄勒冈州的哈维·戴维斯先生取代梅西克先生。诸位先生也许会慷慨陈词，说艰难困苦的边疆生活已经使戴维斯先生变得粗糙不堪，不过，先生们，现在难道是挑剔粗细的时候？现在难道是吹毛求疵的时候？现在难道是斤斤计较区区小事的时候？不，先生们，我们所希望的是量要大，油水要多，要有重量，要有块头，这就是我们目前的最高要求，我们需要的不是灵性，不是天才，不是教育。所以我坚持我的动议。"

摩尔根先生（激动地）："我对这一修正案表示最坚决地反对。俄勒冈的这位先生太老，何况，块头固然不小，但大只大在骨头上，肉却不多。请问这位弗吉尼亚的先生，我们是想喝稀汤呢，还是要吃些实实在在的东西？他是否要欺骗我们，叫我们捕风捉影？他是否要用一个俄勒冈的幽灵来嘲弄我们的苦难？请问，他能不能看看周围一张张焦灼的面孔，能不能注视我们忧伤的眼睛，能不能听听我们企盼的心声，怎么还要把这个饿得形销骨立的假货硬塞给我们？请问，他难道想不到我们的悲惨处境？想不到我们过去的悲哀，想不到我们暗淡的未来，却仍然居心不良，硬要把这个残骸、这具僵尸、这个连站都站不稳的骗子、这个从俄勒冈荒凉的海滩上来的疙里疙瘩、饱受摧残、干巴巴的瘪三强加给我们？休想！"（鼓掌。）经过一番激烈的争论，最后这一修正案被付诸表决，没有通过。第一修正案提出的替换人是哈里斯先生。然后开始投票表决，五次投票都没有结果。第六次投票中，哈里斯先生当选，除了他一人外，全体投了赞成票。于是有人提出动议，应当鼓掌通过他的当选，这一动议由于他再次投票反对自己当选而遭到否决。

拉德威先生提议，议会现在应当关照其余的候选人，选举一人当早饭，这一动议获得通过。第一次投票出现了僵持局面，半数人赞成某一候选人，因为他年轻；半数人同意另一个，因为他个头大。主席投了决定性的一票，赞成后者，即梅西克先生。这一结果在落选人弗格森的朋友们当中激起了相当大的不满情绪，有人在议论，要求重新进行一次投票表决，然而在此期间休会的动议被通过了，于是立即散会。

晚饭的准备工作分散了弗格森派的注意力，他们无法长时期地议论自己的不满，等他们要重新进行讨论的时候，宣布了哈里斯先生已经准备就绪这一喜讯，于是所有的不满情绪便化为烟云。我们支起车厢座位的靠背临时凑成了餐桌，满怀感激之情坐了下来，在那七天的磨难中索回在我们的美梦中的最精美的晚餐现在就摆在眼前。我们跟几小时之前真是不可同日而语！当时：万念俱灰，愁眉苦脸，饥肠辘辘，忧心如焚，走投无路；现在：感恩戴德，泰然自若，大喜过望。

我知道这是我坎坷的一生中最快乐的时光。风在吼叫，刮得大雪在我们的牢房周围狂飞乱舞，可是风雪再也无力困扰我们了。我喜欢哈里斯，他也许还可以煮得更好一些，但我可以毫无顾忌地说，谁也没有哈里斯那样对我的胃口，使我那样称心如意。梅西克挺不错，不过就是有点儿变味，不过要讲真正的营养、肉的细嫩，我倒是要哈里斯。梅西克自有他的长处，我不想否认这一点，也不愿否认，可是要他当早饭，比一具木乃伊好不了多少，先生，简直一模一样。瘦吗？哎，上帝保佑！粗吗？啊，他是粗得够呛！你是无法想象的，你永远也想象不出这一类事。“你打算给我讲——”“请不要打断我的话。早饭后我们推选了一个从底特律来的名叫沃克的人当晚餐。他很不错，我后来给他老婆写信就是这么说的。怎么夸他都不过分，我将永远怀念沃克。他煮得嫩了点儿，可是非常好。第二天早上，我们又把亚拉巴马州的摩尔根当早餐。他是我们享用过的最好的人：仪表堂堂，很有教养，文质彬彬能流利地讲几种语言，一个十全十美的绅士，他是个十全十美的绅士，油水多得出奇。晚饭我们选的是那个俄勒冈的老头儿，他的确是个骗人的货色，这一点毫无疑问，又老又瘦又粗，谁也无法形容那种状况。最后我说，先生们，请你们自便，我宁可等下一个当选人。伊利诺斯州的格兰姆斯刚说，‘先生们，我也愿意等等。等你们选出一个有长处的人时，我将乐于与诸位再次共同享用。’不久，事实显然表明，大家对俄勒冈的戴维斯普遍表示不满，这样，为了保持我们享用过哈里斯以后表现出的一片好意，便进行了一次选举，结果是佐治亚州的贝克尔入选。他真够味儿！哎，哎——以后我们有杜利特，还有霍金斯，还有麦克罗伊，还有彭罗德，还有两个史密斯，还有贝利，还有一个印第安少年，还有一个街头演奏手风琴的人，还有一个名叫巴克明斯特的绅士——一个木头似的流浪汉。跟大家一点儿合不来，当早饭也不是味道。我们很高兴把他选中之后营救队才来。

“那么说最后那该死的营救队真的来了?”“不错，一个阳光灿烂的早晨，刚刚选举结束，营救队就来了。约翰·墨菲当选了，他是最好不过的了，我愿意作证：不过约翰·墨菲坐在前来援救我们的火车上跟我们一起回了家，到后来跟哈里斯寡妇结了婚——”“谁的遗孀——”“我们第一个选中的那个人的未亡人。墨菲就跟她结了婚。现在他日子过得挺好，受人尊敬，万事如意。啊，这倒像一本小说，先生，像一部传奇。我下车的地方到了，先生，那就只好再见了。你什么时候方便，跟我一起待一两天，有你在，我会很高兴的。我喜欢你，先生，我已经对你产生了好感。我喜欢你就像喜欢哈里斯本人一样，先生。日安，先生，祝你一路顺风。”

他走了。有生以来我从来没有感到过这样的惊恐、这样的痛苦、这样的迷惑，我打心底里高兴他走了。尽管他温文尔雅，声音柔和，可是每当他把那双饿狼似的眼睛转向我时，我便感到毛骨悚然。我听到我已经赢得了他凶险的青睐，跟已故的哈里斯同样受到他的器重，这时，我的心脏简直停止了跳动!

我的困惑是不可名状的，对于他的话我深信不疑，对于他这样严肃认真的叙述我是毫无疑问的。可是，这叙述的可怕的细节给了我极大的威胁，搅得我心乱如麻。我看见列车员在瞅着我。我说，“那个人是谁?”“他曾经是个国会议员，而且还是个挺好的议员呢。不过他被困在雪堆中的列车里了，好像快要饿死了，他全身都冻僵了，因为没有吃的，又饿得筋疲力尽，过了两三个月他生了病，精神错乱了。现在他好了，只不过是偏执狂。他一提起那老话题，不把他谈到的那一车人吃光就闭不上嘴。要是让他讲到现在，他也许已经把那一车人全部结果，只是他每回非得在这里下车不可。他已经把这些人的姓名记得滚瓜烂熟。等他把大家都统统吃光，只剩下他一个人时，他总是说："后来选举谁当早餐的时间到了，由于没有反对意见，我便提出辞职。所以我还在这儿。"

知道自己听到的是一个疯子并无恶意、异想天开的故事，而不是一个嗜血成性的食人肉者的真正经历，我长舒了一口气，这种轻松感真是无法表达的。

败坏了哈德莱堡的人

这件事已经过去多年了。当时哈德莱堡是四里八乡最诚实、最正直的一个镇子。它把这种从没有污点的名望一直保持了三辈儿，并且以此为荣，把这种名望看得重于它拥有的其他一切。这种自豪感是如此强烈，保持这种荣誉的愿望是如此迫切，以至于镇子里的婴儿在摇篮里就开始接受诚实信念的熏陶，而且，这一类的教诲还要作为主要内容，在以后对他们进行教育时贯穿始终。另外，在整个发育期里，青年人要与一切诱惑彻底隔绝，这样，他们的诚实就能够利用一点一滴的机会变得坚定而牢固，成为他们的主心骨。邻近的那些镇子都嫉妒这种至高无上的荣耀，他们表面上对哈德莱堡人以诚实为荣冷嘲热讽，说那是虚荣心作怪；然而，他们也不得不承认哈德莱堡的的确确是一个腐蚀不了的镇子；再追问下去，他们还会承认：一个想离家出外找一个好工作的青年人，如果他是从哈德莱堡出去的，那么，他除了自己老家的牌子以外，就用不着带什么推荐信了。

然而，日久天长，哈德莱堡因为得罪一位过路的外地人终于倒了霉——这件事他们也许出于无心，肯定也没有在意，因为哈德莱堡功德圆满，所以，无论是外乡人的闲言碎语，还是高谈阔论，哈德莱堡人都无须在意。可话又说了回来，早知此人是个爱记仇、不好惹的家伙，当初对他破破例不就万事大吉了吗？整整一年的工夫，那人无论走到哪儿，肚子里总憋着在哈德莱堡受的委屈，只要一有空闲，就挖空心思地琢磨怎么能报复一下，让自己心里舒坦。他想了好多好多的主意，这些主意全都不错，可没有一个十全十美的；要害之处在于：这些主意只能一个一个地伤害好多人，而他想要的却是能把全镇一网打尽的办法，不能有一条未受伤害的漏网之鱼。最后他灵机一动，想到了一个主意，这主意刚冒出来，他的脑海中就被幸灾乐祸的光芒照得通明透亮。他马上开始拟订一项实施方案，还自言自语地说："就这么办——我要把那个镇子拉下水！"

六个月之后，他坐着一辆轻便马车再次来到哈德莱堡，约莫晚上十点钟左右，马车停在了银行老出纳员的大门外。他从马车上搬下一只口袋，扛着它跌跌撞撞地穿过院子，敲了敲门。一个女人的声音说了声“请进”，他就进去了。他把那只口袋放在客厅里火炉的后面，客客气气地向正在灯下坐着看《教友导报》的老太太说：“您只管坐着好了，太太，我不打扰您。好了——现在这东西藏得严严实实；谁想知道它在哪儿可不容易了。太太，我能见见您先生吗?”

“不成，他上布里克斯顿了，也许过半夜才能回来。”

“很好，太太，这不要紧。我只不过是想让您先生照管一下这只口袋，如果他找到了物主，就转交给他。我是外地人，您先生不认识我；今天夜里我是特意路经这个镇子，了却我搁了好久的一桩心事。现在事情已经办妥，我可以走了，我很高兴，还稍稍有点儿得意，以后你们再也不会见到我了。口袋上别着一张字条，上面把所有的事都说清楚了。晚安，太太。”

这位老太太害怕这个神出鬼没的大个子外地人，见他走了心里才踏实。不过她的好奇心被引逗了起来，就直奔口袋而去，取下了那张字条。上面开头的话是：请予公布；或者用私访的办法找到物主——只要能找到物主，无论哪一种办法皆可。这个口袋里装的是金币，重一百六十磅零四盎司。

“老大，门没锁呀!”理查兹太太哆哆嗦嗦地扑过去把门锁上，然后把窗帘放下来，

战战兢兢地站在那儿，提心吊胆，思量还有什么办法能让自己和那一口袋钱更保险一点儿。她竖起耳朵听听有没有贼，过了一会儿，

她抵挡不住好奇心，又回到灯下，看完了那张纸上的话：

我是个外国人，马上就要回本国去，在那里常住。我在贵国旗下逗留了很长时间，多蒙贵国关照，不胜感谢。对于贵国的一位公民——一位哈德莱堡的公民——我更想格外致以谢意，因为一两年前他有大恩于我。事实上，那是两桩恩德。容我细说端详：我曾经是个赌徒，我的意思是，我过去是个赌徒，一个输得精光的赌徒。那天夜里我来到这个镇子的时候，腹内空空，身无分文。我向人求告——是在黑影里，我不好意思在亮处乞讨。我求对人了，他还给了我财运，因为我靠那笔钱在赌场里发了大财。还有最后一条，当时他对我说过的一句话我记在心上。直到如今，这句话

最后让我口服心服。因为口服心服，我才良心发现，再也不赌了。现在我并不知道他是谁，可是我要找到他，让他得到这笔钱，至于他是把钱给人，扔掉，还是自己留着，全都由他。这只不过是我知恩图报的方式罢了。假使，我可以在此地逗留，我本来会自己去找他，不过没有关系，一定能找到他的。这是个诚实的镇子，腐蚀不了的镇子，我知道我可以信任它，不用担心。凭那位先生当年对我说的那句话，就可以确定哪一位是我的恩人，我相信他一定还记得那句话。

现在我有这样一个办法：假如您愿意进行私访，悉听尊便。把这张纸上写的话告诉每一个可能是那位先生的人，假如他回答说，“我就是那个人，我当初说过怎样的一句话……”就请核实一下——也就是说：打开口袋，您能在口袋里找到一个装着那句话的密封信袋。如果那位候选人所说的话与此相符，那就把这笔钱交给他，不用再问下去了，因为他无疑就是那位先生。

如果您愿意公开寻访，就请把这番话发表在本地报纸上——再加上如下说明，即：从当日起三十天内，请申领人于星期五晚八时光临镇公所，将他当初所说的话密封交给伯杰斯牧师。请伯杰斯先生届时到场，把钱袋上的封条去掉，打开钱袋，看与袋内的话是否相符；如果相符，就请将这笔钱连同我的衷心谢意一起，交给我的这位已经确认身份的恩人。

理查兹太太坐下来，先是激动得颤颤巍巍，很快又陷入了沉思——她的思路如下：“这可真是件蹊跷事儿！那个好心人蜻蜓点水施舍了几个小钱，瞧这份回报！这件好事要是我丈夫干的就好了！因为我们太穷了，这么老了，还这么穷！”这时她叹了一口气，“可这并不是我的爱德华干的，不是，给外地人二十块钱的不是他。这可真不巧，真的，现在我明白了……”这时她打了个冷战，“不过，这是赌徒的钱哪！是不清不白得来的，这种钱咱们可不能拿，连沾都不能沾。我可要离它远远的，这钱一看就脏兮兮的。”她换了把远一点的椅子坐下来，“我盼着爱德华回来，把这钱拿到银行去。说不定什么时候小偷就会来，一个人在这儿守着它真难熬啊。”

十一点钟的时候，理查兹先生回来了，他妻子迎头就说：“你可回来了！”他却说：“我太累了——累得要死，过穷日子可真不容易，到了这个岁数还要出这种苦差。就为那点儿薪水，熬来熬去熬不出头，给人家当奴才，可人家趿拉着拖鞋在家里坐着，有的是钱，真舒坦哪。”

“为了你，我有多难过呀，爱德华，这你都知道，不过，你得想开点儿：咱们的日子总算还过得去，咱们的名声也不错……”

“是呀，玛丽，这比什么都要紧哪。我刚才说的话你别放在心上，我就是一阵儿想不开，算不了什么。亲亲我好了，什么事也没了，我也不再发牢骚了。你弄什么东西来了？口袋里有什么？”

于是，他妻子把那个天大的秘密告诉了他。一阵天旋地转之后，他说：“一百六十磅重？唉，玛丽，那得有四——万——块钱哪——想想——一大笔财产啊！咱们镇子上有这么多财产的人过不了十个。给我看看那张纸。”

他把那张字条扫了一遍，说：“这可是出了奇了！嘿，简直就像小说一样，和书上那些没影的事一样，平常谁见过这样的事呀。”这时他激动起来，神采奕奕，兴高采烈。他打着哈哈弹弹老太婆的脸蛋儿，说：“嗨，咱们发财了，玛丽，发财了。咱们只要把这些钱埋起来，把这张纸一烧就行了。要是那个赌徒再来打听，咱们只要爱理不理地瞪着他，说：‘你说什么胡话呀？我们从来没听说过你，也没听说过你那条什么金子口袋。’那时候，他就傻了眼，还有——”“还有，你就顺嘴说笑话吧，那一袋子钱可还堆在这儿哪，眼看就要到贼出门的时候了。”

“你说得对。好吧，那咱们怎么办呢——私访？不行，不能这么办，那可就把这篇小说糟蹋啦。还是挑明了好。想想看，这件事得闹出多大的动静来！还不让别的镇子全都嫉妒死。在这种事情上，除了哈德莱堡，一个外乡人还能信得过谁呀，这一点他们心里都有数。这不是给咱们镇子金榜题名吗？我现在就得到报馆的印刷厂去，要不然就来不及了。”

“慢着——慢着——别把我一个人留在这儿守着它呀，爱德华！”

可是他已经走了。不过只走了一小会儿。在离家不远的地方，他就遇见了报馆的主笔兼老板。理查兹把那篇文字交给他说：“我有一篇好东西给你，考克斯，登出来吧。”

“可能太晚了，理查兹先生，不过我看一看吧。”

回到家里，他和妻子坐下来又把这件迷人的蹊跷事谈论了一遍；两个人一丝睡意都没有。第一个问题是，那位给过外乡人二十块钱的公民会是谁呢？这个问题似乎很简单，夫妻俩不约而同地说了出来："巴克利·古德森。"

"不错，"理查兹说，"这样的事他干得出来，这也正是他的做派，像他这样的人镇子里再也挑不出第二个了。"

"谁都会这么说，爱德华，不管当众怎么样，背后谁都会这么说。到如今有六个月了吧，咱们镇子又变成原来那个老样子啦——诚实，小心眼，老子天下第一，还老虎屁股摸不得。"

"他向来都是这么说的，一直说到咽气的那一天，还一点儿都不避人。"

"是呀，就为了这个，他才遭人恨。"

"嗨，就是，不过他倒不在乎。叫我说，除了伯杰斯牧师，在咱们这些人当中，最遭人恨的就是他了。"

"可伯杰斯遭人恨是活该呀——在这块地方，他再也别想有人听他布道了。虽说这镇子也没什么出息，可人们对他总还是心里有数的。爱德华，这个外乡人指名让伯杰斯发这笔钱，这件事看起来是不是有点怪呀？"

"哎，对——是有点怪。那是——那是——""哪来的这么多'那是'呀？换了你会挑他吗？""玛丽，说不定那个外乡人比这镇子上的人更了解他哪。""这话说得再多，也帮不了伯杰斯的忙！"丈夫似乎左右为难，不知说什么好。妻子直瞪瞪地盯住他，等着他答话。理查兹后来犹犹豫豫地开口了，好像明知道他的话要受到质疑："玛丽，伯杰斯不是个坏人呀。"他妻子自然是吃了一惊。"胡说！"她叫了起来。"他不是个坏人。这我明白。他人缘不好，都是因为那一件事——就是闹得沸沸扬扬的那一件事。""那'一件事'，太对啦！就那'一件事"还不够大吗？""够大了。够大了。只不过那件事不是他的错啊。""你说什么！不是他的错！谁都知道，就是他作的孽！""玛丽，你听我的，他是清白的。""我没法相信，我不信。你是怎么知道的？""这是不打自招。我没脸说，可是我非得说出来不可。只有我一个人知道他清白。我本来能够救他，可是——可是——唉，你知道那时候全镇子上的人一边倒——我哪有勇气说出来呀。一说出来大家就都冲着我来了。

我也觉得那样做不够意思，太不够意思了，可是我不敢哪，我没有勇气和众人对着干。”玛丽一副心烦意乱的样子，一声不吭。过了一会儿，她吞吞吐吐地说：“我——我想你就是——就是——也没有什么用处。人可不能——呃——大家伙的看法——不能不那么小心——那么——”这条路不大好走，她绕不出来了。可是，稍停一会儿，她又开了腔。“要说这件事是不大合适，可是——嗨，咱们顶不住呀，爱德华——真是顶不住啊。哎，无论如何，我也不愿让你说出来！”

“玛丽，假如说出来，不知会有多少人不拿正眼看咱们。那样一来——那样一来——”“现在我担心的是他怎么看咱们，爱德华。”

“他？他可没想过我当初能够救他。”

“啊，”妻子松了一口气，嚷嚷着，“这样我就高兴了。只要他当初不知道你能够救他，他——他——呃，这件事就好办多了。唉，我原本就该想到他不知道，虽然咱们不大搭理他，可他老是想跟咱们套近乎。别人拿这件事挖苦我可不止一次了。像威尔逊两口子、威尔科克斯两口子，还有哈克内斯两口子，他们都话里有话地寻开心，明知道我面子上过不去，非要说‘你们的朋友伯杰斯’如何如何。我可不想让他一个劲儿缠着咱们，我不明白他为什么不撒手呢。”

“他为什么这样做我明白。这可又是不打自招了。那件事刚闹出来，正在沸沸扬扬的时候，镇上打算让他‘爬竿’。我被良心折磨得简直受不了，偷偷去给他通风报信，他就离开镇子，到外地避风去了，直躲到没事儿了才回来。”

“爱德华！当时镇上要是查出来——”，“别说了！直到现在我一想起来还害怕呢。那件事刚做完我就后悔了。所以我都没敢跟你说，就怕你脸上挂不住，被别人看出来。那天晚上，我心里嘀咕，一夜都没有合眼。可是过了几天，一看谁也没有怀疑，从那以后我又觉得干了那么一件事挺高兴。到现在我还高兴呢，玛丽——别提有多高兴了。”

“现在我也高兴啊，那样对待他也太可怕了。是呀，我挺高兴。你知道，你这样做才算对得起他。可是，爱德华，万一这件事哪天露了馅呢?”

“不会。”“为什么?”

“因为谁都会以为那是古德森干的。”

“他们一定是这么想的!”

“就是。当然啦，他也不在乎大家这么想。大家撺掇那个可怜的索斯伯里老汉找他算账，老汉就照他们说的风风火火跑了去。古德森把老汉上上下下打量了一遍，好像要在索斯伯里身上找出一块自己特别瞧不起的地方，然后说：‘这么说，你是调查组的，是吗?’索斯伯里说：‘差不离吧。’‘哦。依你说，他们是想仔仔细细地问呢，还是听点儿简单的就行了呢?’‘古德森先生，要是他们想仔仔细细地问，我就再来一趟；我先听简单的吧。’‘那太好了，你就让他们全都见他妈的鬼去——我觉得这够简单的了。索斯伯里，我再劝你几句；你再来仔仔细细打听的时候，带个篮子来，把你那几根老骨头提回家去。’”

“古德森就是这样，一点都没走样。他老是觉得他的主意比谁都强，他就这点虚荣心。”

“玛丽，这一来就万事大吉，把咱们给救了。那件事再也不会有人提了。”

“老天有眼，我想也不会有人提了。”

他们又兴致勃勃地把话头引回那袋神秘的金子上来。过了一会儿，他们的谈话开始有了停顿——因为沉思而停顿。停顿的次数越来越多，最后理查兹竟然想呆了。他坐了半天，神情茫然地盯着地板，慢慢地，他的两只手开始做一些神经质的小动作，圈点着心里的念头，好像是有点儿着急。这时候，他妻子也犯了老毛病，一声不吭地想心事，从神态看得出她心乱如麻，不大自在。最后，理查兹站了起来，漫无目标地在房间里溜达，十个手指头在头发里篦过来，篦过去，就像一个梦游的人正做一个噩梦。后来，他好像是拿定了主意，一声不响地戴上帽子，大步流星地出门去了。他妻子还在皱着眉头想心事，好像没有发觉屋里只剩下她一个人了。她不时喃喃自语：可别把我们引到……可是——可是——我们真是太穷了，太穷了！可别把我们引到……啊，这碍别人的事吗？——再说谁也不会知道……可别把我们……”她的声音越来越小，后来只剩下嘴唇动弹。稍停，她抬头扫了一眼，半惊半喜地说——“他去了！可是，天哪，也许太晚了——来不及了……也许还不晚——也许还来得及。”她起身站着想，神经质地一会儿把两手绞在一起，一会儿又松开。一阵轻微的战栗掠过全身，她从干哑的嗓子挤出了声音：“上帝饶恕我吧——这念头真可怕呀——可是……上帝呀，看我们成什么样子啦——我们都变成怪物了！”

她把灯光拧小一点，蹑手蹑脚地溜到那只口袋旁跪下，用手触摸着鼓鼓囊囊的边边角角，爱不释手。年迈昏花的老眼中闪出一丝贪婪的光。她有时像灵魂出窍，有时又有一半清醒，嘟嘟囔囔地说：“我们要是能等一等就好了！——啊，只要等那么一小会儿，别那么着急就好了！”

这时候，考克斯也从办公室回到家里，把这件蹊跷事原原本本地告诉了自己的妻子，迫不及待地议论了一番之后，他们猜到了已故的古德森，认为全镇子的男人里头只有他才会慷慨解囊拿出二十块钱来，用这笔不小的数目去接济一个落难的外乡人。后来，他们的谈话停了下来，俩人默默无言地想起了心事。他们的神经越来越紧张，烦躁不安。最后妻子开口了，好像是自言自语：

“除了理查兹两口子……还有咱们，谁也不知道这个秘密……没有别人了。”

丈夫微微受到触动，从冥思苦想中解脱出来，他眼巴巴地瞪着脸色刷白的妻子。后来。他迟迟疑疑地站起身偷偷地瞟了一眼帽子，又瞟了一眼自己的妻子——这是无声的请示。考克斯太太三番两次欲言又止，后来她以手封喉，点头示意。很快，家里只剩下她一个人在那里自言自语了。

这时，理查兹和考克斯脚步匆匆，穿过阒无人迹的街道，迎头走来。两人气喘吁吁地在印刷厂的楼梯口碰了面。夜色中，他们相互打量着对方的脸色。考克斯悄悄地问：“除了咱们，没人知道这件事吧?”悄悄地回答：“鬼都不知道——我担保，鬼都不知道!”“要是还来得及——”两个人上了楼梯，就在这时候，一个小伙子赶了上来，考克斯问道：“是你吗，约翰尼?”“是，先生。”“你先不用发早班邮件——什么邮件都别发。等着，到时候我告诉你。”“已经发走了，先生。”“发走了?”话音里包含着难以言传的失望。“是，先生。从今天起到布里克斯顿以及所有城镇的火车都改点了，先生，报纸要比往常早发二十分钟。我只好紧赶慢赶，要是再晚两分钟就——”俩人没听他说完，就掉过头去慢慢走开了。大约有十分钟，两个人都没有出声，后来考克斯气哼哼地说：“你究竟赶个什么劲呀，我真不明白。”毕恭毕敬地回答：“我现在明白了，你看，也不知道是怎么搞的，我老是不动脑子，想吃后悔药也来不及。不过下一次——”“下一次个屁！一千年也不会有下一次了。”这对朋友没道晚安就各奔东西，各自拖着两条腿走回家去，就像霜打了一样。回到家，他们的妻子都一跃而起，迫不及待地问：“怎么样?”她们用眼睛就得出了答案，不等听一字半句，自己先垂头丧气一屁股坐了下去。两家都发生了激烈的争论——这可是新鲜事：从前两口子也拌嘴，可是都不激烈，也没有撕破过脸面。今天夜里两家的口角就好像是一个师傅教出来的。理查兹太太说：“爱德华，要是你等一等，要是你停下来琢磨琢磨呢。可是你不，你非要直奔报馆的印刷厂，把这件事嚷嚷出去，让天下的人都知道。”

“那上面是说了要发表呀。”

“说了又怎么样，那上面还说可以私访呢，只要你愿意才算数。现在可好，我没说错吧?”

“嗨，没错——没错，真是那么说的。不过，我一想这件事会闹得沸沸扬扬，一想到一个外乡人这么信得过哈德莱堡，这是多大的脸面——。”

“啊，当然啦，这些我都明白。可是只要你等一等，仔细想想，不就能想起来已经找不到应该得这笔钱的人了吗。他已经进了棺材，也没有留下一男半女，连亲戚也没有。这么一来，这笔钱要是归了哪个急等用钱的人，对谁都没有妨碍呀，再说—— 再说——”她说不下去，哭了起来。她丈夫本来是想找几句宽心话，可脱口而大约有十分钟，两个人都没有出声，后来考克斯气哼哼地说：“你究竟赶个什么劲呀，我真不明白。”

毕恭毕敬地回答："我现在明白了，你看，也不知道是怎么搞的，我老是不动脑子，想吃后悔药也来不及。不过下一次——" "下一次个屁！一千年也不会有下一次了。"

这对朋友没道晚安就各奔东西，各自拖着两条腿走回家去，就像霜打了一样。回到家，他们的妻子都一跃而起，迫不及待地问："怎么样？"她们用眼睛就得出了答案，不等听一字半句，自己先垂头丧气一屁股坐了下去。两家都发生了激烈的争论——这可是新鲜事：从前两口子也拌嘴，可是都不激烈，也没有撕破过脸面。今天夜里两家的口角就好像是一个师傅教出来的。理查兹太太说："爱德华，要是你等一等，要是你停下来琢磨琢磨呢。可是你不，你非要直奔报馆的印刷厂，把这件事嚷嚷出去，让天下的人都知道。"

"那上面是说了要发表呀。"

"说了又怎么样，那上面还说可以私访呢，只要你愿意才算数。现在可好，我没说错吧？"

"嗨，没错——没错，真是那么说的。不过，我一想这件事会闹得沸沸扬扬，一想到一个外乡人这么信得过哈德莱堡，这是多大的脸面——" "啊，当然啦，这些我都明白。可是只要你等一等，仔细想想，不就能想起来已经找不到应该得这笔钱的人了吗。他已经进了棺材，也没有留下一男半女，连亲戚也没有。这么一来，这笔钱要是归了哪个急等用钱的人，对谁都没有妨碍呀，再说——再说——"她说不下去，哭了起来。她丈夫本来是想找几句宽心话，可脱口而出的却是这么几句："可是，玛丽，别管怎么说，这样做肯定是最好的办法——肯定是，咱们心里有数。再说，咱们别忘了，这也是命啊——" "命！嗬，一个人要是做了蠢事想找个借口，就说'什么都是命啊！'要说命，这笔钱特地来到咱们家，不也是命吗？老天爷已经安排好的事，你非要插一杠子——谁给你这种权利啦？这叫瞎折腾，就是这么回事——敬酒不吃吃罚酒，你就别再装老实人、装规矩人啦——" "可是，玛丽，你也知道咱们从小到大受的是什么教育，把咱们教的只要是老实事，想也不想就马上去做，全镇子上的人都是这样，这都变成咱们的第二天性了——”“噢，我知道，我知道，没完没了的教育、教育、教育，教人要诚实，从摇篮里就开始教，拿诚实当挡箭牌，抵制一切诱惑，所以这诚实全是假的，诱惑一来，就全都泡汤了，今天晚上咱们可都看见了。老天在上，我对自己这种僵成了石头、想打都打不烂的诚实从来没有一丝一毫的怀疑，直到今天——今天，第一次真正的大诱惑一来，我就——爱德华。我相信全镇子的诚实都变味了，就像我一样；也像你一样，都变味了。这个镇子卑鄙、冷酷、吝啬，除了吹牛、摆架子的诚实，这个镇子连一点儿德行都没有了。我发誓，我确实相信，有朝一日这份诚实在要命的诱惑脚底下栽了跟头，它的鼎鼎大名会像纸糊的房子一样变成碎片。好，这一回我可是彻底坦白了，心里也好受了。我是个骗子，活了一辈子，骗了一辈子，自己还不知道。以后谁也别再说我诚实——我可受不了。”

“我——哎，玛丽，我心里想的和你一模一样，我真是这么想的。这好像有点怪，太怪了。过去我从来不敢相信是会这样——从来不信。”

随后是一阵长时间的沉默，夫妻俩都陷入了沉思，最后妻子抬起头来说：“我知道你在想什么，爱德华。”

理查兹一脸被人抓住了把柄的窘态。

“如实说出来真没脸见人，玛丽，可是——”

“没事，爱德华，我现在跟你想到一起去了。”

“我真盼着能想到一起去，你说吧。”

“你想的是，如果有人猜得出古德森对那个外乡人说过什么话就好了。”

“一点没错。我觉得这是罪过，没脸见人。你呢？”

“我是过来人了。咱们在这儿搭个床吧，咱们得好好守着，守到明天早上银行金库开门，收了这只口袋……天哪，天哪——咱们要是没走错那步棋，该有多好！”搭好了床，玛丽说：“芝麻开门——那句话到底是怎么说的？我真想知道那句话是怎么说的？好吧，来，咱们该上床了。”“睡觉？”“不，想。”“好吧，想。”

这时候，考克斯夫妇也打完了嘴仗，言归于好，他们上了床——想来想去，辗转反侧，烦躁不安。思量古德森究竟对那个走投无路的流浪汉说了一句什么话。那真是金口玉言哪，一句话就值四万块，还是现款。

镇子上的电报所那天晚上关门比平日晚，原因如下：考克斯报馆里的编辑主任是美联社的地方通讯员。他这个通讯员简直是挂名的，因为他一年发的稿子被社里采用超不过四次，多不过三十个字。可这一次不同。他把捕捉到的线索电告之后，马上就接到了回电：将原委报来——点滴勿漏——一千二百字。约的是一篇大稿子呀！编辑主任如约交了稿。于是，他成了全美国最风光的人。第二天吃早饭的时候，所有的美国人都在念叨“拒腐蚀的哈德莱堡”，从蒙特利尔到墨西哥湾，从阿拉斯加的冰天雪地到佛罗里达的柑橘园，千百万人都在谈论那个外乡人和他的钱袋子，都操心能不能找到那位应得这笔钱的人，都盼着快快看到这件事的后续报道——越快越好。

哈德莱堡镇的人们一觉醒来已经名扬天下，他们先是大吃一惊，继而欢欣鼓舞，继而得意扬扬，得意之情难以言表。镇上十九位要人及其夫人们奔走相告，握手言欢，彼此道贺，大家都说这件事给词典里添了一个新词——哈德莱堡：又同“拒腐蚀”——这个词注定要在各大词典里万古流芳啦！次要而无足轻重的公民及其老婆们也到处乱跑，举动也大同小异。人人都跑到银行去看那只装着金子的口袋。还不到正午时分，就已经有郁郁寡欢、心怀嫉妒的人成群结队地从布里克斯顿和邻近各镇蜂拥而至。当天下午和第二天，记者们也从四面八方纷纷赶来，验明这只钱袋的正身及其来龙去脉，把整个故事重新包装，对钱袋作了即兴的描摹渲染，理查兹的家，银行，长老会教堂，浸礼会教堂，公共广场，以及将要用来核实身份、移交钱财的镇公所，也没有逃过记者们的生花妙笔。此外还给几个人物画了几幅怪模怪样的肖像，有理查兹夫妇、银行家平克顿、有考克斯、有报馆的编辑主任、还有伯杰斯牧师和邮电所所长——甚至还有杰克·哈里代。哈里代游手好闲，脾气不错，是个在镇子里排不上号的粗人，三天打鱼，两天晒网，他是孩子王，也是丧家犬们的朋友，是镇子上典型的

“萨姆·劳森”。其貌不扬的小个子平克顿皮笑肉不笑、油腔滑调地向所有来宾展示钱袋子，他乐颠颠地挂着一对细皮嫩肉的巴掌，渲染这个镇子源远流长的诚实美名以及这次无与伦比的例证，他希望并且相信这个范例将传播开去，传遍美洲，在重振世道人心方面起到划时代的作用，如此等等。

一个星期过后，一切又平静下来。如痴如狂的自豪和喜悦已经渐渐化作轻柔、甜蜜和无言的欣慰——是那种深沉隽永，说不清、道不明的心满意足。人人脸上都流露着平和而圣洁的幸福表情。

这时发生了一种变化，这是一种渐进的变化：因为变得非常慢，所以开始时很难察觉。也许大家根本就没有察觉，只有在什么事情里都能看出门道来的杰克·哈里代是个例外。无论什么事情，哈里代总能拿来开玩笑。他发现有些人看起来不像一两天以前那么高兴，就开始说风凉话；接着，他说这种新的现象正在向闷闷不乐的方向深化；后来他又说人家满脸都是晦气；最后，他说人人都变得怒气冲冲，满肚子心思，心不在焉了，就算他把手一直伸到镇子上最吝啬的人裤袋深处抠一分钱，也不会让他清醒过来。

在这个阶段——也许大约在这个阶段——那十九户要人的一家之长在临睡前差不多都要说一句这样的话——通常是先叹一口气，然后才说：“唉，那个古德森到底说过一句什么话呢？”

男人的妻子紧接着——用发颤的声音说：“嗨，别说了！你心里转什么念头呢？怪吓人的。看在主的分上，快别想了！”

可是，到第二天晚上，这些男人又把这个问题搬了出来——照样受到呵斥。不过呵斥的声音小了一点。

第三天晚上，男人们再念叨这个问题的时候——声音里透着苦闷和茫然。这一次——还有次日晚上——妻子们略微有点心烦意乱，她们都有话要说，可是她们都没有说出口来。

接下来的那个晚上，她们终于开了口，热切地应和着：“唉，咱们要是能猜出来多好啊！”

一天天过去，哈里代的评论越来越肆无忌惮，越来越讨人嫌，越来越阴损了。他不辞辛劳地到处乱跑，取笑镇子上的人，有时候是一个个地挖苦，有时候又放在一起嘲笑。不过，全镇子里也只有他还能笑得出来，这笑声所到之处，尽是空旷而凄凉的荒漠。哪里都看不到一丝笑容。哈里代扛着一个三脚架到处跑，上面放一个雪茄烟盒子，权当照相机。碰上过路的人就截住，把这玩意儿对准他们说："准备！——笑一笑，您哪。"可是，如此高明的玩笑也没能给那一张张阴沉的脸一个惊喜，让它们松弛一下。

三个星期就这样过去了，还剩下一个星期。那是星期六的晚上——晚饭已经吃过。如今的星期六没有了以往那种热热闹闹逛商店、开玩笑的场面，街面上空空荡荡，人迹稀少。理查兹和老伴在小客厅里东一个、西一个地坐着，愁眉不展，满肚子心事。这种情形已经成了他们晚间的习惯：从前他们守了一辈子的老习惯——看书、编织、随意聊天，或者是邻居们互相走动，这些习惯已经成为历史，被他们忘却好长时间了，也许已经有两三个星期了；现在没有人闲谈，没有人看书，也没有人串门——全镇子上的人都坐在家里唉声叹气，愁眉不展地发呆，都想猜到那句话。

邮递员送来了一封信，理查兹两眼无神地扫了一眼信封上的字和邮戳——没有一样面熟——他把信丢在桌子上，重新接上刚刚被打断的思路，忍受着无望而沉闷的苦恼，继续猜度那句金口玉言。两三个小时以后，他的妻子精疲力尽地站起来，没有道晚安就想去上床了，如今这已经司空见惯。可是，她走到那封信旁停下了脚步，没精打采地看了看，然后拆开信，从上到下扫了一遍。理查兹正呆坐着，翘起的椅子背顶着墙，下巴颏埋在两腿当中。这时候他听见了东西倒地的声音——原来是他妻子。他赶快跑过去搀扶，不料她却大叫起来："别管我，我太高兴了。你快看信——看哪！"他接过信来就看，一目十行地看完，他的脑子就像腾云驾雾一般。那封信是从很远的一个州寄来的，信里说：我和你素不相识，不过这没有关系：我想告诉你一件事情。我刚从墨西哥回到家中，就听到了那条新闻。你当然不知道那句话是谁说的，可是我知道，在世的人当中只有我一个人知道，那人是古德森。多年以前，我很熟悉他。就在那天晚上，我路过你们那个镇子，坐半夜的火车离开以前，我一直在他那儿做客。他在暗处对外乡人说那句话的时候，我在旁边听见了——那是在赫尔胡同。当时，从去他家的路上，直到后来在他家抽烟的时候，他和我谈论的都是这件事。他在谈话中提到了很多你们镇子上的人，对大多数人贬得都很厉害，只对两三个人还算手下留情，这两三个人当中就有你。我说的是“手下留情”——仅此而已。我记得当时他讲到，说实在话，全镇上的人他没有一个喜欢的——一个都没有。不过说到你，我想他说的是你，这应该不会错，有一次帮过他一个大忙，也许你自己都不知道这个忙帮得有多大，他说他希望有一笔财产，临死的时候留给你，至于镇上的其他居民，留给他们的只有诅咒。如此说来，假如那个忙确实是你帮的，你就是他的合法继承人，就有权利得到那一袋金子。我知道我可以信赖你的良知和诚实，因为每一个哈德莱堡镇的公民都具有这些世代相传、从未湮没的天性，所以我现在就把那句话透露给你，我非常放心：如果你自己不应得这笔钱，一定会去找到应得的人，让可怜的古德森得以报答因受惠而久的人情。那句话是这样说的：“你绝不是一个坏蛋：去吧，改了就好。”

霍华德·L·史蒂文森

“啊，爱德华，那钱是咱们的了。我真是太高兴了，噢，太高兴了。亲亲我，亲爱的，咱们有多少日子没亲过了，咱们正用得着这笔钱，现在你可以甩开平克顿和他的银行了，再也不用给别人当奴才了，我高兴得简直要飞起来了。”

夫妻俩相互爱抚着在长靠椅上度过了半个小时的快乐时光，旧日的时光重又来临，那种时光从他们相爱就开始了，直到那个外乡人带来这笔该死的钱以后才被打断。过了一会儿，妻子说：“啊，爱德华，当初帮他一个大忙真是你的福分，可怜的古德森！过去我从来不喜欢他，现在我倒喜欢上他了。做了这样的事你都没有说过，也不显摆，真不错，干得漂亮。”然后她又做了一点儿小小的批评，“不过你总该告诉我嘛，爱德华，你总该告诉自己的妻子呀。"

"这个，我——呢——这个，玛丽，你瞧——""别再这个那个的啦，跟我说说吧，爱德华。我一直是爱你的，现在更为你感到自豪。谁都相信这镇子上只有一个慷慨大方的好人，原来你也——爱德华，你怎么不告诉我？"

"这个——呢——呕——唉，玛丽，我不能说！""你不能说？怎么不能说？""你瞧，他——这个，他——他让我保证不说出去。"妻子把他从上到下看了一遍，很慢很慢地说："让——你——保证？爱德华，你跟我说这话是什么意思？""玛丽，你想我会撒谎吗？"她不出声地闷了一会儿，然后把自己的手放在丈夫的手心里说："不是……不是。咱们这是把话扯远了，上帝饶恕我们吧！你这一辈子从来没有撒过谎。可是现在，现在咱们脚底下的根基眼看就要站不住了，咱们就——咱们就——"她一时想不出词儿来，后来又断断续续地说："别把咱们引到邪路上去——我想你是跟人家保证过，爱德华。那就算了吧。咱们不说这件事了。好吧——这件事就算过去了。咱们还是高高兴兴的，别自找麻烦了。"

听着妻子的话，爱德华有点儿跟不上，因为他总是心猿意马，他在使劲想到底给古德森帮过什么忙。

夫妻俩一夜都没怎么合眼，玛丽高高兴兴地忙着想心事；爱德华也忙着想，却不怎么高兴。玛丽思量怎么用这笔钱。爱德华使劲回忆自己对古德森的恩惠。刚开始，他还因为对玛丽说了假话——如果说那也算假话——有点儿惴惴不安。后来他经过再三思索——就算说的是假话，那又怎么样呢？这算什么大不了的事吗？咱们不是经常作假吗？既然假的能作，怎么就不能说呢？你看玛丽——看她都干了什么。他抓紧时间做老实事的时候，她做什么呢？她正在吃后悔药呢，后悔自己没有毁了那张字条，把钱昧下来！偷东西能比说假话好到哪里去？

这一点不再那么显眼了——撒谎的事退居后台，而且还留下了一点儿聊以自慰的东西。另一点却变得突出了：他真帮过人家的忙吗？你看，史蒂文森的信里说了，有古德森自己为证，再也没有比这更好的证明了——这简直是他自己提交的证书啊。确定无疑。因此这一点就没问题了，不，并不是毫无问题。他忐忑不安地回想起，帮忙的人究竟是理查兹，还是其他什么人，这位素不相识的史蒂文森先生并没有十分把握。而且，哎呀，他还把这件事全都托付给理查兹了！理查兹只能自己来决定这笔钱应该归谁，假如理查兹不是那个该拿钱的人，他一定会胸怀坦荡地把该拿钱的人找出来，对此史蒂文森先生毫不怀疑。把人摆布到这种地步，多可恨哪！哎，史蒂文森难道就不能不留下这个疑点吗！他为什么要多此一举呢？

再往深处想想，是理查兹，而不是别人的名字留在了史蒂文森的印象中，让他觉得那个该拿钱的人就是理查兹，这到底是怎么回事呢？这一点感觉不错。是的，这一点感觉很好。说真的，他越往下想，这种感觉就越好一直到这种感觉渐渐成为实实在在的证据。于是理查兹马上把这个问题放到一旁，不去想它，因为他有一种直觉：证据一旦成立，最好不要再去纠缠。

这样一来，他理所当然地放宽了心，可是还有一件琐事却老来干扰他的注意力：他当然帮过人家的忙，这一点已经成立了。可到底帮过什么忙呢？他必须想出来，这件事不想出来他就不能去睡觉。只有想出来才能让他心地坦然。于是他想啊想啊。他想到了十多件事情，从可能帮过的忙，直到很可能帮过的忙。可是这些事情好像没有一件够资格，没有一件够分量，没有一件能值那么多钱，值得古德森大亨盼着能立遗嘱给他留下一笔财产。这还不算，他根本就想不起自己曾经干过这些事。那么，这个——那么，这个——究竟要帮一个什么样的忙，才能让一个人感激不尽呢？噢——拯救他的灵魂！一定是这件事。对，他现在想起来了：当初他曾经自告奋勇去劝古德森改邪归正，苦苦地劝了他足有——他正想说劝了他足有三个月。可是经过慎重考虑，还是削减为一个月，然后又削减为一个星期，削减成一天，最后减得一点不剩了。是啊，他现在想起来了，那个场面不太好受，可是却历历在目，古德森当时让他滚蛋少管闲事，他可不跟在哈德莱堡的屁股后面上天堂！

这条路走不通——他并没有拯救过古德森的灵魂，理查兹泄了气。稍停，又一个念头冒了出来：他挽救过古德森的财产吗？不行，这办不到——他是个穷光蛋。救过他的命？对呀，正是，哎呀，他早就该想到这一点了。这一次他总算走对了路，毫无疑问。顷刻之间，他的想象机器就使劲转了起来。

在此后的整整两个小时里，他呕心沥血忙于拯救古德森的性命。他尝试着历尽各种艰险救古德森一命。每次救命行动都推进到了一个功德圆满的地步，就在他开始深信这一行动确有其事的时候，总会冒出一个细节来捣乱，把整个事情都搅成无稽之谈。就拿救落水的古德森这个例子来说。这一次他劈波斩浪向前冲，把不省人事的古德森拖上岸来，四周还有一大群人围观喝彩。可是，正当他已经把整个过程想好，开始把这一切铭记在心的时候，一大堆拆台的细节却纷至沓来：这种事情镇上的人们总得知道吧，玛丽总得知道吧。自己的记忆里如果有这种事情，也会像打着灯笼一样照得清清楚楚，这又不是那种不足挂齿的小事，怎么会做完还"不知道帮了人家多大的忙"呢。还有，到了这个地步，他才想起来：自己还不会凫水呢。

啊——有一点他从开始就忽略了：这件事必须是他已经帮了别人的忙却"不知道这忙帮得究竟有多大"。唉，真是的，要找这样的事应该是不费吹灰之力嘛，比找其他事情容易多了。果然如此，不久他就想出了一件。好多好多年以前，古德森眼看就要和一个名叫南茜·体维特的非常漂亮的甜妞成亲，但是出于种种原因，这桩婚事后来还是吹了。那姑娘死了，古德森依然是个单身汉，而且慢慢变成了一个尖酸刻薄瞧谁都不顺眼的家伙。那姑娘死后不久，镇子上的人就发现，或是自以为早就知道：她有一点点黑人血统。理查兹把各种细枝末节想了半天，感到他终于想起了一些与此有关的事情，这些事情一定是因为好多年无暇顾及，已经从记忆中消失了。他似乎隐隐约约记得，当初就是他自己发现姑娘沾点儿黑人血统，也是他把这个消息告诉了镇子上的人，镇子上的人也告诉了古德森他们是从哪里得来的消息。他就如此这般地挽救了古德森，使他免于和那个血统不纯的姑娘结婚。他帮了古德森一个大忙，却"不知道这个忙帮得有多大"，说实在的，他根本就不知道是在帮人家的忙，可是古德森明白帮这个忙的价值，也明白他是怎样侥幸逃脱的，于是才在临死前对帮他忙的人千恩万谢，巴不得能留给他一笔财产。现在全都弄清楚了，事情再简单不过，他越想这件事就越明白、越实在。最后，当他舒舒服服地躺下，心满意足、高高兴兴准备睡觉的时候，这件事在他的记忆中就像是昨天刚刚发生的一样。说真的，他还能隐约记得古德森有一次对他表示过谢意。就在理查兹思考的这段时间里，玛丽已经为她自己花了六千元买新房子，还给她的牧师买了一双拖鞋，此刻她安安稳稳地睡着了。

就在这个星期六的晚上，邮递员给镇子上的其他各位大户分别送去了一封信——一共送了十九封。每个信封都不一样，信封上的笔迹各不相同，可是里面的信除了一个地方之外分毫不差。每封信都和理查兹收到的那一封如出一辙——笔迹和其他一切——所有信的落款都是史蒂文森，只是在有理查兹名字的地方换上了其他收信人的名字。

整整一夜，那十八位本镇大户在同样的时间里做了与他们同命相连的理查兹做的同一件事——他们集中精力，想记起他们曾在无意中给巴克利·古德森帮过什么忙。无论对谁来说，这都不是桩轻而易举的工作，然而他们都成功了。

在他们从事这项艰苦工作的同时，他们的妻子却用了一夜的时间来轻轻松松地花钱。一夜之间，十九位太太平均每人把那只口袋里的四万块钱花了七千块——加起来一共是十三万三千块钱。

第二天杰克·哈里代大吃一惊。他看出镇上的十九位要人及其夫人脸上重新呈现出安详圣洁的快乐神情。对此他不光难以理解，也想不出词来消除或者扰乱这种情绪。现在该轮到他对生活感到不满了。他暗自对这种快乐的起因作了诸多猜测，然而一经推敲，没有一条能站得住脚。他碰见威尔·科克斯太太的时候，看见她那心醉神迷的样子，就想道："她家的猫生了小猫咪了。"去问她家的厨子，结果并无此事。厨子也发觉了这是喜气，却不知道喜从何来。哈里代发现"老实人"比尔逊脸上也有心醉神迷的表情，就断定比尔逊的哪一家邻居摔断了腿，但是调查表明，此事也未曾发生。格里高利·耶茨强忍着得意忘形只可能有一种原因——他的丈母娘死了，结果又猜错了。

“那么平克顿——平克顿——他一定是要回来一角钱的老账，这笔钱他本来以为没有盼头了。”如此等等。有的猜测只能存疑，有些则业已证明是大错特错。最后，哈里代自言自语地说：“不管怎么样，眼下哈德莱堡有十九家一步登天了。我还不清楚这件事的前因后果，我只知道上帝今天不值班。”

有一位邻州的设计师兼建筑商近日来到这个前景暗淡的镇子，冒险办了一家小公司，挂牌已经有一个星期了，还没有一个顾客上门。这人垂头丧气，后悔他不该来。谁料到突然间云开雾散。那些小镇大户的太太们一个接一个来找他，悄悄地说：“下星期一到我们家来——不过这件事你先别声张。我们正打算盖房子哪。”

这一天他接到了十一家的邀请。当天晚上他给女儿写信，废了女儿和她一个学生的婚事。他说，她能找到一个比那小子好一万倍的。银行家平克顿和其他两三位富家汉子筹划着盖乡村别墅，不过他们要先等等再说。这种人是不见兔子不放鹰的。威尔逊夫妇策划了一个新派盛会——一场化装舞会。他们并没有真的邀请客人，只是秘而不宣地告诉所有的亲戚朋友，他们正在考虑这件事，认为应该举办这场舞会。“只要我们办舞会，当然会请你啦。”大家都出乎意料，议论纷纷：“嘿，他们准是疯了吧，威尔逊家这对穷鬼哪儿办得起舞会呀。”十九家中有几家的太太私下对他们的丈夫说：“这倒是个好主意：我们先别声张，等到他们那个穷会完了，我们自己再来办一个，让他们的脸没处放。”

时光流逝，预算开销也水涨船高，越来越没谱，越来越愚蠢，越来越无所顾忌了。现在看来，好像这十九家中的任何一家在进账日之前不但要花光那四万块钱，而且还真的要在那笔款子到手的时候借债呢。有几户头脑简单的不满足于纸上谈兵，竟然真的花起钱来了——靠赊账。他们买地、抵押产业、买进农场、做股票投机生意、买漂亮衣服、买马、买各种各样的东西，先用现金付了小头，剩下的大头定期付清——以十天为限。没过多久，这些人三思之后开始清醒，于是哈里代注意到一种可怕的忧虑爬上了很多人的脸庞。他又糊涂了，不明白他们又忧从何来。“不是威尔·科克斯家的猫咪死了，因为它们本来就没有生出来；没有人摔断腿；丈母娘的队伍没有减员；什么事也没有发生——这真是个猜不透的闷葫芦。”

还有一个人百思不得其解——这就是伯杰斯牧师。近来他无论走到哪里，不是有人跟着他，就是有人正在找他。只要他走到一个僻静的地方，那十九家当中就肯定会有一家的人出现，偷偷把一个信封塞到他手里，再加上一句耳语：“星期五晚上在镇公所拆开。”然后就做贼心虚似的溜走了。他原来猜想也许会有一个人申领那只钱袋——也说不定没有，毕竟古德森已经死了。可是他从来没想过会有这么多人来申领。等到星期五这个伟大的日子终于到来时，他已经收到了十九个信封。

镇公所从来没有这么漂亮过。里侧的主席台后面挂上了鲜艳夺目的旗帜，两边墙上彩旗高悬，次第排开，楼座的前沿包着彩旗，柱子上也裹着彩旗。这一切都是为了给外地人加深印象，因为外地来宾想必都不是等闲之辈，而且多半会和新闻界有联系。全场座无虚席，四百一十二个固定座位坐满了。过道里挤出来的六十八个加座也坐满了。

主席台的台阶上坐了人，有几位重要来宾被安排在主席台就座。主席台前沿和两侧成马蹄形摆开一排桌子，桌子后面坐着来自各地的大批特派记者。人们的扮相达到了这个镇子的历史最高水平。这里还颇有几套价格不菲的华丽服装，穿了这种衣服的女士看上去有点儿不大自在。起码是本镇人觉得她们不太自在，也许只是因为镇子上的人知道她们从来没有穿过这种衣服，所以才有了这种感觉。

那一袋金子放在主席台前的一张小桌子上，全场都能看得见。在场的大多数人都饶有兴趣地盯着它，这是一种火烧火燎的兴趣，垂涎欲滴的兴趣，望洋兴叹的兴趣。

占少数的那十九对夫妇却以亲切、爱抚和拥有者的眼神看着它，而这个少数派中的那一半男性还忙着一遍遍地默诵感谢与会者欢呼与祝贺的答词，他们很快就要站起来发表这篇振奋人心的答词了。这些先生中不时有一位从马甲口袋里摸出一张字条来，偷偷扫上一眼，把忘了的词想起来。

当然啦，场内一直回响着嗡嗡的交谈声——这是常事。可是后来牧师伯杰斯先生起立，把手往那只口袋上一按，全场就静得能让他听见自己身上的跳蚤磨牙了。他先叙述了钱袋子令人神往的来龙去脉，继而热情洋溢地谈起了哈德莱堡因无懈可击的诚实而获得的历史悠久、当之无愧的名望，全镇人对这种名望感到衷心的自豪。他说，这种名望原本就是一份无价之宝。靠上帝保佑，如今这笔财富的价值更是变得不可估量，因为最近发生的这件事把哈德莱堡的名声广为传播，让全美洲所有人的眼光都聚焦在这个镇子上，并使哈德莱堡这个名字永远——这一点他希望并且相信——成为"拒腐蚀"的同义词。（掌声）"那么，靠谁来呵护这笔高尚的财富呢？靠全镇人一起来呵护吗？不！呵护哈德莱堡名望的责任是每一个人的，而不是集体的。从今以后，诸位人人都要亲自担任它的特别监护人，各负其责，使它免受任何伤害。请问大家，请问各位，是否接受这个重托呢（台下纷纷答应）？那太好了。还要把这种责任传给你们的后代，子子孙孙传下去。今天你们的纯洁是无可非议的，务必让纯洁永远保持下去。今天，你们中间没有一个人会经不起诱惑去碰别人的钱，非己之财，一文莫取，一定要恪守这种美德（'一定！一定！'）。这里我不想拿我们镇子和别的镇子对比，尽管有的镇子对我们缺乏善意。大路朝天，各走半边，让我们知足常乐吧（掌声）。我讲完了。朋友们，在我手下，是一位外乡人对我们的令人信服的表彰。通过他，从今以后全世界将永远明白我们是一些什么样的人。我们并不知道他是谁，不过我谨代表各位向他表示感谢，请诸位放开喉咙，表示赞同。"

全场起立，发出长时间雷鸣般的欢呼声，表达他们的谢意，声音震得四壁乱颤。大家落座以后，伯杰斯先生从衣袋里取出一个信封。他撕开信封，从里面抽出一张字条，全场的人都屏住了呼吸。他用语重心长的口气慢慢念出了字条上的内容——听众心醉神迷地倾听着这句有魔力的、字字千金的话："我对那位落难的外乡人说的话是：'你绝对不是一个坏蛋；去吧，改了就好。'"伯杰斯念完后说道："咱们马上就能知道，这上面写的话和封在钱袋里那句话是否相同。如果相同，这一点毫无疑问，这一袋金子就属于本镇的一位公民了，从今以后，他将作为特立独行的美德模范屹立在国人面前，正是这种美德使本镇蜚声海内外——比尔逊先生！”

全场的人正憋足劲要爆发出一阵狂风骤雨般的欢呼声，结果没有这样做，反而像集体中风似的，一起待了一两秒钟，然后，一阵窃窃私语声在全场蔓延开来——内容诸如此类：“比尔逊！噢，别逗啦，这也太离谱了吧！拿二十块钱给一个外乡人，别管给谁了，就凭比尔逊！这话讲给水手们听还差不多！”这时，全场又因为发觉了另一件新奇事，突然静了下来：在会场的一处站起来的是比尔逊执事，他满脸忠厚地耷拉着脑袋，在另外一处，威尔逊律师也像他一样站了起来。众人好奇地沉默了片刻。事出意外，人人都大惑不解，那十九对夫妇更是怒气冲冲。比尔逊和威尔逊各自转过脸来，四目相对。比尔逊话里带刺地问：“威尔逊先生，您干吗要站起来呀？”“因为我有站起来的权利呀。也许您能行行好，给大伙儿说一说您干吗要站起来？”“不胜荣幸。因为那张字条是我写的。”“厚脸皮，撒谎！那是我亲手写的！”这下轮到伯杰斯发呆了。他站在主席台上，茫然若失地望望这一位，又望望那一位，有点儿不知所措。全场的人也目瞪口呆。这时威尔逊律师开口了，他说：“我请求主席念出那张字条上的签名。”这句话让主席清醒过来，他大声念出了那个名字：“约翰·华顿·比尔逊。”“怎么样！”比尔逊大喝一声，“现在你还有什么可说的？还想蒙人呢，说说你到底打算怎么给我赔罪，给在场受侮辱的诸位赔罪吧？”“我无罪可赔，先生。不仅如此，我还要公开指控你从伯杰斯先生那里偷走了我写的那张字条，照原样抄了一份，签上你的名字掉了包。除此以外，你没有别的办法能得到这句对证词，在世的人里面只有我一个人掌握着这些话的秘密。”

事情再这样下去非出丑不可，大家痛心地注意到记者正笔走龙蛇，拼命做笔记。很多人叫着“主席，主席！维持秩序！维持秩序！”伯杰斯敲着手里的小木槌说：“咱们别忘了礼法。这件事显然是哪里出了一点儿岔子，不过，可以肯定没什么大不了的。如果威尔逊先生给过我一个信封——我现在想起来了，他是给过我一个，我还保存着哪。”

他从衣袋里拿出一个信封，撕开来扫了一眼，又惊又恼地站在那儿，好一会儿没有作声。他六神无主地用僵硬的姿势摆手，鼓了几次劲想说点什么，却垂头丧气地欲言又止。有几个人大声喊道：“念呀！念呀！上面写的是什么？”于是，他用梦游般恍恍惚惚的声调念了起来：

“我对那位不幸的外乡人说的那句话是：‘你绝不是一个坏蛋；（全场瞪着眼睛望着他，大为吃惊。）去吧，改了就好。’”（全场议论纷纷：“真奇怪！这是怎么回事？”）主席说，“‘这一张的落款是瑟卢·威尔逊。’”“怎么样！”威尔逊大声喊道，“依我看，这件事就算水落石出了！再清楚不过：我那张字条是让人偷看了。”“偷看！”比尔逊针锋相对“我非得让你知道点儿厉害：别管是你，还是像你这样的混蛋，胆敢——”主席：“肃静，先生们，肃静！坐下，你们两位都请坐下。”

他们服从了，可是依然晃着脑袋，怒气冲冲地喋喋不休。大家全都糊涂了。面对这个突如其来的奇特场面，人们不知如何是好。稍停，汤普森站了起来。汤普森是开帽子铺的。他本来有意跻身于十九大户之列，可是没能如愿以偿，因为想要与十九大户为伍，他铺子里的帽子还不够多。他说：“主席先生，要让我说，难道这两位先生都没错吗？我想请教你，先生，难道他们俩都对那位外乡人说了一模一样的话不成？我觉得——”皮匠站起来，打断了他的话。皮匠是个一肚子委屈的人，他自信有实力入选十九家大户，但是没有得到认可。因此，他的言谈举止也就掺杂了一点儿情绪。他说：“嗨，问题倒不在这儿！这样的事也说不定会有，一百年里也许能遇上两回。可是，另外有一件事百年也遇不上一次。他们俩谁也没有给过那二十块钱！”（一片喝彩声。）

比尔逊：“我给过！”威尔逊：“我给过！”接着两人又互相指控对方做贼。

主席：“肃静，请坐下，两位都请坐下。这两张字条无论哪一张一时一刻都没有离开过我。”一个声音喊着：“好，那就没什么问题了！”皮匠：“主席先生，现在有一点弄明白了：这两位先生当中反正有一个曾经藏在另一家床底下，偷听人家的家庭秘密。要是不怕坏了开会的规矩，我就说一句吧：这件事他们两个人可都干得出来。（主席：“肃静！肃静！”）。我收回这句话，先生，现在我只提一条建议：假如他们两个人当中有一个偷听过另一个对老婆说那句对证词，咱们现在就能把他揪出来。”

有人问：“怎么办？”

皮匠：“好办。这两个人引那句话的时候，用的字眼并不完全一样。读两张字条当中相隔的时间长了一点儿，还插进去一段脸红脖子粗的嘴仗，要不是这样，大家早就注意到了。”有人说：“把不一样的地方说出来。”皮匠：“比尔逊的字条写的是‘绝对不是’，威尔逊字条写的是‘绝不是’。”许多人的声音：“是那么写的，他说得对！”皮匠：“那么，现在只要主席把钱袋里那句对证的话查对一下，咱们就能知道这两个骗子哪一个。（主席：“肃静！”）这两位投机分子哪一个？（主席：“肃静！肃静！”）这两位绅士哪一个？（哄堂大笑和掌声。）究竟谁有资格披红戴花，荣任本镇有史以来的首任骗人精，他让哈德莱堡丢了人，从今以后哈德莱堡也要让他不自在！”（热烈的掌声。）

许多人的声音：“打开！打开口袋！”伯杰斯先生把那只口袋撕开了一条缝，伸手抽出一个信封来。信封里装着两张折叠的字条。他说：“这两张字条有一张写着，‘在写给主席的所有条子，如果有的话全部念完以前不要查看’，另一张上写着‘对证词’。让我来念一念。条子上写的是：“我并不要求把我的恩公对我说过的话前半部分引用得一字不差，因为那一半比较平淡，而且可能遗忘。但是结尾的三十个字非常醒目，我想也好记。如果不能把这些字一字不差地重写出来，该申请人即可视为骗子。我的恩公在开始时说过，他很少给别人忠告，不过一旦给人忠告，那必定是字字千金。随后他就说了那句话，这句话刻在我的心中，一直没有淡忘：“你绝不是一个坏人……”五十个人的声音：“好了，钱归威尔逊了！威尔逊！威尔逊！讲话吧！讲话吧！”大家一跃而起，簇拥在威尔逊身边，攥着他的手，热烈地向他道。这时候主席敲着小木槌，大声喊着：“肃静，先生们！肃静！肃静！帮帮忙，让我念完。”场内恢复平静以后，主席继续宣读——接下来是："'去吧，改了就好。否则，记着我的话，因为你作了孽，总有一天你得死，不是去地狱，就是去哈德莱堡，还是想办法去前一个地方吧。'"随后是死一样的沉寂。起初，一片愤怒的阴云飘来，罩得人们脸色阴暗起来。过了一会儿，这片阴云慢慢飘散，一种幸灾乐祸的神色想努力取而代之。这种努力非常顽强，大家全力以赴，痛苦不堪地克服困难，才把它压了下去。记者们，布里克斯顿镇来的人，以及其他外地人都低着头，双手捂脸，靠了全身的力气和非同寻常的礼貌才忍住了。就在这时，一声桀傲不驯的吼声突然爆发，不合时宜地冲破了场内的沉寂——这是杰克·哈里代的声音："这话才是字字千金哪！"

全场的人，包括客人在内，全都忍不住了。就连伯杰斯先生也暂时放下了架子，这时，与会的人感到所有拘束都已正式解除，于是大家就随心所欲了。一阵长时间的大笑，笑得风狂雨骤，痛快淋漓，不过最后终于停了下来。这停下来的时间长得刚好让伯杰斯先生准备继续发言，长得让大家能擦掉笑出来的眼泪。跟着笑声又爆发了，后来又是一阵大笑。直到最后，伯杰斯才得以正正经经地发表如下讲话："想遮掩事实是没有用处的，如今，我们面临一个非常重大的问题。这个问题事关本镇的荣誉，危及全镇的名声。威尔逊先生和比尔逊先生提交的对证词有两字之差，这件事性质非常严重，因为这表明两位先生之中总有一位做过贼。"

这两个人本来瘫坐在那里，有气无力，抬不起头来。可是一听到这些话，他们俩都像通了电一样行动起来，想挺身站起。

"坐下！"主席厉声说，他们都服从了。"我刚才说了，这件事的性质非常严重。这件事情，虽然只是他们两人之中的一个人干的，可是问题却没有这么简单。因为现在他们两个人的名誉都处于可怕的险境。我能不能说得更严重一点儿，是处于难以脱身的险境之中呢？两个人都漏掉了那至关紧要的三十个字。"他顿了一下。在这几秒钟的时间里，他故意让那遍布全场的沉静凝聚起来，强化它给人深刻印象的效果，然后接着说："好像只有通过一种方式才会出现这样的事。我请问这两位先生，你们是不是串通好了？你们是不是合伙的？"一阵低语声掠过场内，意思是说"他一箭双雕了”。比尔逊没有经历过意外场面，他无可奈何地瘫坐着。可威尔逊是律师，虽然脸色苍白、心烦意乱，他还是挣扎着站起来说：“我请求诸位开恩，让我解释一下这件非常痛心的事情。很抱歉，我要把这些话说出来，因为这必定会让比尔逊先生受到不可弥补的损害。迄今为止，我一直对比尔逊先生另眼相看、非常敬重。过去我绝对相信，任何诱惑都奈何不得比尔逊先生，就像诸位一样的相信。可是，为了维护我自己的名誉，我只得说了，打开天窗说亮话。我无地自容地承认，现在我要请求你们原谅，我曾经向那位落难的外乡人说过那对证词里包含的所有字句，连那三十个字的诽谤之词也说过。（群情冲动。）最近报上登出这件事以后，我回忆起了那些话，决定来领这一口袋钱，因为我有充分的权利得到它。现在我请大家考虑一件事，仔细推敲一下：那天夜里外乡人对我感激不尽，他自己也说到想不出恰当的字眼来表达他的感激之情，并且说假如有一天他力所能及，一定要给我千倍的报答。那么，现在我想请问诸位，难道我能想象，难道我能相信，就算想到天边也想不到，既然他对我满怀感激之情，反倒会干出这种忘恩负义的事来，在他的对证词里加上那完全没有必要加的三十个字？给我设这么一个陷阱？让我在自己人面前、在大庭广众之中，因为诽谤过自己的镇子而出丑？这太荒唐了，真不可想象到。他的对证词应该只包含我给他的忠告开头那句情真意切的话，我对这一点毫不怀疑，只怕换了各位也会这么想。你们决不会想象到，你帮了别人的忙，也没有得罪过他，可他反而这么卑鄙地陷害你。所以我满怀自信、毫不怀疑地在一张纸条上写下了开头的那句话：结尾是‘去吧，改了就好’。然后签了名。我正要把字条装进一个信封，有人叫我到办公室里间去，这时我连想也没有想那张字条正摊开摆在桌子上。”他停下来，慢慢地朝比尔逊转过头去，等了一会儿，接着说：“请大家注意：过了一小会儿我回来的时候，比尔逊先生正从我的前门走出去。”（群情冲动。）比尔逊当时就站了起来，大喊一声：“撒谎！这是不要脸的谎话！”主席：“请坐下，先生！现在由威尔逊先生讲话。”比尔逊的朋友们把他按到座位上，劝他镇静下来，威尔逊接着说：“事情就是这么简单。那时我写的字条已经不在原先我放的地方了。我发现了这一点，不过当时并没有在意，我想可能是风吹的。我绝没有想到比尔逊先生居然会看私人文件，他是个台面上的人，想必不会屈尊干那种事情。容我直说了吧，我想，他把‘决’写成了‘绝对’，这多出来的一个字就已经说明问题：这是因为记性差了那么一点儿。世界上只有我一个人能一字不漏地写出对证词来，而且是用高尚的方式，我的话讲完了。”

世界上没有什么东西像一篇诱导演说那样富于煽动性，它能往不熟悉演说诀窍和骗术的听众的神经系统里灌迷魂汤，颠覆他们的信念，放纵他们的情绪。威尔逊得胜落座，全场赞许的欢呼声像浪潮一样淹没了他。朋友们云集在威尔逊周围，和他握手，向他道贺。比尔逊却被呵斥声压住，说不上一句话。主席使劲敲着小木槌，不断地喊：“咱们还要继续开会呢，先生们，咱们继续吧！”后来场内终于安静了许多，那位开帽子铺的说：“可是，还继续干什么呢，先生，剩下的不就是给钱了吗？”

众人的声音：“对呀！对呀！到前面来吧，威尔逊！”卖帽子的：“我提议：向特殊美德的化身威尔逊先生三呼万岁——”话没落地就爆发了欢呼声。在欢呼声中，在主席的木槌声中，有些好事的人把威尔逊抬到一个大个子朋友的肩膀上，正打算把这胜利者送到主席台上去。这时候主席的嗓门压倒了喧闹声：“肃静！回到你们的座位上去！你们都忘了还有一张字条没念呢。”会场恢复平静以后，他拿起那张字条正要开始念，却又把它放下来，说道：“我忘了，要先念完我收到的所有信件，才能读这张字条。”他从衣袋里拿出一个信封，抽出里面的信来扫了一眼，愣了一下，把信拿得远一点仔细端详，眼睁睁地看着。有二三十个人的声音喊道：“写的是什么？念呀！念呀！”于是他念了起来，带着诡异神情慢慢念道：“‘我对那位外乡人说的那句——（众人的声音：“嗨！怎么搞的?）——话是：“你决不是一个坏蛋。（众人的声音：“老天爷!”）去吧，改了就好。”（众人的声音：“噢，乱了套啦!”）落款是银行家平克顿。”一阵肆无忌惮的狂笑冲破了禁忌，轰然爆发。这种笑法让明白人简直想哭。没有受牵连的人们笑得眼泪直淌，肚子都笑疼了的记者们在纸上涂抹谁也认不出来的天书，一只正在打盹的狗吓破了胆，跳起来向一团糟的场面疯狂嗥叫。在一片喧嚣声中，各式各样的喊叫此起彼伏：“咱们镇子发财了，两位拒腐蚀的模范！这还不算比尔逊哪！”“三个！把‘老实人’也算进去吧，越多越好！”“对呀，比尔逊也当选了！”“哎呀，可怜的威尔逊，受过两个贼的害了！”一个有震慑力的声音：“静一静！主席又从他衣兜里掏出东西来了。”众人的声音：“哇呀呀！又有新东西了？念一念！念呀！念呀！”主席念道：“‘我说过的那句话’，等等：‘你绝不是一个坏蛋。去吧，’等等。落款是格里高利·耶茨。”暴风般的呼声：“有四个模范了！”“耶茨万岁！”“再掏一张！”这时，全场一片插科打诨的吼声，打算把在这件事里能找到的乐趣一点不剩地全部发掘出来。十九家大户中的几个人脸色苍白，有苦难言，他们站起身来想往过道里挤，可是很多人大声嚷着：“各门注意，各门注意，把门都关上。可不能让拒腐蚀的人物离开会场！大家都坐下！”大家听从了这个要求。“再掏一封！念吧！念吧！”主席又掏出了一封，那些听起来耳熟的词句又开始从他两片嘴唇中间淌了出来：“你绝不是一个坏蛋——”“名字！名字！他叫什么名字？”“L·因戈尔斯比·萨金特。”“有五位当选了！把这些模范都摞在一起！接着来，接着来！”“‘你绝不是一个坏——’”“名字！名字！”“尼古拉斯·惠特沃斯。”“呼啦！呼啦！今天是模范节呀！”有人用哭腔唱起歌来，用的是那首好听的“天王调”里“男人心里怕怕的，漂亮姑娘——”那几句的曲子。（省略了“今天是”那几个字。）听众高高兴兴地一起唱着，这时，有人不失时机地提了一句词——你千万别忘记——全场刚把这句词吼出来，马上就有人编好了第三句—— 哈德莱堡是腐蚀不了的——全场又把这一句吼了出来。歌声刚落，杰克·哈里代用高亢嘹亮的嗓音补足了最后一句——各位模范全都到齐！这首歌唱得酣畅淋漓。然后全场兴高采烈地从头开始，又把四句词唱了一遍，唱得波澜壮阔，气势磅礴，唱完之后，又用雷鸣般的声音为“将于今晚金榜题名的拒腐蚀的哈德莱堡及其各位模范”欢呼了三三得九遍，末尾还嗷嗷了几声。

然后，人们又从四面八方向主席喊道：“接着来！接着来！念吧！再念一些！把你收到的全都念出来！”“对，接着来！咱们要万古流芳了！”这时有十几个男人站了起来，表示抗议。他们说这件蠢事一定是哪个二流子瞎胡闹，是对全镇人的侮辱。毫无疑问，这些签名都是伪造的。“坐下！坐下！住嘴！你们这叫作不打自招。我们马上就能在那些信封里找出你们的名字来。”“主席先生，你一共收到几个这样的信封？”主席数了一下。“算上已经查对过的，一共十九封。”一阵暴风雨般的哄笑声轰然响起。“里面也许都藏着这个秘密呢。我提议你全都打开，把如此这般的那番话末尾的签名念出来——也念念开头那八个字。”“附议！”这个建议在一片喧嚣声中通过并付诸实施。这时可怜的理查兹老汉站了起来，他的太太也和他并排站了起来。她低下头，不让别人看出她在哭泣。她的丈夫一边伸出胳膊搀着妻子，一边用颤悠悠的嗓音说：“各位朋友，大家都了解我们俩——玛丽和我，了解我们这一辈子，我想，以前你们大家都喜欢我们、也瞧得起我们——”主席打断了他的话：“让我说两句吧。一点不错，理查兹先生，你说的话都对。本镇上的人确实了解你们，确实喜欢你们，确实瞧得起你们。不但如此，大家还敬你们，爱你们。”哈里代的大嗓门又响了起来：“这话不假，是金玉良言！如果大家认为主席说得对，就全体起立表示赞成。起立！来吧——嗨！嗨！嗨！——大家一起来！”全场起立，热情洋溢地面对着这对老夫妻，各个角落挥动的手绢，就像漫天飞舞的雪花，大家发出了充满爱心的欢呼声。主席接着说道：“刚才我正要说，我们都知道你们是一片好心，理查兹先生，可是现在不是怜悯罪人的时候。（“对呀！对呀！”的喊声。）从脸上我就看得出你的涵养，可是我不能允许你替那些人求情——”“不，我是要——”“请坐下吧，理查兹先生。咱们必须查对其他字条，哪怕只是为了对那些已经败露的人公平一点儿，也应该这样做。等这件事一办完，我向你保证，就听你说。”许多人的声音：“对！主席说得对，在这个节骨眼上可不能插进来一杠子！接着来吧！念名字！念名字！就按刚才说的办！”老夫妻不得已，只好坐下了，丈夫对妻子悄悄地说：“别管多难受，只有等着了。等他们发现咱们原来是替自己求情，那可太丢人了。”

一个个人名念下去，肆无忌惮的哄笑声又响了起来。“‘你绝不是一个坏蛋——’落款：‘罗伯特·提特马什。’”“‘你绝不是一个坏蛋——’落款：‘埃里费勒特·维克斯。’”“‘你绝不是一个坏蛋——’落款：‘奥斯卡·怀尔德。’”这时候大家又想出了一个主意：把开头那八个字从主席手里接管过去，他正巴不得这样做呢。此后他只需依次把字条拿在手里等着。大家则异口同声，用整齐划一、如歌一般的深沉语调吟诵出那八个字来——“‘你——呀——决——呃——不是一个坏——唉——唉——蛋。’”然后主席说，“落款，‘阿契波尔德·威尔科克斯。’”如此等等，一个名字接一个名字，除了那倒霉的十九家大户以外，人人都沉浸在越来越舒心的欢乐时光之中。有时念到一个特别响亮的名字，大家就让主席停下来，一齐把那段对证词从头吟诵一遍，一直到最后那句话：“不是去地狱，就是去哈德莱堡，还是想办法去前一个地方吧。”在这种特别情况下，他们还要加上一个气势磅礴、忧心如焚而又堂而皇之地“阿——门！”名单上的人越来越少，越来越少，越来越少，一念到和他相近的名字时，可怜的理查兹就畏畏缩缩，他不断暗自数着，在缓期执行的痛苦中煎熬，等待那个时刻到来，到那时他就将拥有特权，和玛丽站起来说完求情词了。这段求情词他打算这么说：“直到如今，我们从来没有做过一件错事，只想安分守己地过日子，没有丢过脸。我们过的是苦日子，年纪大了，又没有儿女帮衬。我们刚在河边走了一回，就湿了鞋。我刚才站起来的时候，本来是想如实坦白，求求大家别在大庭广众之中读我们的名字，觉得那样做我们实在承受不了。可是大家没有容我说出来。这也公平，我们应该和别人一样自作自受。出了这种事我们心里难受。活这么大岁数，还是第一次听别人念叨我们的名字——是骂名。请大家可怜可怜，看在我们过去老实的份上，请大家高抬贵手，别让我们脸面上太过不去。”正想到这里，玛丽看他灵魂出窍的样子，就用胳膊肘轻轻擦了他一下。这时，全场正吟诵到“你——呀——决——呃——”“准备，”玛丽悄悄地说，“该念你的名字了，他已经念过十八个名字了。”吟诵的声音停止了。“下一个！下一个！下一个！”一连串的吆喝声从全场各个角落响了起来。伯杰斯又把手伸到衣袋里。那对老夫妻战战兢兢地想站起来。伯杰斯摸了一会说："啊，原来所有的条子都念完了。"夫妻俩惊喜交加，头昏眼花地瘫坐在椅子上。玛丽悄悄地说："哦，上帝保佑，咱们得救了！他把咱们的信弄丢了，这可是一百袋金子都换不来的事啊！"全场又爆发出用"天王调"改编的油滑小曲，一连唱了三遍，一遍比一遍更带劲。到第三遍结束的时候，全体起立唱道——"各位模范全都到齐！"唱完以后，大家齐声为"哈德莱堡的纯洁以及我们的十八位不朽代表"欢呼，末尾又嗷嗷了几声。这时，马具匠温格特站起来提议，为"全镇最清白的人、唯一没想偷盗那笔钱财的大户——爱德华·理查兹"欢呼。大家怀着极大的、发自内心的热忱向理查兹夫妇欢呼致意。这时又有人提议推举理查兹为神圣的哈德莱堡传统的唯一监护人和化身，使他有力量也有权利面对整个世界的冷嘲热讽昂然挺立。

提议在欢呼声中通过，于是大家又唱起了那首"天王调"，尾句改成："一位模范原来在这里！"停了一下，这时，一个声音："那么，现在谁该拿这袋金子呢？"皮匠（尖酸刻薄地）："这好办。应该把这笔钱让那十八位拒腐蚀的大人分了。他们每人给了那落难的外乡人二十块钱，外加一番忠告。他们轮流说了一遍，从头到尾一共花了二十二分钟。在外乡人身上下注，共计三百六十块钱。现在他们只不过是返本，外加利息，总共四万块钱。"许多人的声音（冷嘲热讽地）："好主意！分享！分享！可怜可怜这些穷鬼吧，别让他们望眼欲穿啦！"主席；"肃静！我现在宣读那位外乡人的另一个文件。文件里说，'如果没有出现申领人（众口一词地大声嘲弄），我希望你打开钱袋，把里面的钱点交贵镇的各位要人，托他们保管，（"嗬！嗬！嗬！"的喊声。）并以他们认为最佳的方式，用于永葆贵镇因拒腐蚀的真诚而获得的崇高声望并使之发扬光大。（又是一阵喊声。）他们的名字和他们的成就将为这种声望增添新的、普照四方的光彩。'（热烈的讥讽喝彩声轰然响起。）好像就是这么多了。不，还有一段附言："'附言，哈德莱堡的公民们：没有什么对证词，没有人说过那些话。（剧烈的骚动。）没有外乡穷叫花子，没有那二十块钱的施舍，也没有为此表达谢意和捧场的话，这一切都是编出来的。（全场一片惊讶和快意的嗡嗡声。）让我来说说我的来历吧，用几句话即可。某日路过你们镇的时候，我被狠狠地羞辱了一番，但我本不该受此羞辱。假如换了其他人，他只要杀了你们镇上的一两个人也就心满意足，两清了。可是在我看来，这样的报复是小打小闹，还不够分量。因为死人感觉不到痛苦。再说，我又不能把你们斩尽杀绝。当然，就算我真能把你们斩尽杀绝，那还是不能称我的心。我想要毁掉这地方的每一个男人，以及每一个女人，要毁掉的不是他们的肉体，不是他们的产业，而是他们的虚荣，这是那些软弱的蠢人身上最脆弱的部位。于是我乔装打扮回到这里来观察你们。你们太容易被耍弄，你们早就博得了崇高的诚实声望，对此你们自然引以为豪，这是你们的宝中宝，是你们的眼珠子。一经发现你们小心翼翼而又十分警惕地防备你们自己和儿女们受到诱惑，我马上就明白应该采取什么步骤了。唉，你们这些头脑简单的家伙，在所有薄弱环节中，最薄弱的一环就是没有经过诱惑考验的道德。我制订了一个计划，搜集了一张名单。我的计划就是要腐蚀这个拒腐蚀的哈德莱堡。我的想法是要把好几十个没有任何劣迹、一辈子从不说一句谎话、也没有偷过一分钱的男男女女都变成撒谎的人和窃贼。不过我担心的是古德森，他不是在哈德莱堡土生土长的。我担心，一旦我的计划开始实施，我的那封信摆在你们面前，你们心里就会想：我们这里只有古德森才会给一个穷鬼二十块钱呢。那样，你们可能就不上钩了。可是老天把古德森收了去。那时我知道万事大吉，于是就设下陷阱，放好了诱饵。也许我不能把收到我寄的伪造对证秘语的人一网打尽，但是只要我明白哈德莱堡人的本性，我就能让他们之中的大多数上圈套。（一些人的声音：没错，这些人一个个全都上了他的圈套。）我相信他们哪怕去偷这笔谎称的赌资，也不会放过它，这些可怜的、经不住诱惑的家伙，真是朽木不可雕啊。我想一劳永逸地轧碎你们的虚荣心，叫它永世不得翻身，再赋予哈德莱堡一个新的名声——一个抹不掉的名声——让这个名声远扬。如果我已经成功了，就请打开口袋，召开哈德莱堡永葆美名发扬光大委员会会议吧。’”

一阵旋风似的声浪："打开！打开！十八家好汉到前面去！'优良传统发扬光大委员会'！拒腐蚀的往前走！"主席把口袋扯开，抓了满满一把明晃晃、黄灿灿的大块钱币，攥在手里摇一摇，再细细察看："朋友们，这只不过是些镀金的铅饼！"全场立即对这一消息报以兴高采烈的欢呼声，喧嚣声平息以后，皮匠大声喊着："干这种事情最拿手的显然是威尔逊先生，就凭这个，他就是'优良传统发扬光大委员会'的主席了。我提议威尔逊代表他们那一帮人上前接受委托，保管这笔钱财。"上百人的声音："威尔逊！威尔逊！威尔逊！讲话吧！讲话呀！"威尔逊用气得打战的声音说："大家要是容我说句话，我就豁出去说句粗话——这笔他妈的钱！"某人的声音："啊，亏他还是个浸礼会信徒哪！"某人的声音："还有十七位模范！登台吧，先生们，接受委托吧！"等了一会儿——没人应声。

马具匠："主席先生，在这帮前正人君子当中，总算给咱们剩下一位清白先生。他需要钱，也应该拿钱。我提议主席指定杰克·哈里代到主席台上去，拍卖那一口袋二十元一块的镀金币，把拍卖所得给应得的人——这人正是哈德莱堡乐意表彰的——爱德华·理查兹。"大家采纳了这个提议，在狂热的气氛中，那条狗又来凑热闹。马具匠先投了一块钱的标，从布里克斯顿来的人和巴南镇的代表激烈竞争，标价每提高一档，大家就欢呼一番，随着时间的推移，人们越来越兴奋，投标的人勇往直前，胆子越来越大，立场越来越坚定，标价由一元跳到五元，又跳到十元，再跳到二十元，五十元，一百元，然后——拍卖开始时，理查兹愁容满面地对妻子说："玛丽，哪能这么干呢？这——这——你想，这是荣誉奖啊，是褒奖清白人品的，可是——可是——哪能这样干呢？我最好还是站起来——玛丽，咱们该怎么办呢？——你觉得咱们应该——"（哈里代的声音："有人出十五块钱啦！——十五块买这一袋！——二十块！——好，谢谢！——三十块——多谢！三十、三十。三十块钱！——是有人出四十块吗？——这位出四十啦！接着来呀，先生们，接着来！——五十块！——谢谢好心肠的天主教教友！加到五十啦、五十，五十块！——七十！——九十！——好极了！——一百！——往上加呀，往上加呀！——一百二十——一百四十！——来得早不如来得巧哇！——一百五十！——二百！——了不起！有人出二百——谢谢！——二百五十！——”）

“这又是一次诱惑，爱德华——我浑身打哆嗦——可是，啊，咱们已经逃过了一次诱惑，那应该给咱们提个醒了——（‘是有人出六百吗？——多谢！——六百五十，六百五十——七百块啦！’）不过，爱德华，要是你想想——谁也不会怀疑——（‘八百块啦！——噢嗬！——出九百吧！——帕森斯先生，你是不是说——谢谢——九百！——这么一袋真铅宝贝九百块就要出手了，算上镀金全套在内啦——等等！是不是有人说——一千块！——多谢！——有人出一千一百吗？——这一袋铅马上就要名扬四海啦——’）噢，爱德华，”（开始呜咽。）“咱们太穷了！——可是——可是——你看怎么好就怎么办吧——你看怎么好就怎么办吧。”

爱德华堕落了，也就是说，他坐着没有动。他坐在那儿，虽然良心上有点过不去，可是在这种情况下他身不由己。此时在场的还有一位陌生人，他的样子恰似想化装成英国伯爵又不大像的业余侦探。这人怀着浓厚的兴趣一直注视着当晚的进程，心满意足的表情都挂在脸上，心里一直在打小算盘。此时他的内心独白大概是这样的：“那十八家没有一家投标，这可不够圆满。我一定要改一改，总要按演戏的规矩来呀，得让这些人把他们原来打算偷的这一袋东西买下来，还要让他们出高价，他们当中有几家阔气着哪。另外，我在估量哈德莱堡人的本性时有一处失误，那个让我出现失误的人理应得到高额回报，也要有人出这笔钱。理查兹这个穷老汉让我看走了眼，他真是个老实人。这件事我虽然理解不了，不过我得认账。是啊，他看我出的是‘立二’，他自己却摆出‘一条龙’，他拿这笔赌注理所应当（按道理应当这样。含有完全合理、不容怀疑的意思）。假如我能办得到，他还可能赢一笔大钱呢。他确实让我失算了，不过这事不提也罢。”

他观察着投标的进程。涨到了一千块钱以后，行情就不行了，涨幅渐渐放慢。他等待着，继续观察。一个竞标的撤了，然后又是一个，又是一个。现在他加入进去投了一两次标。当出价降到十块钱一档的时候，他就加五块钱；有人跟着加了三块钱；他等了一会，然后猛抬了五十块钱，结果这袋东西归了他，标价是一千二百八十二块钱。全场爆发出一阵欢呼，却又停了下来。因为他站起来，举起一只手，开始讲话。

“我想说句话，请大家帮个忙。我是做精品生意的商人，我和全世界各地热衷钱币收藏的人们有生意往来。今天我买的东西原封不动就能赚一笔钱，不过，假如能征得大家的同意，我还有一个办法，可以让这些二十元面值的铅币每一块都当真金的用，也许更值钱。只要你们同意我的办法，我就把赚到的钱分一些给你们的理查兹先生，今晚，他那坚不可摧的诚实已经得到了如此公正和诚挚的认可。我准备分给他的那一份是一万元，明天我就把钱交给他。（全场放声喝彩，可是那句“坚不可摧的诚实”却让理查兹夫妇涨得满脸通红。不过，这被当作了谦虚的脸色，所以不妨事。）如果你们能以绝对多数通过我的提议，我希望能有三分之二的人赞成，我将视为全镇的授权，我的要求仅此而已。只要上面有能激发好奇心并已让人不得不看的印迹，这种精品总是好卖的。现在，也许我能征得你们的许可，让我把这每一块假金币都印上那十八位先生的名字，他们——”十分之九的听众一下子站了起来，连人带狗，这项动议在旋风般表示同意的喝彩和哄笑声中获得通过。

大家坐了下来，除了克莱·哈克尼斯“博士”以外，全体模范都站起来强烈抗议这个人的提议是恶意伤害，并且威胁要——“请你们不要威胁我，”那个陌生人镇定地说，“我知道我自己有合法权利，从来不怕说大话吓唬人的。”（喝彩声。）他坐下了。哈克尼斯“博士”这时看到有机可乘。他是当地两大富豪之一，另一位就是平克顿。哈克尼斯家开的简直就是造币厂，换句话说，他专卖一种风靡一时的药品。他作为一个党派提名的候选人，正在角逐议员职位。而平克顿正是另一党提名的候选人。这是一场势均力敌的激烈角逐，正在日趋白热化。对于金钱，这两位都是狮子大张口，两人都买了一大片地，各有所图。有一条新铁路即将修建，所以他们两人都想在州议会里占有一席之地，这有助于划定对自己有利的路线。这场角逐可能是一票定胜负，胜者就可以发两三笔财。赌注不小，而哈克尼斯又是一个大胆的投机家，他恰好紧靠那位陌生人坐着。正当其他各位模范提出抗议、大声疾呼，被人们取笑的时候，他却凑过身子悄悄问道："这一袋东西你打算卖什么价钱？""四万块钱。""我给你两万块。""不行。""两万五。""不行。""三万吧。""价钱就是四万块，一分钱也不能少。"

"好吧，我给你。明天早上十点钟我到旅馆里来。这件事我不想让别人知道，咱俩私下见面。"

"很好。"于是那位客人站起来，向全场的人说："我看时间不早了，这几位先生的话不乏可取之处，不乏趣味，也不乏魅力。不过，如果大家不怪罪的话，我就先走一步了。承蒙大家同意了我的请求，多谢诸位的盛情。请主席替我保管这个口袋，等我明天早上来取，另外，这三张五百块钱的钞票，也请您转交理查兹先生。"钞票交给了主席。"九点钟我来取这口袋，十一点我会到理查兹先生府上交那一万块钱的余数。晚安。"于是他溜了出去，撇下了正在大声喧闹的听众，喧闹声中夹杂着乱七八糟的欢呼声、"天王调"的歌声、不驯服的犬吠和"你——呀——决——呃——不是一个坏——唉——唉——蛋——阿——阿——阿门！"回家以后，大家的祝贺和恭维把理查兹夫妇一直折磨到半夜。然后才剩下他们两个人了。他们脸上挂着一丝悲哀，一声不响地坐着想心事。后来玛丽叹了一口气说："你说这能怪罪咱们吗，爱德华，真能怪罪咱们？"她转眼望着躺在桌子上前来声讨的三张大钞，刚才来道贺的人们还在这儿满怀羡慕地看、敬若神明地摸呢。理查兹没有马上回答，后来他叹了口气，犹犹豫豫地说："咱们——咱们也是没有办法，玛丽。这——呃，这是命中注定。所有的事情都是命中注定。"玛丽抬起头来，愣愣地望着他，可是他没有看妻子。停了一会儿，她说："从前我还以为被人恭喜被人夸的滋味挺好呢。可是，现在我觉得——爱德华？""嗯？""你还想在银行里待着吗？""不……不想了。"想辞职？""明天上午吧，书面的。""这样办也许最保险了。"理查兹用两只手捧着脑袋，喃喃地说："从前，别人的钱像水一样哗哗地流过我手上，我心里从来不打鼓，可是，玛丽，我太累了，太累了——""咱们睡吧。"早上九点钟，陌生人来取那只口袋，装在一辆马车里运到旅馆去了。十点钟，哈克尼斯和他私下交谈了一会儿。陌生人索要到手五张由一家都市银行承兑的支票，都是开给“持票人”的——四张每张一千五百元的，一张三万四千元的。他把一张一千五百元的放进钱包，把剩下总共三万八千五百元全都装进一个信封，还在信封里夹了一张在哈克尼斯走后写的字条。十一点钟时，他来到理查兹家敲门。理查兹太太从百叶窗缝里偷偷地看了看，然后去把信封接了过来，那位陌生人一言不发地走了。她回来时满脸通红，两条腿磕磕绊绊，气喘吁吁地说：“我敢保证，我认出他来了！昨天晚上我就觉得从前可能在哪儿见过他。”

“他就是送口袋来的那个人吗？”

“十有八九。”

“如此说来，他也就是那个化名史蒂文森的了，他用那个编造的秘密把镇上的所有头面人物都毁了。现在，只要他送来的是支票，不是现款，咱们也就毁了，原先咱们还以为已经躲过去了呢。睡了一夜，我刚刚觉得心里踏实了一点，可是一看见那个信封我又难受起来。这信封不够厚，装八千五百块钱，就算都是最大的票子，也要比这厚一点儿。”

“爱德华，你为什么不愿要支票呢？”

“史蒂文森签字的支票！假如这八千五百块钱是现钞，我也认了，因为那还像是命中注定的，玛丽，我的胆子向来就不大，我可没有勇气试试拿一张签了这个招灾惹事名字的支票去兑现。那准是一个陷阱，那人本想套住我，咱们好歹总算躲过去了，现在他又想了一个新花招。如果是支票的话——”“唉，爱德华，真是糟透了！”她举着支票，嚷了起来。“扔到火里去！快点儿！咱们千万别上当。这是把咱们和那些人绑在一起，让大家都来耻笑咱们的奸计，还有，快给我吧，你干不了这种事情！”他抓过支票，正想紧紧攥住，一口气送到炉火里去。可是他毕竟是凡夫俗子，而且是干出纳这一行的，于是他停顿了一下，核实支票上的签名。不看则已，一看，他差点儿昏了过去。“给我透透气，玛丽，给我透透气！这就像金子一样呀！”“噢，那太好了。爱德华！为什么？”“支票是哈克尼斯签的，这究竟是搞的什么鬼呀，玛丽？”“爱德华，你想是——”“你看——看

看这个！一千五—— 千五—— 一千五——三万四。三万八千五百！玛丽，那一口袋东西本来不值十二块钱，

可是哈克尼斯——显然是他——却当作货真价实的金币付了钱。”“你是说，这些钱全都是咱们的，不只是那一万块钱?”“嗯，好像是这么回事。而且支票还是开给‘持票人’的。”“这有什么好处吗，爱德华？到底是怎么回事啊?”“我看，这是暗示咱们到远处的银行去提款。也许哈克尼斯不愿意让别人知道这件事。那是什么——张字条?”“是呀。是和支票夹在一起的。”字条上是“史蒂文森”的笔迹，可是没有签名。那上面说：“我失算了。你的诚实超越了诱惑力所能及的范围。对此我本来有截然不同的看法，但是在这一点上我错看了你，我请你原谅，诚心诚意地请你原谅。我向你表示敬意——同样是诚心诚意的。这个镇子上的其他人不如你的一个小手指头。亲爱的先生，我和自己正正经经地打过一个赌，赌的是能把你们这个自高自大的镇子上十九位先生拉下水。我输了，拿走全部赌注吧，这是你应得的。”

理查兹深深地叹了一口气说：“这好像是用火写的——真烫人哪。玛丽——我又难受起来了。”“我也是。啊，亲爱的，但愿——”“你想想看，玛丽，他竟然信得过我。”“噢，别这样，爱德华，我受不了。”“要是咱们真能担当得起这些美言，玛丽，老天有眼，我从前的确担当得起呀！我想，我情愿不要这四万块钱，那样我就会把这封信收藏起来，看得比金银财宝还珍贵，永远保存。可是现在，有它像影子一样在身边声讨咱们，这日子就没法过了，玛丽。”他把字条扔进了火中。来了一个信差，送了一封信来。理查兹从信封里抽出一张纸念了起来，信是伯杰斯写来的。

“在困难日子里，你救过我。昨天晚上，我救了你。这样做是以撒谎为代价的，但是做出这个牺牲我无怨无悔，而且是出于内心的感激之情。这个镇子上没有谁能像我一样深知你何等勇敢、何等善良、何等高尚。你心底里不会看得起我，因为我做的那件事是千夫所指，这你也明白。不过请你相信，我起码是个知恩必报的人，这能帮助我承受精神负担。

伯杰斯（签名）”

“又救了咱们一命，还要这种条件!”他把信扔进火里。“我——我想真还不如死了，玛丽，我真想无牵无挂。”“唉，这日子真难过，爱德华。一刀刀捅到咱们心窝子上，还要他们格外开恩，真是现世现报哇!”

选举日前三天，两千名选民每人忽然获赠纪念品一件——一块大名鼎鼎的双头鹰假金币。它的一面印了一圈字，内容如下：“我对那位不幸的外乡人说的话是——”另一面印的是：“去吧，改了就好。平克顿（签名）。”于是那场著名闹剧的残羹剩饭就一股脑儿泼在了一个人头上，随之而来的则是灾难性后果。刚刚过去的那次哄堂大笑得以重演，矛头直指平克顿，于是哈克尼斯的竞选也就马到成功了。

理查兹夫妇收到支票的一昼夜之后，他们的良心已经逐渐安稳下来，只是还打不起精神。这对老夫妻慢慢学会了在负罪的同时心安理得。不过有一件事他们还须学会适应，那就是：罪孽仍有可能被人觉察的时候，负罪感就会形成新的、实实在在的恐怖。这样一来，负罪感就以活生生的、极为具体而又引人注目的面貌呈现出来。教堂里的晨祷布道是司空见惯的程序，牧师说的是老一套，做的也是老一套。这些话他们早就听过一千遍了，觉得都是废话，和没说一样，越听越容易打瞌睡，可是现在却不同了。布道词好像成了带刺的檄文，好像是指着鼻子骂那些罪大恶极而又想蒙混过关的人。晨祷一散，他们尽快甩开那些说恭维话的人，撒腿就往家里跑，只觉得寒气一直钻到骨头缝里，这种感觉——一种影影绰绰、隐隐约约、模模糊糊的恐惧，连他们自己都说不清楚。碰巧他们又瞥见了在街角处的伯杰斯先生。他们点头和他打招呼，可他没有搭理！其实他是没有看见，可他们并不知道。他这样做是什么意思呢？可能是——可能是——哎呀，可能有好多层可怕的意思。也许他本来知道理查兹可以还他一个清白，却不动声色地等待时机秋后算账？回到家里，他们忧心忡忡，不由得猜想那天晚上理查兹对妻子透露伯杰斯无罪的秘密时，他们的佣人也许在隔壁房间里听见了。紧接着，理查兹开始想象当时他听到那个房间里有衣服的响声，接下来他就确信真的听到过。他们找个借口叫莎拉来，察言观色假如她向伯杰斯先生出卖了他们，从她的行为举止就能看得出来。他们问了她几个问题，问得不着边际、前言不搭后语，听起来毫无目的，让那姑娘觉得这对老夫妻一定是让飞来横财冲昏了头脑。他们用犀利的目光紧紧盯住她，把她吓坏了，事情终于弄假成真。她满脸通红，神经紧张，惶恐不安。在两个老人眼里，这就是做贼心虚的明证，她犯的总归是一桩弥天大罪，毫无疑问，她是一个奸细，是一个叛徒。莎拉离开以后，他们开始把许多毫无关联的事情东拉西扯，凑在一起，得出了可怕的结论。等到形势糟到无以复加的地步，理查兹忽然倒抽了一口冷气，他的妻子问："唉，怎么回事？——怎么回事？"

"那封信——伯杰斯的信！话里话外都是挖苦，我刚刚明白过来。"他复述着信里的话，"'你心底里不会看得起我，因为我做的那件事是千夫所指，这你也明白'啊，现在再清楚不过了，老天保佑吧！他知道我明白！你看他字眼用得多有学问。这是个陷阱，我瞎了眼，偏要走进去！玛丽，你——""唉，这太可怕了——我知道你想说什么——他没把你的那份假对证词还给咱们。"

"没有，他是要攥在手里整治咱们。玛丽，他已经跟别人揭了我的底，我明白——我全明白了。做完晨祷以后，我在好多人脸上都看出这层意思来了。啊，咱们和他点头打招呼，他不搭理，干过什么他自己心里有数！"

那天夜里请来了大夫。第二天早上消息传开，说这对老夫妻病得很厉害——大夫说，他们是因为得了那笔外财过于激动，再加上恭喜的人太多，熬了点夜，积劳成疾了。镇上的人都真心实意地为他们难过，因为现在差不多只剩下这对老夫妻能让大家引以为荣了。

两天以后，消息更糟了。这对老夫妻脑子有了毛病，做起了怪事。据护士亲眼所见，理查兹摆弄过几张支票，是那八千五百块钱吗？不对，是个惊人的数目——三万八千块钱！这么大的数目总要有个说法吧？

第二天，护士们又传出了消息——古怪的消息。为了避免对病人不利，她们已经决定要把支票藏起来，可是等她们去找的时候，支票已经不在病人的枕头下面——失踪了。病人说："别动枕头啊，你想找什么？"

"我们想最好把支票——"

"你们别想再看见支票了——已经毁掉了。支票是从魔鬼那儿来的。我看见上面都盖着地狱的大印，我知道，送这些支票来是引我作孽呀。"然后，他又絮絮叨叨地说了一些又古怪又吓人的话，别人也不大明白，医生告诫他们，这些话不要外传。理查兹说的是真话，那些支票再也没有人看到过。

必定是哪个护士梦中说走了嘴，因为不出两天，那些不宜外传的絮语已经满镇皆知，让人大吃一惊。那些话好像是说理查兹自己也申领过那一袋钱，但是被伯杰斯瞒了下来，然后又不怀好意地泄露出去。

伯杰斯为此受到了责难，但是他自己坚决否认有这回事。他说，拿一个重病老汉神志不清的胡言乱语当真，这可不公平。可是，说归说，猜疑还是满天飞，流言还是越来越多。

一两天以后，有消息说理查兹太太说的胡话逐渐成了她丈夫胡话的翻版。于是猜疑越来越重，以至变成了确定无疑的事情，全镇为唯一保持晚节的要人清正廉洁感到自豪的烈焰开始降温，苟延残喘了一阵儿之后，渐趋熄灭。

六天过去，又传来了新的消息。这对老夫妻要咽气了。到了弥留之际，理查兹神志忽然清醒起来，他叫人去请了伯杰斯。伯杰斯说："请大家都出去一下。我想，他是要私下说点儿事情。"

"不！"理查兹说，"我要有人在场。我要你们都来听一听我的忏悔，好让我死得像个人样儿，别死得像一条狗。我诚实——和其他人一样，是假装诚实。我也和其他人一样，一碰上诱惑就站不住脚了。我签署过一纸谎言，申领过那个倒霉的钱袋。伯杰斯先生记得我帮过他一次忙，因为想回报，他把我的申领信藏起来，救了我。你们都知道好多年以前大家怪罪伯杰斯的那件事。我的证词，也只有我自己，本来能够给他洗刷污点，可我是个胆小鬼，听任他蒙受不白之冤——""不——不——理查兹先生，你——""我的佣人把我的秘密出卖给他——""没人向我出卖过——""他就做了一件又自然又合理的事情，他后悔不该好心救我就揭了我的底——我是自作自受——""从来没有的事！——我发誓——""我真心原谅他了。"伯杰斯热情的辩解白费口舌，这个临死的人直到断气也不明白自己又坑了可怜的伯杰斯一次。他的老伴那天晚上也咽了气。

十九家圣人中硕果仅存的一位也被那个惨无人道的钱袋吞吃了；哈德莱堡昔日辉煌的最后一块遮羞布落了地。为此，它的哀伤虽然不算显眼，却相当深重。

由于人们的恳求和请愿，州议会通过了法令——允许哈德莱堡更名为——（不要管它是什么名字了——恕不透露）而且还从世世代代刻在该镇官印上的那句箴言中删去了一个字。

原官印：引导吾等免受诱惑，现官印：引导吾等受诱惑。它又是一个诚实的小镇了，假如您想再钻一次老虎打盹的空子，一定要起早才行。

三万元遗产

湖滨镇是一个有五六千人口的小镇，生活舒适，在远西部的镇子里算得上挺漂亮的一个。小镇的教堂总共能容得下三万五千人；这是远西部和南方的规矩：那里人人都信教，新教的各个教派都有信徒，也都有自己的一块地盘。湖滨镇里没有高低贵贱之分——反正没有人接受等级观念；镇子里的每一个人、每一条狗大家都认识，人人都沉浸在融融友情之中。

萨拉丁·福斯特是镇上最大一家商店的会计，在湖滨镇上干这一行的人里面，他拿的薪水最高。他今年三十五岁，在这家店里干了十四个年头。他从成亲的那个星期干起，当时的年薪是四百块，以后慢慢地往上加，每年加一百块钱；四年后加到年薪八百块，就一直保持了下来——这笔钱数目可观，大家也都觉得他应该拿这么多。

他的妻子伊莱克特拉是个贤内助，只是和丈夫一样，爱幻想，喜欢背着人看点儿闲书。她结婚以后——那时她十九岁，还像个孩子——做的第一件事，就是付了二十五块现钱——她的全部积蓄，在镇子边上买了一英亩地。那时萨拉丁的积蓄比她还少十五块钱。伊莱克特拉把这块地做了菜园，让隔壁的邻居照管，一年向她交的钱就还了本。她从萨拉丁头一年的薪水里攒出三十块钱存到储蓄所，第二年攒了六十，第三年攒一百，第四年攒了一百五十。那时萨拉丁的年薪加到了八百，与此同时，孩子也生了两个，开销大了起来。尽管如此，她还是每年从丈夫的薪水里面拿出二百块钱来存上。结婚七年以后，她在那片菜地中间盖了一幢又漂亮、又舒适的房子，造价两千块钱。她先付了一半的钱搬了进去。再过七年，她还清了债，还剩下几百块钱的结余，用来当本钱赚钱。

伊莱克特拉赚钱靠的是地价上涨。多年以前，她还买过一两英亩地，后来这些地大都卖给了想建房的人，赚了钱。买她地的那些人脾气不错，能当好邻居，和她以及她不断扩大的家庭处得不错，相互有个照应。从这些稳妥的投资中，她每年都有大约一百块钱的额外进项。她的孩子们一年年长大，越长越可爱；她也成了一个快快乐乐的女人。丈夫和孩子给她欢乐，她也把欢乐给了丈夫和孩子。故事就是在这个节骨眼上开始的。

最小的女儿克莱藤内斯特拉——就叫她克莱蒂吧——十一岁了，她的姐姐格雯德伦——就叫她格雯吧——十三岁，姐俩都是文文静静的好女孩。这姐俩的名字都透着父母天性中隐含的浪漫气质，而父母的名字说明这种气质又是从前辈传下来的。这是一个其乐融融的家庭，家里的四口人全都有爱称。萨拉丁的爱称很少见，听不出是男是女——他叫萨利；伊莱克特拉也是这样，她叫艾莱柯。白天，萨利是个好会计、好商人，工作兢兢业业；艾莱柯是个尽职尽责的好母亲、好主妇，也是一个深谋远虑、有生意头脑的妇女。一到晚上，他们就在温馨的起居室里撇开了单调乏味的尘世，徜徉在一个更完美的世界里。他们轮流朗读小说，神游四方，在目眩神迷的华丽宫殿中、在阴森恐怖的古堡里与王公贵族、名媛高士为伍。

一个天大的消息！这个让人惊喜交加的消息是从邻州传来的，这一家人唯一在世的亲戚就住在那里。那人是萨利的亲戚——不是远房的族叔，就是隔了两三房的堂兄。这位亲戚名叫提尔伯里·福斯特，是个七十岁的单身汉，据说家道殷实，性子倔，多少有点儿古怪。以前萨利曾经写信和他联系过一次，以后就再也没有干过那种傻事。这一次是提尔伯里写信给萨利，说他快不行了，死后有三万块钱留给萨利；这倒不是出于亲情，而是因为一辈子的烦恼大多由钱这东西而来，所以他想死后把这些钱放到一个理想的地方，好让它们继续捣乱。这笔遗产将在他的遗嘱里做出交代，会如数付清。要拿到这笔钱，萨利必须向遗嘱执行人证明三点：一、萨利不以口头或书面方式表露出对这笔赠款的兴趣；二、不过问弥留者迈向黄泉路的进程；三、不参加葬礼。

还没等从这封信掀起的感情风暴中完全苏醒过来，艾莱柯就写了一封信到这位亲戚的居住地去，订阅当地的报纸。

夫妻两人郑重约定：那位亲戚在世期间，决不向任何人提及这件大事，以免哪个不懂事的家伙拿这件事到快死的人那里去搬弄是非，好像是他们触犯禁令，故意张扬，辜负了馈赠这笔遗产的一番美意。

在这一天剩下的时间里，萨利记账记得漏洞百出，艾莱柯也心不在焉，一会儿端起个花盆，一会儿拿起本书，一会儿又拣起块木头，不知道自己要做什么。

两个人都浮想联翩。

“三万块钱！”

整整一天，这四个令人心旌摇荡的字如仙乐一般在他们脑海中回荡。从结婚那天起，艾莱柯就把钱包攥得紧紧的，除了必需的开销，萨利从来没花过一个小钱。“三万块钱！”仙乐在继续回荡。一笔巨款，简直不可思议！整整一天，艾莱柯绞尽脑汁，思量怎么拿这笔钱去赚钱；萨利想的却是怎么花这笔钱。这天晚上的朗读项目停了。爸爸妈妈一言不发，心情烦躁，一点儿玩的心思也没有，孩子们也就早早地离开了。道晚安时的亲吻像给了空气，没有任何反应。爸爸妈妈根本没有意识到孩子们的吻，一个小时后他们才发觉孩子们离开起居室了。在这一个小时里，最忙的是两支铅笔，夫妇俩一直把它们拿在手里运筹帷幄。最后，萨利打破了沉默，兴高采烈地说：“太好了，艾莱柯！夏天咱们先拿出一千块钱来，买一匹马、一辆马车；冬天再拿出一千块钱来，买一架雪橇和一副皮雪橇障子。”

艾莱柯的回答既果断又冷静：“动这笔钱？不行。这笔钱哪怕有一百万也不能动！”萨利深感失望，涨红了脸。“艾莱柯！”他气呼呼地说，“咱们苦干了这么多年，一个钱掰成两半花。如今咱们有钱了，总要——”看到她的眼神柔和了下来，萨利就没有说完。萨利的恳求打动了艾莱柯。她柔声细语地规劝萨利：“亲爱的，咱们不能动这笔本钱，那不是好办法。拿这笔钱的利息——”“那也行，那也行，艾莱柯！你真可爱，你真好！利息也不少啊，咱们要是能花——”“不能全花了，亲爱的，不能全花了，不过你可以花一部分。不大不小的一部分。可是那个整数不能花——一分一厘都要拿去生利，利滚利。你说在不在理？”

“啊，在理——在理。当然在理。不过咱们还得等这么长时间，六个月才能拿到第一笔利息哪。”“对——也许还要晚一点儿。”“还要晚，艾莱柯？为什么？利钱不是半年一结吗？”“照那种办法投资——是半年，可是我不愿用那种办法投资。”“那你用什么办法？”“赚大钱的办法。”“大钱。那好啊。接着说，艾莱柯。是什么办法？”“投资煤炭。投到开新矿、挖烛煤上头。我说，先投一万打底。等咱们做起来了，一股可以送三股。”“老天，听起来真不错，艾莱柯！到时候那些股值——能值多少钱？要等到什么时候?”“约莫一年吧。半年利息百分之十，到一年头上就值三万块。我全都清楚，这张辛辛那提报纸上的广告都写着呢。”“老天，一万块钱一年变成三万！咱们把那笔钱都投进去，拿回九万来！我马上写信，现在就投——明天就怕来不及了。”他朝写字台飞奔而去，可是艾莱柯拦住他，把他拉回椅子上来。她说：“别晕头转向了。那笔钱不到手，咱们就买不了股，这你还不知道吗?”萨利的激情减了几分，可他还没有完全平静下来。“可是，艾莱柯，那笔钱是咱们的了，你知道——而且马上就要到手了。说不定他已经脱离苦海了。百分之百，现在他正打点下地狱的行头呢。我想——”艾莱柯打了个激灵说：“你怎么能这样呢，萨利！可别说这种没脸的话。”“那好，只要你高兴，让他戴个光圈上天堂也行，他怎么样和我无关，我只是随便说说。连句话都不许说啦?”“可你干吗要说那么可怕的话呢?你还没死的时候，别人这样说你，你高兴吗?”

“不高兴。假如一辈子最后一件事就是送钱害人，他也别不高兴。艾莱柯，别管提尔伯里了，咱们说点儿实实在在的事吧。我看煤矿倒是值得把那三万块钱都投进去，这样做有问题吗?”

“把赌注全押到一边——这就是问题。”“如果这样，那就算了。另外那两万怎么办呢?你想拿它们做什么?”“不用着急，我好好想想再决定。”萨利叹了口气：“要是你打定了主意，就这么办吧。”他又沉思了一会儿，说：“从现在起，一年之内咱们就能用一万赚两万。赚的钱咱们总可以花了吧，艾莱柯?”艾莱柯摇摇头。“不行，亲爱的，”她说，“在咱们分到头半年的红利以前，股票卖不出好价钱。你只能花一部分。”

“哼，就能花那么一点儿啊——还得等整整一年！活见鬼，我——”“哎，沉住气！也许用不了三个月就分红呢——这完全有可能啊。”“哦，那太好了！哦，谢谢你！”萨利跳起来，千恩万谢地吻着妻子。“那就是三千块钱啦——足足三千块呀！这三千块咱们能花多少呢，艾莱柯?大方点儿——说定了，亲爱的，你就行行好吧。”

艾莱柯太高兴了，高兴得经受不住丈夫的压力，答应拿出一千块钱来——其实，理智告诉她花这么多钱简直是瞎胡闹。萨利把妻子一连吻了六七遍，即使如此，也表达不了他的兴奋和感激之情。这一轮感激和爱心攻势把艾莱柯逼得远离了节俭防线，在重新稳住阵脚以前，她又批给了亲爱的一笔钱——两千块。按她的想法，这两千块钱是遗产里还没动用的那两万块一年内可赚的五万或六万块钱的一部分。萨利眼中闪烁着激动的泪花，他说："哦，我得抱你一下！"于是他就抱了。抱完以后，萨利拿着账本坐下来开始算账，先算第一批他想尽早敲定的大件。"马——马车——雪橇——雪橇障子——漆皮——狗——大礼帽——教堂椅子——上弦的表——镶新牙——嘿，艾莱柯！"

"什么事？"

"还没算完呢，是吗？算吧算吧。那两万块钱投出去了吗？"

"没有，那笔钱不着急，我要先四处看看，再拿主意。"

"那你怎么还没算完呀？算什么呢？"

"嗨，我得想想投资煤矿赚的三千块钱该派什么用场啊，对不对？"

"老天，你瞧我这脑子！我怎么没想到呢。你是怎么安排的？算到哪一年啦？"

"不太远——也就是两三年吧。这笔钱我又安排了两次投资：一次投石油，另一次投小麦。"

"嗨，艾莱柯，真不错！一共能赚多少？"

"我想想——嗯，往少里说，大约能赚十八万，也许还能多赚点儿。"

"喝！太棒了！我的天哪！咱们总算是苦尽甘来了。艾莱柯！"

"什么事？"

"我想一下子捐给教会三百块——有这么多钱，干吗不花呢！"

“这再好不过了，亲爱的，这才是像你这样慷慨无私的人应该干的事呢。”

听了这番表扬，萨利心花怒放，不过他很公道，说这件功德还是要给艾莱何记头功，因为没有艾莱柯，他也拿不到这些钱。

然后他们上床去睡觉，由于高兴得丢三落四，连客厅里的蜡烛都忘了吹灭。等脱了衣服，他们才想起这件事来。萨利说，蜡烛即便值一千块钱，他们也用得起，就那么点着吧。可艾莱柯还是下床去把蜡烛熄了。艾莱柯的这次熄烛行动可谓一箭双雕，因为就在走回床边的路上，她突然想出了一个主意：趁那十八万块钱还没晾凉，把它翻成五十万块钱。艾莱柯订的那份小报是周四出报，周六那份报纸才能从提尔伯里的村子跋涉五百里抵达这里。提尔伯里的那封信是周五写的，就算他当时就死，也晚了一天，赶不上当周的报纸，不过离下一周的出报时间还早着呢。这样，福斯特一家还要等差不多整整一个星期，才能知道提尔伯里是不是已经功德圆满了。这个星期好长好长，那根弦绷得好紧好紧。要是不想点有益身心的事儿，他们夫妻俩简直要顶不住了。我们已经看到，他们并不缺有益身心的事。女的正一个劲儿地忙着积累财富，男的忙着花钱——只要妻子给他花钱的机会，不论大钱小钱都无所谓。

终于到了周六，那份《萨加摩尔周报》来了。是埃弗斯利·本内特太太送来的。她是长老会牧师的妻子，正在劝说福斯特夫妇积德行善，捐一笔钱。可是，话头还没展开，就戛然而止——责任全在福斯特家一方。本内特太太很快就发现，两位主人对她的话充耳不闻。她摸不着头脑，气呼呼地起身告辞了。本内特太太刚出门，艾莱柯就迫不及待地撕开了报纸的封套，她和萨利的眼光一起齐刷刷地掠过报上的讣告栏。真是大失所望！哪儿也没提到提尔伯里。艾莱柯从小就是个基督徒，基督徒的规矩和习惯的力量都约束着她的情感。她定了定神，用倍感欣慰的口气说：“谢天谢地，他还没有过去哪。再说——”“这个老不死的，我真想——”“萨利！你不害臊吗?”“我才不在乎呢！”丈夫怒气冲冲地回答，“咱们心里想的都一样，要不是假仁假义地装蒜，你也会实话实说。”艾莱柯的尊严受到了伤害，她说：“我真不知道你怎么能说出这种不仁不义的话来，我什么时候假仁假义来着?”萨利还是愤愤不平，不过他想换一种说法蒙混过关，同艾莱柯休战——好像换汤不换药就能把这位行家里手瞒过去似的。萨利说：“艾莱柯，我可没那么坏，我原来的意思不是说假仁假义，我是说——是说——信教的那老一套，你明白吗？唔，就是生意人那一套。就是——就是——嗨，你明白我是什么意思。艾莱柯——就是——比如说，要是你拿一个空壳子摆出来当实心的东西，你也不觉得这事有什么不妥当，这不过是生意人的习惯，是从古到今的老规矩，是一成不变的风俗，是守——守——妈的，我找不出合适的词来，反正你明白我的意思，艾莱柯，这里头没有什么害人之心。我再试试换一种说法，你瞧，比如说一个人——”“你说得够多了，”艾莱柯冷冷地说，“咱们别再说这个啦。”

“好吧，好吧，”萨利热情洋溢地答道，他擦着脑门上的汗，好像不知道怎么表达他的谢意才是。他沉思着做自我批评：“我本来拿了一把好牌——我明明知道是好牌——可我光抓在手里没打出去。我打牌总是犯这个毛病。要是我能坚决一点——可我没有。我从来没有。我的学问还不够啊。”

自认吃了败仗，他也就俯首帖耳了。艾莱柯的眼神宽恕了他。

那个很有兴趣、最有兴趣的问题马上回来了。无论什么事情也只能把它压一小会儿。这对夫妇又开始猜报上为什么没有提尔伯里死讯的哑谜。他们猜过来，猜过去，一会儿走投无路，一会儿又柳暗花明；可是转了一个大圈子，他们又回到原地，承认之所以没有提尔伯里的讣告，唯一真正合理的解释——毫无疑问——就是提尔伯里还没死。这事有点儿让人泄气，甚至可能有那么一点儿不公平；不过事已至此，也只有听其自然了。他们对此看法一致。在萨利看来，虽然天意如此，毕竟反常，不可思议。说实话，这是他能想到的最不可思议的事情之一——想到这里，他也就带着几分情绪说了出来。不过，要是他的本意是想引出艾莱柯的话来，那就落空了。艾莱柯就算有想法，也都藏在心里。别管是在人世还是去阴间，她的习惯是在所有场合都不轻举妄动。

这对夫妇只有等着下周的报纸——显然提尔伯里是拖延了死期。这就是他们的想法和决定。于是他们就把这件事撂在一边，尽力打起好心情各自忙他们的事去了。

他们并不知道自己完全错怪了提尔伯里。那封信上提到的事，提尔伯里说到做到。他已经死了，按期死了。如今他死了四天多，已经安息了。死得彻头彻尾，死得完完全全，和公墓里头的每一位新鬼并无不同。提尔伯里死讯有足够的时间上《萨加摩尔周报》的讣告栏，只因一点点疏漏却没能上去。这种疏漏任何一家都市报纸从不会出，可是对《萨加摩尔周报》这样的乡村小报来说，却不足为奇。这一次是在社评版截稿的时候，霍斯提特绅士淑女冰激凌店白送了一夸脱草莓冰激凌，于是，为提尔伯里写的那几句平平淡淡的悼词就给抽掉了，腾出版面来刊载编辑对冰激凌店热情洋溢的谢辞。

提尔伯里的讣告字版送到备用架上的时候，被弄乱了。本来，这条讣告将来还可以用，因为《萨加摩尔周报》从来不糟蹋“备用”稿，只要字版不乱，“备用”稿就常备不懈。可是只要字版一乱，稿子就算完了，不会起死回生，也就永远没有见报的机会了。所以，不管提尔伯里高不高兴，就算他在坟墓里暴跳如雷，也无济于事——他的死讯在《萨加摩尔周报》上永无出头之日了。

五个冗长乏味的星期过去了。《萨加摩尔周报》准时在每个周六送到，却从来只字不提提尔伯里·福斯特。这时，萨利再也没有耐心了，他恼怒地说："这条他妈的老命，他还真的不死啦！"

艾莱柯非常严厉地批评了丈夫，她义正词严地说："你也不想一想，要是这句混账话刚出口，你也一蹬腿就死了呢？"

萨利还没来得及仔细想想，就说："那算我走运，没把这句话憋在心里。"

自尊心逼着萨利说点儿什么，可他又没想好合情合理的话，就顺嘴说了这一句。接着，他偷了一垒——这是他的说法——就是溜之大吉，好免遭妻子连珠炮般的责问。

六个月一晃就过去了。《萨加摩尔周报》仍然只字不提提尔伯里的事。这期间，萨利已经三番两次进行试探——暗示他想搞清楚。可是艾莱柯对这种暗示视而不见。于是萨利决定鼓足勇气，冒险正面进攻。他直截了当地提议自己乔装改扮，打入提尔伯里的村子，偷偷地摸清情况。艾莱柯斩钉截铁地制止了这个危险的计划。她说："你想什么来着？净给我添乱！你就像个小孩子，得时时看着你，要不然就闯祸。该干什么就干什么去吧！"

"嗨，艾莱柯，我能做得神不知鬼不觉——我保证。""萨利·福斯特，你难道不知道你得四处打探吗？""是啊，那又怎么啦？谁都猜不出我是谁呀。""嚯，瞧你说的！有朝一日你得向遗嘱执行人证明你从来都没有打听过。那时你怎么说？"他把这个茬忘了。他答不上来，没什么好说的了。艾莱柯接着说："别瞎出主意了，也别再添乱了。提尔伯里给你设好了陷阱。你明白那是个陷阱吗？他在旁边看着，就盼着你往里面跳呢。好吧，只要有我在，他就得竹篮子打水——一场空。萨利！"

"嗯？""只要你活着，哪怕等一百年，你也别问一句那件事。你答应我！""好吧。"萨利不甘心地叹了一口气。艾莱柯的口气缓和了下来，她说："别沉不住气，咱们快成功了。咱们可以等着，不用着急。

咱们那两笔固定收入一直在增加，至于期货，我从来没有看走过眼——这些钱财正万儿八千地往上翻呢。本州里再没有另外一家像咱们这样走运了。咱们已经开始往富人队里混了。这你都知道，是吧？"

"是，艾莱柯，没错。""那就得感谢上帝的恩赐，别再自寻烦恼了。没有上帝的帮助和指引，你敢想咱们有这样多的收获吗？"

答话的人吞吞吐吐："不——不，我不敢想。"萨利又满怀深情，用赞赏的口气说："不过，说到炒股票的智慧和耍弄华尔街的小手腕儿，我倒觉得你用不着外行帮忙，要是真想，我——""别说了！可怜的孩子，我知道你没有害人之心，也没有大不敬的意思，可是，你一张嘴，就总是漏出几句吓人的话来。你老是让我提心吊胆的，为你、也为咱们家捏着一把汗。以前打雷我没害怕过，可如今我一听见打雷，就——"她停住嘴，哭了起来，再也说不下去了。此情此景深深打动了萨利，他攥住妻子的手千般抚慰，发誓要痛改前非，他自责了一番，后悔不迭地请求宽恕。他诚心诚意地为自己的言行道歉，说只要能够弥补过失，他甘愿做出任何牺牲。

他私下里把这件事深刻反思了好长时间，决心今后大面上要过得去。发誓洗心革面并不难，其实他已经这样做了。可是，这样做真有什么好处，有什么长远的好处吗？没有，这都是暂时的——他深知自己的弱点，很痛心地自认这个弱点——说得到但是做不到。一定要想更好、更保险的办法不可，这样的办法他到底想出来了。他从自己一分一厘节省的血汗钱里拿出一笔来，在房顶上安了一个避雷针。

时隔不久，他故态复萌了。

习惯这东西能创造出多少奇迹啊！而习惯又是多么快。多么容易形成啊——无论是不起眼的小习惯，还是脱胎换骨改造我们的大习惯，全都如此。如果一连两天偶然都在深夜两点睁眼，我们就必须小心了。因为再来一次，这偶然就变成了习惯；还有，只消一个月的酗酒放荡——不过，这些都是人所共知的事实，不说也罢。

耽于幻想的习惯、白日做梦的习惯——这种习惯发展得多快啊！它已经成了一种享乐。一有闲暇，我们就被它勾走了魂，深陷其中，它侵蚀了我们的心灵，让我们沉醉于蛊惑人心的妄想之中——是啊，我们的梦幻生活和我们的真实生活混淆不清，真假难辨，这是多么迅速，多么轻而易举的事情啊！

不久，艾莱柯订了一份芝加哥的日报和一份《华尔街指数》。她用了整整一个星期，拿出每周日读《圣经》的劲头来，勤奋研读这两份报纸，重点研究财经版。萨利注意到，她预测和把握物质和精神市场证券行情的天赋和判断力正在迅速而稳步地发展壮大。对此，萨利佩服得五体投地。他为艾莱柯闯荡世俗股市的勇气和胆略感到骄傲，对她处理精神事务时戒急用忍的心态也同样自豪。他注意到艾莱柯无论在哪一方面都从不丧失理智；她颇有胆量，在尘世的期货市场上总是做短线，但是她小心翼翼地到此为止——在其他方面，她做的都是长线。她的策略既稳健又简明，就像她对萨利解释的那样：她在世俗期货方面的投入是投机，而在精神期货方面的投入则是投资。对前者她不惜走钢丝，碰运气；对后者她却“不肯弄险”——她不光要翻倍，还要股票过了户才算数。

没过几个月，艾莱柯和萨利的想象力就培养起来了。每日的训练开拓了这两部机器的活动范围，提高了效率。结果，艾莱柯在想象中赚钱的速度比开始时设想的快得多，萨利和她比翼齐飞，花富余钱的本领也与日俱增。开始时，艾莱柯把投资煤矿的收益期定为十二个月，她对这个期限也许会缩短为九个月的问题不予考虑。可那只是还没启蒙时的小儿科，是在金融方面未经指导、没有经验和缺乏实践的花拳绣腿。不久她就开了窍，九个月的期限消失了，那笔想象中的一万块钱投资翻了三倍后阔步归来。

利润凯旋了！

这是福斯特夫妇大喜的日子。他们都高兴得说不出话来了。说不出话来的另一个原因是：在细细观察市场之后，艾莱柯战战兢兢地用遗产中剩余的两万块钱冒险炒了一把。在想象中，她眼看着手里的股票一个点又一个点地往上涨——伴随着股市每时每刻都可能暴跌的风险——最后，她的精神压力太大，再这样下去实在承受不住了——她做这种冒险生意还是新手，心太软——于是，她用想象中的电报给想象中的经纪人发出一个想象中的指令，让他抛出。她说四万块钱的赚头已经够多了。抛出这笔股票，恰逢煤矿的投资给他们返回丰厚利润的那一天。正如我方才讲到的，这夫妻俩说不出话来了。那天夜里他们大喜过望、如醉如痴，极力想意识到一件了不起的大事，那就是这笔财富——想象中的现款——实际上净值十万。实打实的十万。从此，艾莱柯再也不怕投机做股票；起码不再害怕从梦中惊醒，面颊惨白——那都是初出茅庐时的事情了。

这的确是个永志不忘的夜晚。慢慢地，已经发了财的意识在这对夫妻的灵魂深处站稳了脚跟，于是他们开始给这些钱派用场了。假如我们能透过这两位梦乡客的眼睛展望，就能看到他们那幢整洁的小木屋消失了，代之以一栋两层的砖瓦房，房前有铸铁的栅栏；我们还能看到从客厅的天花板上垂下一盏三个头的煤气灯；原先家用的碎布地毯变成了一码一块五的华贵布鲁塞尔货，大路货的壁炉也不见了，一座装着云母窗的考究大壁炉堂而皇之地取代了它。咱们还能看到其他一些东西，其中有马车、雪橇幛子、高筒礼帽，等等。

从此以后，尽管他们的女儿和邻居们看到的还是旧木屋子，可在艾莱柯和萨利眼里，那是一栋两层楼的砖瓦房；艾莱何天天晚上都为想象中的煤气费单子操一会儿心，然后从萨利满不在乎地回答中得到很大的安慰："那算什么？咱们付得起！"他们富起来的第一天晚上，这夫妻俩上床之前决定庆祝一番。他们一定要开一个派对——主意已定。可是，怎么跟女儿、跟邻居们解释呢？他们不能暴露已经富起来的底牌。萨利想开派对，甚至有点儿迫不及待；可是艾莱柯头脑清醒，没有批准。她说，尽管这些钱就像到手的一样，可还是等到真正到手才好。她坚持这个立场，毫不动摇。必须保守这个大秘密——对女儿、对邻居们都要保密。

这对夫妻左右为难。他们必须要庆祝，他们打定主意要庆祝；可是，既然要保密，他们怎么庆祝呢？三个月之内没人过生日。提尔伯里还没解决，他显然是要长命百岁了；那，他们庆祝什么呢？萨利想着想着，越来越着急，越来越心烦意乱。不过，萨利终于找到了出路——在他看来，这是神来之笔——把所有的烦恼一下子统统勾销；他们可以用发现美洲纪念日的名目庆祝。绝妙的主意。

艾莱柯也为萨利的才华感到自豪，几乎想不出合适的词来表示嘉许——她说，她自己怎么也想不出这个主意来，虽然萨利受宠若惊，对自己的才华也击节叹赏，不过他还是使劲忍着，说是这算不了什么，谁都想得到。艾莱柯听了，得意扬扬地晃着脑袋，高兴地说："啊，没错！谁都能——啊，谁都能想到！比方说霍萨纳·迪尔金斯吧！阿得尔伯特·皮纳特也能——呃，亲爱的——没错！那好，我倒想看他们来比试比试，没别的意思。老天爷，连他们能想到发现一个四十英亩的小岛，我都不敢信；要说发现整个大陆，萨利'福斯特，你再清楚不过了，让他们搜肠刮肚，他们也想象不到！"

这位可爱的女子知道丈夫有天赋；即使爱情使她稍稍地把丈夫的天赋高估了一点儿，不过是甜蜜而温柔的过错而已，为了爱的缘故，这是可以原谅的。

庆祝会开得很顺利。朋友们老少咸集，济济一堂。年轻人有弗萝酋·皮纳特、格蕾丝·皮纳特以及她们的哥哥阿得尔伯特·皮纳特，他是一个满了师的年轻补锅匠，生意正红火。还有小霍萨纳·迪尔金斯，他是一个刚刚满师的泥瓦匠。阿得尔伯特和霍萨纳已经对克莱藤内斯特拉和格雯德伦·福斯特献了好几个月的殷勤，两个女孩的父母察觉以后，心中暗喜。现在他们突然发觉喜不起来了。他们意识到经济状况的改变已经在他们的女儿和两个小工匠之间筑起了一道社会地位的屏障。两个女儿如今可以往高处走了——定要往高处走。不错，一定要往高处走。她们不必嫁给级别比律师或者商人低的男人了；老爸和老妈操着心呢，决不能让她们下嫁。

可是，这些念头和设想都藏在心里，没有摆到桌面上来，也没有给庆祝活动罩上阴影。摆到桌面上来的是志得意满的矜持和高傲，以及气度不凡的派头和从容的举止，让客人们发出由衷的赞叹，感到十分惊讶。人人都察觉了这一点，大家议论纷纷，但是没人能发现其中的秘密。这里面有非同寻常的神秘之处。有人随口说了两句，却没想到他们是歪打正着："他们就像是发了横财似的。"

一语中的，正是如此。

多数母亲都会按照老规矩包办儿女的婚姻大事，她们会向女儿训话，讲一通莫测高深却又不着边际的大道理——这种训活往往事与愿违，只会把女儿训得泪水涟涟，引起她们内心的反感，如果这些母亲还要教训那些小工匠不要再打女儿的主意，就会把事情弄得更糟。然而，这位母亲却与众不同。她很务实。她既没有教训那两个年轻人，也没有对其他人提及此事，只告诉了萨利一个人。萨利听完了表示理解，不光理解，还赞不绝口。他说："我明白你的意思。不能当面给这些货色挑毛病，这样不讲场合会伤了感情，坏了生意。你不用加钱，只消把货物的成色提上去，听其自然就行了。艾莱柯，这就叫聪明，实在聪明，绝顶聪明。你想要什么样的货色？选好了没有？"

没有，她还没有选好。他们必须在市场上巡视一遍——他们就这么办了。他们首先把两个人提上了议事日程，他们是正在崛起的年轻律师布雷迪什和年轻牙医福尔顿。萨利一定要请他们来吃饭。然而不是马上就请；艾莱柯说，这事不急。留意这两个小伙子，等等看；如此重要的大事，要慢慢来才不会有闪失。

事实证明这一次也很有先见之明：因为在三个星期之内，艾莱柯大发利市，她想象中的那十万块钱又变成了足色足两的四十万块。那天晚上，他们就如腾云驾雾一般。吃晚饭的时候，他们破天荒地上了香案。也不是真有香案，而是运用了充分的想象力弄假成真了。这是萨利提议的，艾莱柯心一软就顺从了。两个人心底里都惴惴不安，羞愧难当，因为萨利是戒酒会的积极分子，参加葬礼时，总是系着一条围裙，连狗都不敢多瞧他一眼。他立场坚定，恪守自己的主张。艾莱柯是基督教妇女戒酒会的会员，该会会员的坚定意志和嫉恶如仇的神圣信念她应有尽有。然而时过境迁，炫耀财富的心理开始挖墙脚了。他们的生活再次证明了一条可悲的真理，这条真理已经在人世间反复证明过：尽管信念是抵御浮华堕落伤风败德的强大而崇高的力量，但是它的力量远不及贫穷。何况拥有了四十万块钱的财富呢！他们重新审议女儿的婚事。这一次牙医和律师已经名落孙山；他们的机遇已经丧失，退出了候选人之列，不够格了。他们讨论了猪肉批发商的儿子和镇上银行老板的儿子。可是和以往一样，他们最终的结论仍然是：再等等，再考虑考虑，走一步，看一步，力求万无一失。

他们的运气又来了。密切关注形势的艾莱柯看准了一个绝好的冒险机会，大胆炒了一把股票。紧接着是一段战战兢兢、疑虑重重、忐忑不安的时光，假如不成功，那就倾家荡产了。终于有了结果，艾莱柯激动得晕头转向，说话的声音都走了调："再不用提心吊胆了，萨利——咱们已经有整整一百万了！"

萨利感激涕零地说："哦，艾莱柯，你是女人尖子，是我的心肝宝贝，咱们终于自由了，咱们财源滚滚，再也不用算计着过日子了。这一回该喝克利廓名酒了！”他拿出一品脱树叶子酒舍命陪君子，一边喝，一边说“真他妈的不便宜”。她的眼睛喜洋洋，水灵灵的，用恨铁不成钢的眼神温柔地指责他。

他们把猪肉批发商的儿子和银行老板的儿子束之高阁，然后坐下来考虑州长和众议员的公子。

如果继续跟踪福斯特家的虚财飞速增长的细枝末节，就有点儿乏味了。这一进程确实不可思议，令人眼花缭乱，头晕目眩。随便什么东西，艾莱柯都能点石成金，金光闪闪的财富越堆越高，直逼天穹。千百万的金钱流了进来，强大的财源仍然汹涌澎湃，巨大的流量还在不断增长。五百万——一千万——两千万——三千万——难道永无止境了吗？

两年的时光在一场蔚为壮观的狂热运动中匆匆度过，陶醉于其中的福斯特夫妇几乎没有留意时光流逝。他们如今拥有三亿块钱；在全国各大财团的董事会里，他们都有一席之地；而且随着时间的推移，财富还在一百万一百万地往上摞，一次一百万，一次一千万，快得让他们刚刚能算清楚。那三亿翻了一番一又翻了一番——一番接着一番。已经有二十四亿了！

慢慢地，他们的生意有点儿乱了。有必要把股票的账目清一清，理理头绪。这一点福斯特夫妇懂得，也感觉出来了。他们意识到这项工作是必不可少的；然而，他们也懂得，想圆满完成这项任务，就要善始善终，一旦开始就不能中途停顿。完成这项工作需要十个钟头；可是，他们哪有整整十个钟头的空闲时间呢？萨利一天到晚忙着卖别针，卖糖，卖印花布，每日不变；艾莱柯一天到晚忙着做饭、刷碗、打扫屋子、叠被铺床，天天如此，没人帮她干家务，因为两个女儿都养精蓄锐等着跻身上流社会呢。

福斯特夫妇知道有办法能腾出十个钟头来，这办法只有一个。可是夫妇俩人羞于启齿；都想等着对方先开口。最后，萨利开口了："总要有人让步，那我就让吧。既然我说了——声音大一点儿你也别在意。"

艾莱柯红了脸，不过她很感激丈夫。他们没有再说下去，就自甘堕落了。这堕落就是不守安息日不干活的规矩。因为只有这样他们才有十个钟头的时间。这不过是在堕落的道路上迈出的又一步。其他的堕落行为会接踵而来。巨额财富的诱惑是致命的，足以攻破修炼不深者的道德防线。

他们放下窗帘，不守安息日的规矩了。经过艰苦细致的工作，他们把持有的股票清点一遍，逐一造册。这一长串鼎鼎大名真吓人啊！从铁路系统公司、汽船公司、标准石油公司、越洋电缆公司、稀声电报公司，如此等等的其他公司，直到克朗代克金矿、德比尔斯钻石矿、塔马尼贪财公司和邮政部的暧昧特权公司。

二十四亿块钱，全都稳稳当当地投在绩优股上，财源茂盛，稳赚不赔。每年的收入是一亿二千万。艾莱柯轻松愉快地吐了一口长气说："够了吧？"

"够了，艾莱柯。"

"那咱们怎么办呢？"

"就此打住。"

"洗手不干了？"

"说得对。"

"我同意。这件美事做完，咱们该好好休息休息，花钱享受了。"

"太好了，艾莱柯！"

"怎么样，亲爱的？"

"这些收入咱们能花多少？"

"全都能花。"

看起来，她丈夫好像是一块石头落了地。他一句话也没说，他已经乐得说不出话来了。一旦发现了这个诀窍，从此以后，他们就不再守安息日的老规矩了。每个周日的晨祷以后，他们整整一天都用来编排——编排花钱的门道。

这种美妙的消费活动总是持续到午夜过后。每次花钱大赛时，艾莱柯都大大方方地拿出几百万，施舍给知名慈善机构和教会产业。萨利也出手阔绰，拿出同样数目的钱，花在一些项目上。一开始他还给这些项目分别冠以固定的名目。这只是刚开始的时候。后来这些名目逐渐失去了鲜明的特色，最终淡化成“杂项类”，全都变成不清不白的名目了——这样做倒是安全。因为萨利已经开始瞎折腾了。安排这些数以百万计的巨款增加了家庭开支——买蜡烛的费用，这是一个严肃而极为棘手的问题。艾莱柯为这件事发过愁，很快就不再发愁了，因为发愁的根源已经不复存在。她也曾痛苦过，伤心过，害臊过；不过她保持了沉默，成了一个同谋。萨利开始偷蜡烛了，从商店往回偷。事情从来都是如此。巨额财富对穷惯了的人是一剂毒药，会连皮带骨吞噬他的良心。福斯特夫妇过穷日子的时候，交给他们多少蜡烛都能信得过。可是，如今他们——我们先不涉及这个问题。从偷蜡烛到偷苹果只有一步之遥：萨利开始偷苹果，后来是肥皂，再往后是枫糖、罐头、陶器。只要我们一开始走下坡路，越变越坏可真容易呀！

与此同时，福斯特夫妇气吞山河的金融进程中又有了其他里程碑式的标志。那栋虚构的砖楼换成了一幢花岗岩造的有棋盘格子复式屋顶的建筑；后来，这幢房子也不见了，让位于一幢更加气派的住宅——如此等等。一幢又一幢建在虚空中的豪宅拔地而起，一幢比一幢更高，更宽敞，更精美，然后又一幢跟着一幢地无影无踪了。一直到后来这些大喜的日子，咱们的梦乡客已经住进了一座宫殿式的豪宅，这是一座山顶建筑，四周树木葱茏，宫殿俯瞰着山谷、河流以及云雾缭绕的重峦叠嶂——这都是私产，都归两位幻想者所有。宫殿里仆从如云，个个穿着制服，来自世界各大都市的名流权贵济济一堂，外宾内宾齐备。

这座宫殿在很远的地方，远在天边，迎着东升的太阳，它遥不可及，恍如隔世。它建在罗得岛的新港，那里是上流社会的圣地，美国显贵们的禁脔。按照惯例，每逢安息日晨祷过后，他们在这所豪宅里消磨一部分时光，其他时间花在欧洲，或者花在优哉游哉的私人游艇上。每星期在湖滨镇寒酸的角落里挨过卑微乏味的六天以后，第七天就可以云游仙界——这已经成了他们的固定节目和习惯。

在处处受到制约的现实生活中，他们仍然像往日那样——艰难度日、克勤克俭、小心翼翼、脚踏实地。他们一直对长老会的小教堂忠心耿耿，发自内心地为教会做事，全心全意地恪守神圣而严格的教规。可是在他们的虚幻生活中，他们却追随着幻想的诱惑，却不计较这幻想的性质和变化。艾莱柯的幻想还不算特别反复无常，而萨利的幻想却已经乱了套。艾莱柯在她的虚幻生活中，先是信主教派，因为这个教派的头面人物都有来头；然后改信高教派，这是因为那里的蜡烛点得多，场面比较讲究；自然，后来她又皈依罗马天主教会，因为他们有红衣主教，蜡烛点得更多。可是艾莱柯的这些花样在萨利看来没有一点意思。他的幻想生活是一幅热情奔放、永无止境的激动人心场面，这个千变万化的过程，保证了每一个场景都新鲜活泼、光彩照人，连宗教活动也是如此。他勤奋地参与宗教活动，像换衬衫似的变换花样。

从福斯特夫妇交了财运的最初阶段起，他们就出手大方，随着财富逐渐增加，他们也更加慷慨。不久，他们简直是挥金如土了。艾莱柯每个周日都要建一到两所大学；另加一到两所医院；还有罗顿的一家医院和一批小教堂。时不时地建一座大教堂。有一次，萨利不合时宜、不加考虑地开了一句玩笑，他说："要不是天冷，她已经送走一船传教士，去点化冥顽不灵的中国人拿 24K 金的孔教换假冒的基督教了。”

这句没良心的粗话伤透了艾莱柯的心，她哭着跑到一边去了。此情此景让萨利于心不忍，他非常痛苦，臊得直想把泼出去的水收回来。她一句责备的话都没说——这更让他心如刀绞。居然没人让他自我反省——她本来可以劈头盖脸羞辱萨利一顿，她那宽宏大量的沉默当即报复了萨利，让他反躬自问，唤醒了他自己一连串丑恶的回忆。过去几年不尽财源滚滚来的生活他是如何度过的，这些场景一一展现在他的眼前。他坐在那里一边反省，一边脸上发烧，羞愧难当。看看妻子的生活——多么美好，蓬勃向上；再看看他自己的生活——何等轻浮，充斥着庸俗的虚荣，何等自私，何等空虚，何等卑琐啊！再看看生活的取向——从来没有上进心，只有堕落，不断的堕落！

他把妻子的生活历程和自己的生活历程做了一番比较，找出了自己和妻子的差距——于是他沉思起来——他呀！他还有什么可辩解的？她建造第一座教堂的时候，他干吗去了？纠集了一帮玩腻了的百万富翁凑了一个牌局，在自己的宅子里头瞎折腾，一局输个千儿八百的不算，还傻呵呵地为争一个冤大头的美名沾沾自喜呢。她造第一所大学的时候，他干吗去了？他正和一个“相公”鬼混，作践自己呢。他还跟那些放浪形骸、除了钱以外一无所有的百万富翁为伍，干那些声色犬马的勾当。她造第一间育婴堂的时候，他干吗去了？唉！她筹备那个高尚的女性纯洁会的时候，他干吗去了？啊，真是的！她和基督教妇女戒酒会、女性缉酒队的同仁们并肩战斗，扫荡那些害人的瓶瓶罐罐的时候，他干吗去了？他正一日三醉呢。当她捐造了一百座大教堂后，在教皇治下的罗马受到热烈欢迎，教皇向她颁授她当之无愧的金玫瑰勋章的时候，他又干吗去了？在蒙特卡罗抢银行呢！

他停了下来。他实在想不下去了。其他的丑行劣迹更是让人不寒而栗。他站起身来，鼓足勇气想说实话：要让这段见不得人的生活曝光，坦白承认；他再也不能过这种人不人、鬼不鬼的日子了，他要去对她讲清楚。

他说到做到。他对她讲清楚了一切，在她的怀里哭了起来，一哭三叹，乞求她的宽恕。艾莱柯极为震惊，在这场打击下几乎精神崩溃，不过他毕竟是她的亲人、她的主心骨、她心目中的守护神，是她一切的一切。无论什么样的要求，她都不能拒绝，于是他得到了她的宽恕。她觉得从今以后他再也不是从前的他了。她明白，他只能知错，但不会必改；然而，就算他如此道德败坏、腐朽堕落，难道他就不是她的亲人、她的心上人、她生死不渝崇拜的偶像了吗？她说，她嫁鸡随鸡，嫁狗随狗，然后她就敞开自己那扇思念的心扉，放他进去了。

这件事过后不久的一天周日下午，当时他们正乘着梦中的游艇在夏日的海面上扬帆远航，斜倚在后甲板的天篷底下懒懒地享受。俩人默默无语，都在忙着想自己的心事。这些日子以来，这种沉默不知不觉地多了起来，最近更加常见。以往的亲密和至诚正在褪色。萨利那次交心种下了恶果。艾莱柯费了好大劲从脑海里驱走那可怕的记忆，可它就是不走。这种记忆的羞耻和苦涩污染了她温馨的幻想生活。如今她看得出来，她的丈夫（每到周日）就变成了一个放荡不羁、人见人烦的家伙。

可是她呢——难道她自己就无可指责吗？唉，她自己明白不是这么回事。她也有件事瞒着他，这是不忠实的行为，为此，她心事重重。她违反了他们之间的约定，还把他蒙在鼓里。在强烈的诱惑下，她又做起了生意。她押上了他们全部的财产，一下子买进了这个国家所有的铁路、煤矿和钢铁企业，现在每逢安息日，她就心惊胆战，唯恐一不留神，泄漏片言只字，让他察觉。由于做了这件对不住丈夫的事，她又痛苦，又懊悔，不由得对丈夫怜悯有加。看到他躺在那儿，喝得醉醺醺、浑浑噩噩、从不疑心，她的心中就充满了悔恨。他从不疑心——全心全意、可怜兮兮地信赖她，头上却高悬着一盆可能倾家荡产的祸水，这祸水就是她放的。

“嗨——艾莱柯？”

萨利突如其来的一句话一下子惊醒了她。摆脱了这件烦心事，她非常高兴，就用往日那种甜蜜的嗓音答道：“什么事啊，亲爱的。”

“你知道吗，艾莱柯，我觉得咱们犯了个错误——这可是你的错。我是说那件婚姻大事。”他坐了起来，肥肥的青蛙肚，慈眉善目，活像一尊铜佛，他的口气郑重起来了。“想想吧——五年多了。你还守着老规矩，一成不变：只要赚一笔，择婿的档次就提高一档。每到我琢磨着要举行婚礼的时候，你的眼光又高了，让我一回回地失望。我觉得你也太难伺候了。总有一天咱们得落个高不成低不就。头一次，咱们把牙医和律师甩了。也罢——甩得有道理。接着咱们甩了银行老板和猪肉批发商的儿子。这也由他去——甩得有道理。再往后，咱们又没看上众议员和州长家的公子——我承认这也没有什么不妥。接下来是参议员和合众国副总统的公子——做得很对，这种芝麻官做不长远。后来你就瞄上贵族了；我记得当时咱们家的油田终于见油了——对。咱们要在四百家大户里面篦一遍，网罗一些门第显赫、出身不凡的世家贵胄，这些血统纯正的家族历经一百五十年，具备大家风范，一百年前就除去了祖先身上的咸鱼和老羊皮袄的气味，从那以后就再也没有做过一天苦工，两手清清爽爽。到时候了！该举行婚礼了吧？当然。可是不成，从欧洲来了两个货真价实的贵族，你马上让煮了半熟的鸭子飞了。艾莱柯，这可太让人扫兴了！从那以后，又是长长的一队。你甩了两个二等男爵，换成两个男爵；甩了这两个男爵，又换成了两个子爵；子爵换成伯爵；伯爵换成侯爵；侯爵再换成公爵。艾莱柯，现在该兑现了吧！——这把牌你已经打到头了。你把四个公爵放在手里挑三拣四。他们的国籍各不相同；个个都美名远扬，血统纯正，谱系清楚；个个都破了产，背了一屁股债。他们要价不低，可咱们能出得起呀。好了，艾莱柯，别再拖了，别再犹豫不决了：把一副牌都摆开，让姑娘们自个儿挑吧！”

在萨利对艾莱柯的婚姻战略大张挞伐的过程中，她一直面带温柔而沉稳的笑容。她的眼里闪出一丝快意的光芒，那似乎是得胜时流露出的欣慰的惊诧。她用尽可能平静的口气说：“萨利，要不，咱们就找个——找个皇族吧？”

真不得了哇！这可怜的人儿一下子昏了头，跌倒在船侧的龙骨板上，小腿被错架擦破了一层皮。有一阵儿，他两眼直冒金星，后来清醒了、才一瘸一拐地走过去坐在妻子身边。他那双朦朦胧胧的眼睛，向妻子倾诉着当年的那种赞美和爱意。

“老天爷！”他热情洋溢地说，“艾莱柯，你真棒——你是全世界最棒的女人！你真是莫测高深，我服了。我一直以为有资格对你的规划指手画脚。就我！还指手画脚呢！假如我停住嘴想一想，就能明白你的锦囊妙计了。亲爱的心肝，我总是这么毛手毛脚，沉不住气——给我讲讲吧！”

这位受了奉承、喜气洋洋的女人凑到他的耳边，悄悄说了一个王子的名字。听了这个名字，他屏住呼吸，乐得脸上放光。

“天哪！”他说，“你抓得真准！他开了一家赌场，还管着一块墓地、一个主教和一座教堂——全都是他自己的产业。全都稳赚百分之五百。他的股无可挑剔，在欧洲都是数得着的金筹股产业。那块墓地——在全世界是优中选优的：除了自杀的，其他鬼谢绝入内；真的，再说，免费埋葬期已经截止，不再优惠了。那个公园地盘不大，不过也够用了：墓地里面有八百英亩，外面有四十二英亩。这是个君主国——这一点至关重要；至于地盘大小倒是无所谓。要光是贪图地盘的话，上撒哈拉大沙漠呀。”

艾莱柯心潮澎湃，她高兴极了。她说：“你想想，萨利——这个家族从来没有跟欧洲皇亲国戚之外的人通过婚：咱们的外孙子可以登基了！”

“千真万确，艾莱柯——还得手握权杖；外孙子拿着权杖随随便便，满不在乎，就像我拿着一把尺似的。艾莱柯，你抓得太准了。他已经攥在你手心里头了，是不是？跑不了吧？你没给他留活口吧？”

“没留。你就等好消息吧。他不是一份债务，而是一笔资产。另外那个也一样。”

“那一个是谁，艾莱柯？”

“是西基斯蒙德·西格弗里德·劳恩费尔德·丁克尔斯皮尔·施瓦岑伯格·布鲁特沃斯特殿下，卡普雅默世袭大公。”

“不可能！你是开玩笑吧！”

“千真万确，绝无虚言。”她答道。

他万分激动，兴高采烈地把她搂在怀里，说：“真是太神奇、太美妙了！这是三百六十四个古日耳曼诸侯国中历史最悠久、贵族味最浓的一个，也是俾斯麦取消割据后很少几个允许保留族产的王室之一。我知道那个庄园，我去过那儿。那儿有一个制绳作坊、一个蜡烛厂，还有一支军队。一支常备军。步兵骑兵都有。有三个兵、一匹马。艾莱柯，咱们漫长的等待旅途既有伤心，也有希望，上苍有眼，我现在真高兴。我又高兴，又感激你，亲爱的，这都是你的功劳。定下日子了吗？”

“下个周日。”

“太好了。咱们要把这两桩婚事按照最时兴的盛典规矩来办。要符合男方王室家族的身份。据我所知，对王室来说只有一种形式的婚姻是神圣的，也只有王室才配：那就是与民女联姻。”

“干吗要这样叫呢，萨利？”

“不知道。不管怎样，这是王室的做派，只有王室才配。”

“那咱们就照章办事。而且——我还非要这样办不可。要结就按和民女联姻的排场办，不这样办就别结。”

“一言为定！”萨利一边说，一边高兴得摩拳擦掌，“这在美国可是头一份啊。艾莱柯，这场婚礼非让新港那儿的人都得了红眼病不可。”

他们又陷入沉默，幻想的翅膀飘然而起，飞向全球的各个角落，邀请所有的王公贵族和他们的家人，并且白送他们路费。

这对夫妇过了三天腾云驾雾的日子。对周围的一切他们只有模模糊糊的意识，看到的所有东西都是影影绰绰的，就像罩在纱幕后面。他们沉溺于幻境之中，常常听不懂别人说的话，回答自然也是颠三倒四，东一榔头，西一棒槌。萨利卖蜜用秤称，卖糖用尺量，顾客要蜡烛，却给人家肥皂；艾莱柯把猫放到盆里洗，把牛奶倒在脏衣服上。大家莫名惊诧，叽叽喳喳地到处议论，“福斯特两口子这是怎么啦？”

三天以后发生了大事情。事态出现了好的转机，连续二十四个小时，艾莱柯的想象世界迅速膨胀。上涨——上涨一继续上涨！超出了成本价。继续上涨——上涨——上涨！超出成本价五个点了——十个点——十五个点——二十个点！这笔巨额投机生意已经获得了二十个点的净利润，艾莱柯想象中的经纪人从想象中的远方声嘶力竭地喊叫：“抛吧！抛吧！看在上帝的份上，抛掉！”

她把这个惊人的消息透露给萨利，萨利也说，“抛吧！抛——可别大意，现在你就能财冠全球了！——抛！抛！”然而，她凭借钢铁意志继续长驱直入，她说，哪怕死在这上面，她也要攥着股，让它再涨五个点。

这是一个致命的决策。就在第二天出现了历史性暴跌，创纪录的暴跌，灾难性的暴跌。华尔街赔掉了底，所有金筹股在五个小时之内下跌了九十五点，有人看见亿万富翁在包华利大道讨饭。艾莱柯仍然持股观望，能坚持多久，就坚持多久；可是，终于来了一个她无力去接的电话，她想象中的经纪人出卖了她。这时——直到这个时候，她身上的巾帼气概才烟消云散，又恢复了女人的本来面目。她搂着丈夫的脖子哭诉：“都是我的错，你不要原谅我，我实在受不了了。咱们是穷光蛋了！穷光蛋，我的命苦啊。婚礼庆典再也不能举行了。全都完了，现在咱们连个牙医都买不起了。”

尖刻的责难涌到了萨利嘴边，他想说：“我求你抛，可是你——”他没有说出口；他不想在追悔莫及的艾莱柯那颗破碎的心上再捅一刀。他想到了一个比较高尚的念头，说：“艾莱柯，挺住，还没有全完呢。我叔叔的遗产你并没有拿一分一厘去投资，你投的是那笔钱无形的未来收益。咱们赔了的只是你用举世无双的金融头脑和眼力，凭借那笔未来收益获得的增值部分。打起精神来，抛开这些烦恼。咱们还有三万块钱没有动；可以想象，凭你已经具备的经验，在两年之内用那笔钱你能创造多少业绩！那两桩婚事吹不了，只是推迟了。”

这些宽心话句句在理，艾莱柯听进去了，马上产生了电击一样的作用；她的眼泪止住了，重新焕发出勃勃生机。她眼里闪着光芒，心中充满感激之情，举手发誓，展望未来，她说：“现在我宣布——”可是她的话被一位客人打断了。来人是《萨加摩尔周报》的编辑兼老板。他碰巧到湖滨镇来探望即将走完人生旅途的祖母。除了这桩伤心的使命，他还想顺便办一件事，因此来造访福斯特夫妇。这对夫妇过去几年专注于其他事务，忘了付报钱。欠款一共是六块钱。这客人来得正是时候。他一定熟悉提尔伯里，知道他可能什么时候进棺材。当然了，他们不能这样问，因为那会触犯遗嘱，不过他们可以绕着圈子打听，希望能有结果。可是，这个计谋没有奏效。那位木头编辑根本不懂得人家正在跟他套话。有心栽花花不发，无意插柳柳成荫。那位编辑说着说着，需要打个比方，就说：“老天爷，就像提尔伯里·福斯特那么难缠！——这是我们那儿的一句俗话。”这句话突如其来，把福斯特夫妇吓了一跳。编辑看见了，抱歉地说：“我敢说，这句话并无恶意。就是随便说说，是一句玩笑话，你们知道——没什么意思。你们跟这个人沾亲吗？”萨利压下心头迫不及待的热望，极力不动声色地回答：“我们——这个，我们不认识他，只是听说过。”编辑松了口气，恢复了镇定。萨利又问了一句：“他——他——还好吧？”“他好？嘿，不瞒您说，他五年前就进了鬼门关了。”福斯特夫妇伤心得浑身发抖，不过他们自己的感觉倒像是高兴。萨利用一种无关痛痒的口气试探着问：“喔，是吗，人一辈子就是这样，谁也免不了——富翁也难免一死。”编辑笑了。“这话要是包括提尔伯里，”他说，“他可担当不起。他身无分文，是全镇子人凑钱给他送的终。”福斯特夫妇像霜打似的呆坐了两分钟，泥塑木雕一般，浑身直冒凉气。后来，萨利面色苍白、有气无力地问道：“是真的吗？您说的这是真事？”“嘿，那还用说！我是遗嘱执行者之一。他什么都没撇下，只有一架小推车留给我了。那车还没有轮子，没什么用处。不过总算是件东西吧，为了报答他，我给他凑了几句悼词，可又让别的稿子挤掉了。”

福斯特夫妇没听进去，他们的心里堵得满满的，什么也装不下。他们低头坐着，除了心痛，全身没有别的感觉。过了一个钟头。他们还坐在那儿，低着头，一动不动，一声不响。客人早就走了，他们也没发觉。

后来他们摇晃了一下，筋疲力尽地抬起头来，若有所思地相互盯着，如梦如痴，心神恍惚，接着又像小孩子似的颠三倒四说胡话。他们常常只说半句话，就不出声了，看来不是没意识到，就是想不起该说什么。有时候他们从沉默中苏醒过来，闪过一种模模糊糊的感觉：他们的脑袋里想过什么事。然后，他们带着无言的关怀，轻轻拉住彼此的手，表达相互的同情和支持，好像是说："我就在你身旁，我不会撇下你，咱们一起承受；总会解脱出来，忘了这些，总有一块墓地可以安息。忍着吧，用不了多久了。"

他们又活了两年，夜间受尽心灵的折磨，总是冥思苦想，沉浸在悔恨与悲伤的含混梦境里，一言不发。后来，他们两人在同一天得到了解脱。

临终之际，萨利万念俱灰的心头笼罩着的黑暗消散了一会儿，这时他说："飞来的不义之财是圈套，对咱们没好处。火爆的日子没个长远的，为了这个，咱们把甜甜蜜蜜、和和美美的小日子都丢了——别人可别再跟我们学了。"

他闭着眼静静地躺了一会儿；临终的寒意慢慢爬上了他的心头，意识渐渐从他的脑海里消失，他喃喃地说："金钱带给他痛苦，他却拿我们来报复，我们跟他无冤无仇啊。他遂了心愿：他老奸巨猾，说给我们只留三万块钱，他知道我们会想办法多赚点儿，这样一来就毁了我们的日子，伤了我们的心。他本来可以再多留点儿，多得让我们不打赚钱的主意，他这样做也不用多破费。心眼儿好一点儿的就会这么做；可他小肚鸡肠，不懂得发善心，不懂——"

王子与贫儿

第一章　汤姆·康第

（一）

这是关于一个当了几天王子的小乞丐和一个当了几天的乞丐的小王子的故事。王子了解了他的一些人民的艰难生活。乞丐原来想：“一个王子的生活该是多么好呀！”但是他后来发现，并非他想象的那样美妙。

（二）

四百多年前，即一五四七年，在伦敦一条肮脏狭窄的街道旁，有一幢楼房的一间低矮的顶楼里。他们只有一间屋，康第和他的妻子、母亲以及三个孩子全都住在这一间屋里。孩子们没有床，只好睡在地板上。

两个是女孩子，一个叫白特，一个叫男恩。一个男孩，名叫汤姆。康第从来不做任何工作，每天打发他的三个孩子上街去讨钱。他们站在马路边叫着：“请给一个便士给可怜的孩子吧！”如果晚上孩子们没有给约翰·康第带回钱来，他就揍他们，并且不给饭吃。

汤姆是个非常不幸的孩子。

（三）

安德鲁神父也住在这幢房子里。背街的一面有他的一个小房间。他是一个知识渊博的人。汤姆每天到安德鲁神父那里去，坐在他身边，听他讲国王和王子的故事。

汤姆说：“我希望像一个王子，我希望能像王子们那样文雅地说话。我想学拉丁文，因为王子们都学拉丁文。”于是安德鲁神父教汤姆怎样说文雅的话，怎样做得像个王子，并教他拉丁文。

当汤姆和别的孩子们在一起的时候，他扮作王子，有时候孩子们嘲笑他，叫他汤姆王子，但他们都喜欢他。他们在河边玩儿，在水里游泳。汤姆游泳游得很好。

（四）

国王亨利八世住在伦敦威斯敏士特宫殿里。宫殿就是国王的房子。

安德鲁神父告诉汤姆："你应该到威斯敏士特宫那里，去看一个真正的王子。爱德华皇太子是国王的儿子，他住在那里，或许有一天你能见到他。"

第二章 汤姆和王子如何变换地位

（一）

于是，汤姆去到宫殿门口，朝里面张望着。大门两旁各站着一个卫兵，他们不让汤姆走近。他看到许多衣着华丽的侍臣和贵妇在里面来来往往地走着，但是没有看到王子。他一天又一天地去大门口张望。一天，他看到一个男孩从宫门里出来。这个男孩快走近大门的时候，

汤姆立即冲向门边，以便看得更清楚些。他大声喊着：“我要看王子！”一个卫兵喝道：“滚开 I”说着就揍汤姆。他揍得很重，汤姆一下跌倒在地上。

王子看了很生气。

“为什么你打这个穷孩子？”他说。“打开大门，带他进来！“他只不过是一个穷要饭的孩子，”卫兵说。

“我的父王是所有富人和穷人的国王，”爱德华王子说，“把这孩子带进来。”

（二）

于是卫兵打开门，带汤姆进去。

“跟我来，”王子说。“告诉我，你是谁，为什么你那么想看我？我从我的窗户里看到你一天又一天地来到这门口张望。”

王子将汤姆领到宫殿里的一间房子里，他叫来了一个仆人。“拿吃的来，”他吩咐道。

仆人拿来了食物放在桌上。汤姆以前从未吃过这样好的东西。

“现在，”王子说：“把你的情况告诉我，你叫什么名字？住在哪里？”

“我和我的父亲、母亲、祖母和两个姐姐住在布丁巷的一间房间里。”

“住在一间房间里？”王子问。“你们全都住在一间房间里？”

“是的，”汤姆回答。

“皇宫里有几百间屋，为什么你们全都住在一间屋里？”

“我们非常穷，”汤姆说。“我的父亲打发我去讨钱，如果我不带回足够的钱，他就打我。”

“你父亲打你！”王子喊道。“我要派我的士兵去打他！”

“啊，不！”汤姆说，“那将会使我的母亲和姐姐更不幸。”

（三）

“我有三个姐姐，”王子说。“伊丽莎白公主、洁恩公主和玛丽公主。伊丽莎白公主非常聪明；洁恩公主读许多书，而且非常善良。但我不喜欢玛丽公主：她从来不笑，也不和我一道玩。你和别的孩子们一道玩吗？”

“啊，那当然啦！”

“我可不。你们玩些什么呢？”

“我玩球，在河边玩。我还游泳。有时候我扮演王子。”

“我倒想扮一个像你一样的穷孩子，在河边玩，到水里游泳。让我们换换我们的衣服，不一会儿，你就是王子，而我就是个可怜的小叫化。来换吧！”

（四）

王子脱下他漂亮的衣服，汤姆也脱下自己的衣服，穿上了王子的服装。

王子穿着汤姆的衣服站在那里，汤姆注视着王子，觉得从前似曾见过一个极像他的人，可是，究竟在哪儿看到过他呢？这王子非常像……

“上这儿来，瞧！”王子喊道。“从镜子里瞧我们俩！”

他们俩非常相像。

王子现在穿上了乞丐儿的衣服，看上去恰如汤姆；而汤姆看上去就像王子一样。

“你留在这儿，等我回来，”王子说。他跑出房间之前，从桌上匆匆捡起一个很沉的、圆圆的小东西，将它放到一个保险的地方。

汤姆独自站在那里。

第三章 王子如何来到汤姆·康第的家

（一）

王子来到皇宫的大门口，“嘿！”他命令道：“打开大门，你们，快点！”

卫兵们开了大门，当爱德华走出门口时，一个卫兵在他头上敲了一下，并说：“不能用这种腔调对国王的卫士讲话！”

站在大门外的人们看见爱德华跌倒在地上，都哈哈大笑。他爬起来，瞪着卫士。

“我是皇太子！为了这个我要处死你。而你们，都是笨蛋，你们笑吧！”

人们笑得更厉害了，其中有个人说：“向皇太子鞠躬！向我们的王子脱帽致敬！给王子让路！”王子走过他们身旁时，他们又笑起来了。

“他疯了，”一个卫兵说。

“的确疯了，”另一个说。

（二）

爱德华沿街走着，人们没有跟着他，因为他们害怕疯子；或许这孩子对人有危险。

他走呀，走呀，他不知道已走到了哪里，因为爱德华王子不常到伦敦的街上来。他没穿鞋，因为汤姆·康第没有鞋。但汤姆的脚板坚硬，而爱德华王子的双脚已被石子割破，弄得满是血。他非常疲倦，肚子也饿了。

“啊，在哪儿我能找点吃的，并且休息一会儿?”他说。“上哪儿我能找到一个人带我回宫去?”

一个漂亮的绅士骑马路过，爱德华大声叫他，“先生！我是王子，我请你带我回宫去。”但绅士没有听清他说些什么。他想，只不过是一个小乞丐向他要钱，他没搭理，骑着马走了。

（三）

终于，爱德华来到了一幢他认识的大楼跟前。

“啊！”他喊道：“那是基督慈善院。我的父王将这幢房子改为贫儿的学校，我在这儿可以得到帮助。”

在房子前面有许多孩子在玩。爱德华对其中一个孩子喊道：“嘿！小家伙！去告诉你们老师，让他上这儿来。告诉他，爱德华王子命令他来。”

这孩子哈哈大笑，爱德华上去揍他。

“照我的吩咐去做!”他说。

这孩子冲着大伙喊道：“这儿有个疯孩子，他的头脑发热了！让我们扔他到水里去!”

于是他们把爱德华扔进了脏水坑，看着他从另一边爬上岸，全都哈哈大笑。

（四）

天渐渐黑了。“已经很晚了，”爱德华想。“我必须找个今晚能过夜的地方，明天再回宫。我必须到汤姆家去，在那儿睡一觉……布丁巷，那是他的住址。”

他走呀，走呀。天空披上了红色的晚霞，家家户户

的窗口里渐渐亮起了灯光。从黑暗中突然伸过一只有力的手，抓住了爱德华。

“这么晚了，你在外头干什么来着？……嘿！……汤姆·康第，你敢不回答你的父亲？你给我带来多少钱？”

“啊！”爱德华喊道“你是他的父亲吗？”

“他的父亲？——我是你的父亲！”

“不，不！”爱德华叫道：“我是皇太子，你的儿子在威士敏斯特宫里。你把我送到那里去，把他带回来。”

约翰·康第看着这孩子：“疯了！”他说。“真的疯了！”

于是他攥着他的手，拉他走。“不管你疯不疯，你必须跟我回去，明天你得给我出去一天，把今天的钱也给我补回来。”

第四章 汤姆在宫中发生了什么事

（一）

汤姆独自一人在威士敏斯特宫王子的房间里。

他站在墙上的一面大镜子面前，照着他的漂亮的衣服。然后他来回走着，心想现在他的样子多漂亮。他把手放到身旁的剑上，把它一下抽了出来，独自和一个想象中的人交战。这以后，他坐下来想道："我回去一定要讲给姐姐们听，这是个多有趣的故事呀！"

（二）

铃响了，一小时过去了，王子已经走了很长时间，他什么时候回来呀？

汤姆绕着房间走，看着房间里所有的漂亮东西——精制的椅子、桌子和墙上的画像。这儿有历代国王和王予、王后和公主的画像，他们全都穿着饰有珠宝的华丽的衣服，用庄严的眼睛望着他。

门边挂着一副盔甲，汤姆站在那里瞧着它，然后拿起一只护臂套在臂上。这是一副小盔甲，对他来说不显得太大。他又拿起另一只护臂，一个很重的圆东西滚了出来。他戴上了另一只护臂，从镜子里瞧着自己。最后他把所有东西都按原样放回老地方。他不知道这圆东西是个什么玩意儿，把它放同了护臂里。

（三）

又是一小时过去了。汤姆开始害怕起来："如果有人进来，发现了我，问我：你是谁？你在这儿干什么？王子不在这儿，不能把真实情况告诉他们，而我的话，他们又不相信，那我该怎么办呢？我必须离开这儿！”

他想：“也许隔壁房子里没有人，如果我走得很快，不被人认出来，我走到大门口，卫兵会放我出去的。”

于是他打开房门。门外站着四个侍从，每边两个，他们向他深深地鞠躬。

“噢，噢，噢！”汤姆惊叫着，返身跑进屋子，关上了门。侍从们你看看我，我看看你。

“我想爱德华王子病了，”一个说。

“是的，他可能病了，”另一个说。

“我们应该请他的一位姐姐去看看他，”第三个说。

“请洁恩公主！”第四个说。“我去找洁恩公主。”

（四）

门开了，汤姆躲到了屋子的那头。他看见一位美丽的姑娘站在那里，她的脸色很和善，汤姆一下跪了下来。

“怎么回事，我亲爱的弟弟？”洁恩说。“你干嘛跪下呀？”

“救救我，救救我”汤姆喊道。“我不是你的弟弟，我不是皇太子，我只是一个穷孩子，我是布丁巷的汤姆· 康第。”

她挽着他的手说：“我们走吧。”

“请派人去找王子，请他把我的衣服还给我！”汤姆说 道。

“走吧，”洁恩说，“你的父亲想见你。”

“我的父亲？约翰·康第在这儿吗？”但是洁恩公主只是领着他穿过一间一间的大屋子。

（五）

一个侍从已经告诉国王，说是爱德华王子病了。

汤姆被领进一个大房间，里面有一张床。他看见一位脸色苍白的胖胖的男人躺在床上。国王亨利八世病得很重，他活不了多久了。

“过来，爱德华，告诉你父王，究竟是怎么回事?”

“您是国王吗?”汤姆问。

“是的，当然啦，我是国王，我是你的父亲。你害怕什么呢?”

“陛下，我不是您的儿子！我是皇太子，我是可怜的汤姆……”

国王很气愤地看着他，“别说这些蠢话！你是皇太子，如果你说你是皇太子，我将非常生气。你知道吗，当我生气的时候，我是怎样对待人的？你知道吗?”

“知道，陛下。”汤姆说。

“现在，你走吧，别让我再听到这类蠢话。今天你书读得太多了，把头脑搞昏了……赫德福勋爵，你陪王子回去，他今晚要参加国宴，必须先休息一下。很多重要的人物将在那里会见王子，我死后，他就是国王。你送了去就回来。”

（六）

汤姆又被领回他的房间。过了一会儿，赫德福勋爵回到了亨利国王那里。

“阁下，”国王说，“我知道我活不长了，但是工作必须继续，命令必须发布，法律必须制定。即使我病得很重，也要签上我的名字或盖上我的御印，使法律生效。你必须为我掌好我的御玺。”

“是，陛下。我一定照您吩咐的办。”赫德福勋爵说。“您命令将御玺交给我，是吗？但您两天前已经将它交给爱德华王子了。”

“不错，我交给他了。你让皇太子把御玺交给你。”

赫德福勋爵走了不多久就回来了。

“陛下，”他说：“太子不知御玺在哪儿。”

“他不知道在哪儿？他是这样说的吗?”

“是的，陛下。”

“他不记得他用它干过什么吗?”

“他不记得，陛下。”

“他病了。那就是他记不起来的原冈。”

“是的，陛下。”

“等一等吧，”国王说。“他病好之后会记起来的。”

第五章 皇家游艇

一条长长的石阶从威士敏斯特宫直通河边。皇家游艇是国王沿河旅行乘用的一条大船。卫士们站列在阶梯的两侧，恭候着他们的王子走出来。

阶梯顶头的大门打开了。一声令下，卫士们全都肃立不动。赫德福勋爵和其他大臣走出来分列在大门的两侧。汤姆刚在门口出现，他们都向他深深地鞠躬致敬。他穿着雪白的衣服，望着下面那条河流，在比较快活的日子里，他曾经在里边玩过和游过冰。但现在他必须当王子，这是国王的命令。他慢慢地走下阶梯，走进皇家游艇。

皇家游艇离岸启航，沿河而下，驶往伦敦市会厅——这是国家举行宴会的地方。´

在市会厅里，伦敦的全体重要人物和贵族部坐着等候他们的皇太子殿下的来临。

第六章 爱德华逃跑

（一）

约翰·康第拖着爱德华回布丁巷的家里去。看热闹的人群跟在后面哄笑着这父子俩。

“对！”一个老太婆嚷嚷说：“是得教训教训这孩子，让他听话。”

他们快到家的时候，一位老人站出来大声说：“放开他，让他走吧！”

约翰·康第朝老人头上敲了一下，老人摔倒了。人们跟着约翰，没有注意他。那老人一直躺在那里，他死了。

（二）

约翰·康第推开他的房门。

“这儿，”他对他老婆说“瞧你的儿子，他一个子儿也没带同来，他疯了。”

汤姆的妈妈跑向爱德华：“啊，我的孩子，我可怜的孩子！”

祖母冷笑道：“你可怜的孩子！可怜的没有用的孩予！我们才可怜呢！”

“既然你没给家里拿回饯来，你也就甭吃饭。”约翰·康第说着将爱德华扔在地板上。

有人在门外喊：“约翰·康第，快！开门！”

（三）

“什么事？”康第问。

“我是你的朋友奈德。你在街上打了一个老人，是吗？”

“是的，”康第说。“他想把我的儿予攥走。”

“那是安德鲁神父，他死了，你打死了他，你最好赶快离开这儿。”

“死了?!”约翰说。于是他转身对他老婆和母亲说：“坏了！许多人看见我打了这个老头，他们会告诉法官把我吊死的，我们必须得走。你们带着两个女儿，到伦敦桥上碰头，我和汤姆抄另一条路走。”

(四)

康第拉着爱德华的手臂，领着他穿过许多狭窄的胡同和黑漆漆的小路来到了河边。他看见一大群人站在岸边朝河上看着，有的正坐在桌边喝酒，他看见河的两岸有许多火把和彩灯。

“这都是些什么?”他问一个男人。“你们全都在这儿等什么?”

“我们等着瞧皇家游艇上的爱德华王子，他要去市会厅赴宴。来，拿着，喝了它，然后祝祷‘上帝赐福爱德华王了’。”

康第伸出双手接过一大壶酒，所以松开了抓爱德华的丁，爱德华赶快从人们的腿缝中钻出去跑走了。

康第朝下一看，“孩子上哪去了? 抓住他!”

但爱德华已消失在黑暗中了。“到市会厅去!”他边说边沿着河边跑。“在那儿我能找到汤姆并恢复我原来的身份。”

第七章　在市会厅

（一）

伦敦市所有最富有和最显赫的人物都坐在市会厅的那些长桌边。当汤姆走进大厅时，大家都站了起来。汤姆在上首的一个席上坐下，其余的人也都跟着坐了下来。

宴会开始，侍从们端来丰盛的酒菜摆到桌上。大厅里洋溢着谈话声和笑声，歌手们进来献歌，舞女们为大家翩翩起舞。

（二）

爱德华终于来到了市会厅。卫兵们把守着大门。他大声喊道："我是爱德华太子，打开门让我进去！"卫兵们都嘲笑他。

"我命令你们开门！"爱德华喊道。"照我的命令办，快点！"

"别装傻，"一个卫兵说。"滚开！"

但爱德华继续冲着卫兵们大喊，人群里有的人发火了。

"把这小孩带走，他是疯子。"他们说。"我们等着宴会结束时看皇太子出来，走开，小东西！回家去吧！"

"我不走！告诉你们，我是爱德华王子。我没有朋友，没有一个人来帮助我，但我说的是真话。"

（三）

人群快要发火了，但是爱德华硬是不走，这时有个人从人群里出来，站到了爱德华身边。

"我不知道你是不是王子，我也不在意你是不是疯子，但你是个勇敢的孩子，我愿意帮助你。"

这个人的名字叫迈尔斯·亨顿，他刚从战场上回来，正要回他乡下的家里去。

人群围得更紧了，“退回去!”迈尔斯吼道。人们变得非常生气。迈尔斯抽出了他的宝剑，用剑面打了一个人。

“杀死他们!”人群后面有个声音喊道。扔来了几块石头，有一块击中了爱德华，他跌倒了。迈尔斯站在他前面，奋战着保护他，以免被愤怒的人群踩死。但是不顶用，他们人多势众，而迈尔斯孤身一个。迈尔斯一边战斗，一边笑道：“谁曾想到，在法国经过七年的战争活着回来的我，今天竟将死在伦敦的一群老百姓手上!”

（四）

突然，传来了骑兵的马蹄声。有个声音在喊：“躲开，给国王信使让路!”骑兵赶开了人群，他们的首领进入了市会厅。

信使步入大厅，走到汤姆坐着的地方，双膝跪下。“殿下，你的父王逝世了。”然后他站起来大声对人们说：“亨利国王逝世了。爱德华国王万岁!”大厅里所有人都高呼：“我们的国王万岁!”迈尔斯没有耽搁，他赶快领着爱德华躲进黑暗之中。

第八章　在小旅馆里

（一）

他们刚刚躲开人群，迈尔斯就将爱德华领到靠河他住的一个小旅店里。他们穿过大街小巷的时候，只听见身后的人群在喊叫。人们飞快地从他们身边跑过。后来，他们听清了喊声："亨利国王死了，爱德华国王万岁！"

爱德华停住了。

"怎么回事?"迈尔斯问道。

"这就是说，我现在就是国王了！"

"是太子还是国王，"迈尔斯说，"对我说来都一样，你是个勇敢的孩子，我要照看你。到伦敦桥附近我的住处去，我们吃点东西，在那场斗争后，我需要好好吃一顿。"

迈尔斯在桥附近的小旅馆里有一个房间，当他们走近旅馆的时候，爱德华听到一个他非常熟悉的声音。

"你到底来了，"约翰·康第说。"你让我好等，我要好好揍你一顿。"他伸手去抓爱德华的手臂。

（二）

迈尔斯·亨顿把爱德华拉到身后，和康第站了个面对面。

"你是谁?"他问。"你和这孩子有什么关系?"

"他是我儿子。"

"这不对！"爱德华叫道。

"你愿意跟这个人去吗?"迈尔斯问。

"不，不，不！"爱德华喊道。"他不是我的父亲，我死也不去他那儿。"

“那么，你就别跟他去。”迈尔斯说。

“但我说，他必须得去！”康第吼道，同时又伸出了他的手。

迈尔斯将手放到剑柄上说，“如果你再走近一步，我将用这把剑穿透你的胸膛！走吧，让我别再看见你，滚！”

康第走了，消失在人群里。迈尔斯带着爱德华来到一家小旅店，走进后楼的一个小房间，房里有一张床、两把椅子、一张桌子和一个洗脸池。

（三）

爱德华一下躺到了床上。

“饭准备好后叫我，”他吩咐道。

迈尔斯笑了。“是，王子，”他说，“你睡一会吧，我将命令你的仆人去准备宴会。”

他下到厨房，把吃的东西拿上来放在房间里的桌子上，靠桌放了两把椅子。

“啊，王子，你的宴会已经准备好了，”他说。

“我谢谢你。”

“那你就来吃吧！”迈尔斯说。

“我先得洗洗我的手，”爱德华说。

他洗好了手，然后坐在桌边。迈尔斯正准备坐下，爱德华却止住了他：“等一等！你难道不知道没有国王的允许你必须站在那里吗？现在你可以坐下了。”

迈尔斯坐了下来，他们开始吃饭。

（四）

“告诉我，你是谁？”爱德华说。

“我是迈尔斯·亨顿，”他回答说。“我原住在亨顿庄园。我当时正要和爱迪思小姐结婚，我的弟弟亚瑟向我父亲进馋言，于是我被送去打仗。我已离开英格兰七年了，我担心过了这么长时间，我的兄弟可能不准备还我房子和土地了。”

“我将命令你兄弟将你的土地归还你，而且作为国王，我还要加一些

土地给你，”爱德华说。“你为国王服务得很好，把你的剑给我，跪下……起来，迈尔斯·亨顿爵士！”（进行了爵位授与典礼）

迈尔斯照他的吩咐做了，当他重新站起来的时候，便笑道：“我现在成了迈尔斯爵士了！”

“你是迈尔斯·亨顿爵士，”爱德华说，“我已经封你为爵士了。”

（五）

吃过饭，爱德华趴在桌上睡着了。迈尔斯把他抱到了床上。

“可怜的孩子！”他说，“他需要睡觉，睡上一个好觉之后也许会清醒过来，再不想做王子或国王而安分起来。”

迈尔斯自己睡在地板上。

早晨，迈尔斯醒来，他看着睡在床上的孩子，见他身上的衣服是多么破烂。学校里的孩子曾将爱德华投入脏水，市会厅的人群几乎将他的衣服从身上撕掉。

“我必须去给我的王子买点衣服。”他说着就走了出去。

（六）

一小时之后，迈尔斯带着他买的衣服回来了，他打开房门走向床边。

爱德华不见了。

他跑下去问旅馆的仆人：“小孩子上哪儿去了？”

“有个叫雨果的年轻人来说：‘告诉孩子到南瓦克桥去见迈尔斯·亨顿，’于是孩子就走了。”

“一定是那个人！一定是说这孩子是他儿子的那个家伙！一定是他派人带的口信！”

迈尔斯收拾起东西，付了房钱，就出发去找这个孩子了。

第九章　在威士敏斯特宫里

（一）

汤姆睡在威士敏斯特宫里的床上。清晨，两个侍从站在王子的床边。“陛下、”第一个侍从说。“现在八点，陛下！”第二个侍从说。

起初，汤姆以为他是在布丁巷的房间里，是他的妈妈在唤他起床，他睁开眼睛，看见两个侍从站在他的床边。

“陛下。”

“什么？”汤姆问。

“陛下想起身了吗？”

“你是问：‘我想起床吗’？”

“是的，陛下。”

“对，”汤姆说。“我要起床。把衣服给我。”

一个侍从将汤姆的裤子拿进屋，交给了第二个侍从，第二个侍从又将它交给第三个，第三个把裤子套到汤姆的腿上。然后第一个侍从又把他的衬衣拿进来交给第二个侍从，第二个又交给第三个，第三个给汤姆穿上，每一件事情都照这样的方式办理。

（二）

汤姆走到另一个房间吃早饭。一个男仆将食物端进来交给第二个男仆，第二个仆人又将它交给第三个，第三个仆人将食物摆在桌子上，第四个和第五个仆人站在汤姆的椅子背后，什么也不干。

（三）

用过早饭，一个侍从进来说：“赫德福勋爵求见国王。”

赫德福勋爵叩问陛下是否准备去会议厅。

汤姆坐在屋子一端的一张镀金的高椅子上，人们恭恭敬敬地走过来向他鞠躬，吻他的手，念长长的奏章。时间就这样一小时一小时地过去了。

“什么时候才有个完呀?”他想：“我希望能去玩球或者到河里去游泳!”

（四）

最后汤姆听说已到吃午饭的时候了，他步入另一间大厅，它差不多像市会厅一样大。这里也有许多仆人。汤姆想，这顿午饭该吃个没完没了了。

“吃过饭，”他想，“我能够去玩和游泳了。”但是，午饭后他得在一张一张纸上签爱德华的名字，他不知道也不关心纸上写的是什么，他只注意真正的爱德华是如何签名的，他学着签得和他一模一样。

晚上，又是一次盛大的晚餐。

最后汤姆躺在床上睡觉时，他说：“衣服挺漂亮，房子挺华丽，吃得很好，但我不愿意成为一个国王。我希望我能回到布丁巷和别的孩子们一块儿玩，一块儿在河里游泳。”

第十章　捉贼！捉贼！

（一）

爱德华看着这个青年人，一点也不喜欢他。他挺脏，两只眼睛东张西望，从不正视爱德华。

“谁派你来的?”

“迈尔斯·亨顿。”

“你叫什么?”

“我叫雨果。”

“迈尔斯爵士说什么来着?”

“他说，叫那孩子上我这儿来。”

“什么？叫！我是他的国王。当我命令他来时，他应到这里来见我。”

“他受伤了，他请你去帮助他。”

“啊，”爱德华说。“这么回事，那我去。他是我忠实的仆从，我要帮助他。”

（二）

青年人领着爱德华走到了农村，他们走呀走呀，一直走个没完。

“迈尔斯爵士在哪儿?”爱德华问。

“离这儿不远，”青年人说“他在那边树林子里。”

他们走进树林里，树林里隐藏着一间小棚屋。

雨果打开了门，爱德华走了进去。

“你终于来了!”约翰·康第说。“你必须来帮助你亲爱的父亲，他因为杀了一个蠢老头，只好躲藏在这儿。”

“迈尔斯爵士在哪儿?”爱德华问。“把我带到他那里去。”

“我不知道你的朋友在哪儿，但是你好像很喜欢他，所以我让雨果利用了他的名字。现在你将和雨果一道出去给你亲爱的父亲弄钱和吃的东西，你知道该怎么乞讨，而雨果将看着你，不让你跑掉。”

（三）

雨果领着爱德华走到林子另一边的一条路上。

“站在这儿！”他说。“我是你的哥哥，我病得很重。一会儿有人会路过这儿，我就痛苦地呻吟，你就去对他说‘我可怜的哥哥，他病了，我们没吃的，救救我们吧’……瞧！有人来了。”

雨果躺到路边，开始哼哼：

“嗯……哎……，我快要死了，……水！……帮帮忙！”

那人走向他，“可怜的孩子！”他说。“让我帮帮你。”

“仁慈的先生，”雨果说。“给我兄弟一便士去买吃的。”

“但你病了，你是这样痛苦，我不能把你留在这儿，让你兄弟帮我把你抬到房子里去。”他转向爱德华说：“来，孩子，帮我把你的哥哥送到一个能照料他的房子里去。”

“我是国王。”爱德华说。“他不是我的哥哥，他是乞丐和贼，而且，他也没生病。”

这人看着雨果，“哈！”他说，“又是这样的一个叫化子！你得和我一道去见法官，他将揍你一顿，或者把你吊死。”

雨果跳了起来，蹿到树林里去了，那个人没能追上他。

（四）

爱德华继续在路上走着，由于摆脱了雨果，他非常高兴。“现在，”他想，“我再也不会见到他和约翰·康第了。”但就在这时，雨果从路边的树林中蹿到了他的跟前。

“你想把我吊死！”雨果说。“你难道不知道乞丐和贼要被吊死吗？我可记住了，总得给你一个教训。”

当雨果在爱德华身边走着的时候，他一心想着怎样能够“教训爱德华”。

他们走到一个镇上，许多人在街上买卖东西，一个女人提着一只篮子走过，篮子里有一只杀好的肥母鸡。雨果从地上搬起一块大石头，然后跟在这女人背后，他把石头放进篮子，把鸡拿了出来。然后他马上跑走，把鸡塞到爱德华手上。他叫喊起来："捉贼！捉贼！"自己却顺着街道跑掉了。

（五）

女人回过身来，看见爱德华拿着她的肥母鸡。

"贼在这儿！"她叫道。"警察！叫警察！"

一群怒气冲冲的人围着爱德华。"我们不必等警察，"一个大个子男人说。"这个地方贼那么多，我们自己把他吊死吧！"

爱德华听到了马蹄声，他抬起头，发现迈尔斯·亨顿正从人群里挤过来。

"迈尔斯爵士，"他喊道"迈尔斯爵士，救救我！"

迈尔斯穿过了人群。"我终于找到你了。"他说，"这是怎么回事呀？"

"那女人说我偷了她的鸡。"

" 他从我篮子里拿走的，这不是！"

"啊！"迈尔斯说。"那真是一只挺好的肥鸡，正是我吩咐你给我买的，但你得问问这位女人她是否愿意卖。"

（六）

迈尔斯拉着这女人的胳膊，把她带到一边。"我的仆人是够愚蠢的，"他说。"他是一个傻小子，他认为自己是国王，所以你对他不要太认真。"

"我相信他一定放了钱在你的篮子里，"迈尔斯说，"让我看看"（迈尔斯手里已经拿好了钱）。"果然，这儿。五先令，在你没有肯定以前，你不应当说这孩子是贼。"

"喏，"女人说。"把鸡拿走吧，我不要钱了。"但迈尔斯把钱放到了她的篮子里。

"来吧，孩子！"他说着把爱德华抱上了他的马，骑着走了。

"你怎么找到我的？"爱德华问。

"我在旅馆里碰到个人，他告诉了我关于两个乞丐的事，其中一个说：

‘我是国王，那不是我的哥哥’，所以我知道其中一个就是你。”

“我们现在上哪儿?”

“去亨顿庄园,”迈尔斯说。

“你可以带我和你一起去，但这以后，我必须很快回到威士敏斯宫里去接受加冕。”

第十一章　亨顿庄园

（一）

迈尔斯和爱德华在一个小客店里过了一夜，第二天又继续上路。

下午他们爬上一座高山，迈尔斯停了下来，指着树丛中的一座大房子：“那儿，”他说，“那就是我的家！你见过这么大的房子吗？它一共有五十间房子，我们有二十个仆人。你想想，孩子，二十个仆人！”

他们骑马下了山。“瞧，这儿是我们星期天去的教堂，那儿是一个小旅店，什么都没变。”

他们穿过一个大门。“这是亨顿庄园，”迈尔斯说。“我又回来了，我是多高兴啊！他们见到我将多幸福啊！”

迈尔斯从马上跳下来，同时帮助爱德华下了马，然后他跑进房间，见一个青年人坐在桌边。

“亚瑟！”他喊道：“你说，你很高兴又见到了我。我爸爸在哪儿？”

（二）

这青年人抬头看看：“你是谁？”他问。

“我是迈尔斯·亨顿，你是我的弟弟亚瑟。我打了七年仗刚回来。”

“我的哥哥迈尔斯三年前已在战争中被打死了，我有封从法国来的信，说他已经死了。”

“那不是真的！快叫我爸爸罗伯特爵士！我爸爸在哪儿？他会认得我的。”

“罗伯特爵士已经去世了。”

“把七年前的仆人叫来，他们会认得我的。”

“他们全是新来的，这儿一个老仆人也没有了。”

“你把他们全打发走了！我明白了你是做好了准备等我回家，让谁都不认识我，没有一个人能说‘那是迈尔斯·亨顿’。不过，还有爱迪思小姐。”

（三）

“爱迪思小姐知道，迈尔斯·亨顿已经死了。”亚瑟说。“她看了信，而且她很快就要成为我的妻子了。”

“这封信是你写的！你对她说我死了！”

迈尔斯抓住亚瑟的脖子：“你夺走了我的家，我的土地，而现在你还要抢我的未婚妻爱迪思小姐。”

他将弟弟摔在地板上。

“救命，救命，救命！”亚瑟大喊起来。仆人们听到他的喊声，冲进屋里，把迈尔斯和爱德华送进了监狱。

第十二章　监狱

（一）

迈尔斯和爱德华蹲在狱里。

“你认为我们在这儿要呆多久？”爱德华问。

“我们要在这儿一直呆到法官开庭，把我带到他面前，然后他将听取亚瑟的起诉，最后做出判决。”

“什么样的判决？”爱德华问。

“也许他会认为你我两人都是精神病人，命令打我们一顿，再把我们送走。”

“打我！打国王！”

（二）

听到门响，牢门开了，一个人走了进来，他把一些吃的东西放在桌上，然而，当他转身要走的时候，突然看着迈尔斯的脸停住了。

“巴泽尔！”迈尔斯喊道：“巴泽尔！我父亲活着的时候，你是在果园里工作的。”

“啊！是的！”这人说。“这是迈尔斯先生吗？不，不可能，迈尔斯先生在战争中被杀死了。”

“他没有被杀死。巴泽尔，那是我弟弟亚瑟自己写的信，说我被杀死了，因为他想霸占我的土地和爱迪思小姐。现在我回来了。”

“迈尔斯先生，我真高兴又见到你，你的弟弟亚瑟是个坏人，他把所有老家人都打发走了，我要去告诉大伙儿，说你回来了。”

“不，不！”迈尔斯说。“你对谁也别说我在这儿，如果我兄弟发现大家都知道了我，在我出狱时，他会派人来杀害我的。”

（三）

“是的，”巴泽尔说。“他会那样干的。”

“当我从这里释放时，”迈尔斯说：“我要去伦敦，那儿有我的朋友。汉弗莱·马洛爵士是威士敏斯特宫的卫队长，他曾和我一同在法国作过战，他知道我没有阵亡。而且那儿还有别的人可以作证。我要找他们，他们会去见国王，国王会把我的家、土地重新归还给我的。巴泽尔，什么也别说，一直等我再回到这儿。”

爱德华笑了，“国王!”他说。“问问他，现在谁是国王。”

“亨利国王已经去世了，”巴泽尔说。“人们说年轻的，王子爱德华尚未加冕，但他很快就要加冕，他将是我们的国王。”

“我们必须逃离这个监狱!”爱德华喊道：“我必须去伦敦加冕。”

（四）

法官听取了亚瑟的陈词。

“这人是谁?”他问。

“我不知道。”亚瑟回答。“我怎么能知道呢？他是贼，也许是叫化子，而且还是个疯子，他说他是我哥哥迈尔斯，我哥哥三年前就在战斗中死了；我还听说，和他在一起的那个孩子更疯，他认为自己是国王。”

“让这个人带上足枷，把这孩子责打一顿，好让他今后懂得找个好一些的朋友。”

“不，先生!”迈尔斯说。 “这孩子太小，又很弱，他有病。责打我吧!”

“那就照你的请求办吧!”法官说。

于是迈尔斯被打了一顿，然后又带上了足枷。人们跑来看热闹，朝他扔东西。这时爱德华站到了他的前面，对着人群说：“回去！这是我的朋友，我命令你们回去!”人们都笑起来。“他是个勇敢的孩子，”他们说。“他爱他的朋友。”

迈尔斯套着足枷坐了一整天。晚上巴泽尔来了，给他们送来了吃的东西，放他们走了。

于是迈尔斯和爱德华动身到伦敦去了。

第十三章　加冕典礼

（一）

迈尔斯和爱德华到达伦敦时，发现街上挤满了人，所有建筑物上都挂着旗子。

他们走进一家旅店吃了饭。刚吃罢饭，爱德华就说：“给我一支笔和一张纸，我要写信。”

“你给谁写信？”迈尔斯笑着问。“给国王吗？今天是他的加冕典礼日，他今天不看信！”

爱德华坐在桌边，对着他面前的纸笔默默地思索着。“我写些什么，才能使他们相信我？什么东西是我知道而汤姆不知道的，也是世界上任何人都不知道的？……对了，有一样东西！”

他写了几个字。“现在，”他说，“让我们上威士敏斯特宫去。”

迈尔斯和爱德华走到了威士敏斯特宫的大门口。

（二）

全国所有的贵族和夫人们聚集在威士敏斯特宫教堂里，这里是英格兰所有国王和王后们加冕的地方。在威士敏斯特宫里，汤姆已穿上行加冕礼时穿的最华丽的衣服。赫德福勋爵、苏曼塞特勋爵和国家的领导们都跟随着他。门边站着汉弗莱·马洛爵士，他正等着向要护送王子去教堂的卫士们下达命令。

从门口突然传来吵闹声和打架声，汉弗莱对一个卫士说：“你去看看，怎么回事。”

不一会儿，那个人回来说：“有个人带着个孩子，他说他是迈尔斯·亨顿；孩子说他有封信给国王。我想他是疯子。他还说他自己是国王！”

（三）

“迈尔斯·亨顿！”汉弗莱爵士说。“他是一个勇敢的人，也是一个好战士，他干嘛在宫廷大门口争吵？”

汤姆走了过来：“你说有个小孩？带了一封信？”

“是的，陛下。”

“把他们带来。”

“啊，陛下……”汉弗莱爵士说。

“我命令你，立刻带他们来！”

于是迈尔斯和爱德华被领到汤姆和所有大人物聚集在一道的那个房间里。

当爱德华走进门口的时候，汤姆跑过去跪了下来。“陛下，”他喊道，“你来得正是时候！”“他又患病了，”赫德福勋爵说。“我们怎么办呢？”

（四）

爱德华拉起汤姆，他们并肩站着。

“抓住那孩子！”汉弗莱爵士喊道。“迈尔斯，你在这儿干什么？”

“慢来，”苏曼塞特勋爵说：“瞧他们两张脸长得多相像呀，我几乎相信……我不知道该怎么想，也许我们的王子没有疯，也许他不是真正的王子。”

“有什么问题问问这孩子，那可能有助于我们弄清谁真谁假。”苏曼塞特勋爵说。赫德福勋爵转身对爱德华提了一个又一个问题，问他关于亨利国王，关于爱德华的母亲，关于宫殿和那些曾在宫廷里工作过的人员。爱德华回答了所有问题。

“但是，”苏曼塞特勋爵说，“他可能知道所有那些东西，但不一定是真王子。”

（五）

“信里写的什么？”汤姆问。

赫德福勋爵拿了那张纸念道：“御玺在何处？”

他转身问汤姆："陛下，好多天以前我曾问过你，但你没有告诉我。"

"我不知道御玺是什么，我也不知道它在哪儿，"汤姆说。

"到我房里盔甲的护臂里去找，"爱德华说。"你们会找到它的。"

"啊，那个？"汤姆叫道："那个圆圆的挺沉的东西，我……"

"你用它干什么了？"赫德福勋爵说道，"告诉我！"

"我用它砸栗子了。"

"他用它砸栗子了！"

第十四章　尾 声

于是真正的爱德华登基当了国王。他是个非常好的国王，因为他曾在民众中间生活过。他知道他们的生活情况，知道他们需要些什么。汤姆住在宫里，他是国王最好的朋友。

迈尔斯爵士重新得到了他的房子和土地，并和爱迪思小姐结了婚。爱德华国王常常去亨顿庄园拜访他。巴泽尔回到果园里干活，当了领班。

约翰·康第再未出现过，但汤姆给他的母亲和两个姐姐在乡下盖了一幢非常好的房子。

爱德华国王没活多久。他死后，汤姆回来和他的母亲、姐姐住在一起。他写了这个叙述他，一个小乞丐，如何当了几天英格兰国王的故事。